KB045959

언젠가 또 만나요.
그때까지, 안녕.

See you again someday.
Until then, Goodbye.

재의 마녀 일레이나

어린 나이에 마법사 최고위인
'마녀'가 된 재원.
마음 내키는 대로 혼자 여행 중.

©Azure

어서 오세요. 주인님!
주문은 어떤 걸로 하시겠습니까?

대망의 신입이란 바로
잿빛 머리카락과
유리색 눈동자.
그리고 여행자이면서
마녀이면서
메이드복을 더할 나위
없을 만큼
잘 소화해낸 아름다운
소녀를 말합니다.

처음이라고는
전혀 생각할 수 없을
정도로 그녀는
마법에게 사랑받는
모양이었습니다.
다소는 고생할거라고
생각했습니다만…….

……당신, 마법을 다뤄본 경험이 있는 건가요?

혹시 저는 마법에 재능이 좀 있는 게……

이런 느낌일까요?

마녀의 여행 8
THE JOURNEY OF ELAINA
CONTENTS

마녀의 여행

THE JOURNEY OF ELAINA

Shiraishi Jougi

시라이시 죠우기

Illustration

아즈루

커버 및 본문 일러스트 아즈루

벽에 걸린 달력의 며칠 후 날짜에 빛바랜 잉크로 동그라미가 그려져 있었습니다.

자유롭게 살아갈 뿐인 저였지만, 낙관적으로 평범하게 하루하루를 보낼 뿐인 저였지만, 그날만큼은 무슨 일이 있어도 취소할 수 없는 용건이 있었습니다.

오래전부터 기대하고 있었습니다.

이날은 저에게 아주 큰 의미가 있는 하루입니다. 특별한 하루입니다.

몇 년이나 전부터, 오래전부터, 이날을 고대하며, 애태우며 살아왔습니다.

이날 저는 그녀와 다시 만날 수 있습니다.

저와 다시 만났을 때, 그녀는 대체 어떤 얼굴을 할까요? 놀랄까요? 웃어줄까요? 어쩌면 눈물을 흘릴지도 모릅니다.

제가 그녀에게 배운 것은 정말로, 정말로, 많았습니다. 셀 수 없을 만큼 말이죠.

그녀와 지냈던 날들은 이날 시작되었고, 그리고 이날을 위해 자아져왔습니다.

제게 넓은 세상을 가르쳐준 그녀와의, 아주 아주 소중한 추억의 하루가 그곳에 있습니다.

"기대되네요."

어울리지도 않게 설레하며, 저는 짐을 꾸렸습니다.

『22년에 한 번 찾아오는 대접근! 혜성이 하늘에 나타나는 날』

이번에 찾은 지역의 팸플릿을 품에 잘 챙겨 넣으며 저는 문에 손을 댔습니다. 끼이, 잘 맞물리지 않는 문이 자신의 한계를 알리듯 비명을 질렀습니다.

그리고 저는 문을 닫았습니다.

"다녀오겠습니다."

당신과 다시 만나기 위해.

당신과 다시 만날 여행을.

제 2 장

저와 그녀가 만났을 때, 그녀는 이미 죽어 있었습니다.

아니, 이건 결코 비유적인 표현 같은 게 아닙니다. 그야말로 문자 그대로 그녀는 죽어 있었습니다.

제가 그녀의 시신을 발견한 것은 여행 도중, 다음 나라로 향해 가던 길에 별다른 생각 없이 "아아, 빗자루로 날기만 하는 것도 좀 피곤해질 때가 되었으니 잠시 쉬었다가 갈까요" 같은 혼잣말을 중얼거리며 평원에 자리한 한 그루의 나무를 향해 빗자루를 타고 다가갔을 무렵의 일이었습니다.

선선한 바람이 살랑살랑 불어오는 가을날.

저는 그렇게 나무 그늘에 앉아서 다음 나라로 향하는 길을 살피기 위해 지도를 펼치며 잠시 휴식하기에 이르렀던 것입니다.

"............."

그러나 아무래도 제가 발견한 한 그루의 나무에는 이미 먼저 찾아온 손님이 계셨던 모양인지, 나무 바로 밑에는 어디 사는 누군가의 짐이 놓여 있습니다.

그러나 사람은 보이지 않았습니다.

아무래도 여성의 짐인 듯, 큼직한 가방 바로 옆에는 여성용 구두 한 켤레가 가지런히 놓여 있었습니다.

"............."

거기에 더해 가방 위에는 편지가 한 통. 저는 노골적으로 읽어주길 바란다고 말하는 듯한 그 편지를 손에 들고 봉투를 열었습

5

니다.

그곳에는 간단한 문장이 그저 적혀 있을 뿐이었습니다.

『인생에 절망했습니다. 저는 죽습니다. 안녕히. 제 시신을 발견한 분이 계신다면, 부디 마지막 부탁입니다. 바다에 버려주세요.
——여행자 마트리시카로부터.』

유언장이었습니다.

"……자살?"

그런 걸까요? 이렇게 전망 좋은 곳에서?

제가 그런 생각을 하면서 고개를 갸웃거린 직후였습니다.

끼이, 제 바로 위에서 나무가 삐걱거렸습니다.

어라? 어째서죠? 저는 그때 아무런 생각 없이—— 이런 곳에 놓여 있는 유언장의 부자연스러움에 아무런 의문도 품지 않고, 시선을 움직였습니다.

"…………."

그곳에는 저와 비슷한 나이로 보이는 여성의 모습이 있었습니다.

산호색 머리카락을 어깨에 닿을 정도로 길렀고, 입고 있는 옷은 저와 같은 로브. 아마도 마법사일 테지요.

눈동자는 조금 탁한 금색.

그 탁함은 본래 타고난 것인지, 혹은 지금 그러한 상태에 놓여 있기에 탁해진 것인지는 구별할 수 없었습니다.

"…………."

그녀의 다리는 달랑달랑 제 위에서 흔들렸습니다.

빗자루를 타고 있는 것이 아닙니다. 하물며 나뭇가지에 걸터앉아 있는 것도 아닙니다.

굵은 나뭇가지에 매단 밧줄에 목을 걸고서, 그녀는 자신의 몸을 매단 것입니다. 유언장이 알려준 대로, 인생에 절망한 것일까요? 바다에 버려주길 바라는 것일까요?

그녀는── 제가 만났던 그 순간에는, 이미, 죽어 있었습니다.

아무런 말도 할 수 없었습니다. 지금까지 사람의 시신을 본 경험이 그리 많지 않았던 저였기에── 애초에 사람이 목을 매단 모습 같은 건 본 적도 없었기에.

그랬기에, 부끄러움을 무릅쓰고 말씀드리자면, 저는 이때 두 눈을 크게 부릅뜬 채 사고를 딱 정지시키고 말았습니다.

넋이 나갔습니다. 조금 동요했습니다.

"저기…… 실례합니다."

그래서 나무 위에서 갈라진 목소리가 들려왔어도 그것을 환청이라고 생각했을 정도였습니다.

"여행자님…… 부탁이 좀 있는데요……."

퍼뜩 놀라며 고개를 든 그 순간, 목을 맨 그녀가 제 쪽을 보고 있다는 사실을 깨닫고는 "어라?" 하고 얼빠진 목소리를 내고 말았습니다.

"이게 좀 괴로운데, 내려주실 수 있을까요……?"

절찬 목을 매달고 있는 그녀에게 그러한 부탁을 받았을 때는 "……어?"라는, 아무런 재미도 없는 반응을 다시 보이고 말았습니다.

"……저기, 살아 계신가요?"

그리고 그러한 지극히 당연한 데도 정도가 있는 질문을 던졌던 것이, 바로 저였습니다.

그녀는 밧줄에 목을 맨 채로 요령 좋게 고개를 끄덕여 보였습니다.

"안타깝게도 살아 있는 것 같죠? 아무래도."

…………

뭐, 목소리를 낼 정도이니 그야 살아 있는 것이 당연하지요.

○

그녀를 매단 밧줄을 싹둑 잘라서 마트리시카 씨라는 분을 구출해드렸더니, 그녀는 "아아…… 죽는 줄 알았네……" 같은 진심인지 농담인지 판단하기 곤란한 말을 한숨과 함께 토해냈습니다. 그리고.

"아, 도와주셔서 고맙습니다. 저는 마트리시카라고 합니다."

그리 말하며 저에게 인사를 했습니다.

눈은 탁한 채였지만, 제 눈앞의 그녀는 명백하게 숨을 쉬고 있었고 살아 있었습니다.

그러나 그렇다면 제가 조금 전에 본 그녀의 무참한 모습은 대체 뭐였던 것일까요? 저는 완전히 그녀가 유언장에 쓴 대로 인생에 절망하여 스스로 죽음을 택했다고 생각했습니다만——.

"그것참, 저는 부끄럽게도 죽으려야 죽을 수 없는 병에 걸려서 말이죠……. 어째서인지 100년 정도 전부터 무슨 짓을 해도 죽지를 못하는 데다 늙지도 않는답니다. 곤란해요, 곤란해."

아하하, 하고 그녀는 부끄러운 듯이 머리카락을 매만지면서 그렇게 말했습니다.

죽지 않는다—— 아니, 죽지 못한다는 말은, 그러한 인간이 있다는 말은 아무래도 간단히 믿기 어려운 이야기이기는 했습니다만, 그러나 눈앞의 그녀가 그렇게밖에는 설명할 길 없는 상황에 있던 것도 사실이었습니다.

"…………."

아니, 하지만 말이죠.

애초에, 설령 그러하다고 해도.

"……그래서, 어째서 이런 곳에서 목을 맨 겁니까?"

일부러 평원 한가운데에서 자살할 필요는 없지 않을까요? 그보다, 제가 우연히 들르지 않았다면 어찌할 셈이었던 걸까요?

제가 책망하는 것 같은 말투로 말하자 그녀는 살짝 부끄러운 듯이 시선을 피했습니다.

"그게…… 뭐라고 하면 좋을까요…… 보세요, 여기는 경치가 좋잖아요?"

"그러네요 아주 경치가 좋다고 생각합니다."

"그렇죠? 그래서 말이죠, 저는 불로불사인 탓에 좀처럼 한곳에 터를 잡고 살 수가 없어서 여행을 하고 있는데요."

"오호라."

과연 그렇군요. 분명 100년 전부터 불로불사였다고 한다면, 그리하지 않을 수 없었다는 것도 이해가 안 가는 것은 아닙니다.

"그래서, 왠지 이런 아름다운 풍경을 바라보고 있었더니, 어쩐지 마트리시카 갑자기 죽고 싶어져서."

"오호라, 과연"

응? 방금 뭐라고 하셨나요?

"그래서 정신을 차리고 보니 목을 매고 있더라고요."

"그렇게 가벼운 마음으로 죽지 말아주시겠습니까……?"

"죽고 싶은 마음이 밀려들어 왔던 거죠."

"혹시 당신은 언제나 이런 일을 벌이고 있는 겁니까?"

"아뇨, 아뇨. 설마 그럴 리가요."

아하하, 하고 마트리시카 씨는 웃었습니다.

"사흘에 한 번 정도예요."

"상습범이잖아요!"

"참고로 미수는 한 시간에 한 번 정도의 페이스로 하고 있어요."

"어찌할 도리도 없을 만큼 상습범이잖아요!"

완전히 질렸습니다.

노골적으로 대놓고 질린 모습을 보이는 저에게 마트리시카 씨는 "아, 그렇지!"라며 무언가 번뜩인 듯한, 묘안이 떠올랐다고 말하고 싶은 듯한 표정을 지었습니다.

"그러고 보니 당신…… 저기——."

"일레이나입니다. 재의 마녀입니다."

"그래요. 일레이나 씨. 당신은 상인인가요?"

힐끗 제 빗자루에 매달린 짐을 바라보는 그녀.

오늘은 특별히 짐이 많은 탓에 착각하신 모양입니다만.

"저는 여행자입니다."

고개를 저었습니다.

"오, 여행자님! 마트리시카랑 똑같네요!"

"…………."

뭐 실제로 그렇기는 합니다만, 그녀와 같다고 하는 부분에 관해서는 고개를 젓고 싶은 기분이었습니다.

"그게 어쨌다는 건가요?"

"혹시 괜찮다면, 다음 나라까지 함께 가지 않을래요?"

"……네?"

저는 노골적으로 인상을 찌푸렸습니다.

"괜찮잖아요. 그 왜, 자주 말하잖아요? 여행은 길동무와 함께, 저승으로."

"죽을 마음으로 가득하지 않은가요……?"

게다가 저를 끌어들일 마음으로 가득하지 않은가요……? 더더욱 싫어졌거든요……?

"자, 농담은 일단 제쳐두고."

아뇨전혀농담으로들리지않았습니다만…….

"마트리시카, 지금 좀 마법을 잘 쓸 수 없는 상태라서요. 그래서 어쩔 수 없이 부탁드리는 거예요."

어라?

"마법을 쓸 수 없다는 건 대체?"

어떻게 된 거죠?

"한 번 죽은 다음엔 몸이 무거워서 마법을 잘 쓸 수 없어요."

"…………."

혹시 이 자리에서 자살한 이유가 빗자루로 나는 게 귀찮아졌으니 일단 부려먹을 수 있는 마법사를 잡아보자고 생각했다……같은 건 아니겠죠? 아니죠? 그렇죠?

하지만 뭐, 거절할 이유도 없군요. 게다가 제게 거절당한 분풀이로 또 자살이라도 하려고 들면 견디기 힘들 겁니다.

"하아…… 뭐, 알았습니다."

저는 어처구니없어 하면서도 대답했습니다.

"정말인가요? 아자!"

와아, 하고 양손을 번쩍 들며 기뻐하는 마트리시카 씨.

이렇게 보면 나이에 걸맞은 여자아이 같은 분위기입니다만, 이 모습으로 백 년이나 살았다고 하니 놀라울 따름입니다.

"자, 그만 가죠."

그야말로 내키지 않는다는 분위기를 자아내며 저는 빗자루를 준비했습니다.

"오늘은 짐이 좀 많아서 짐 위에 앉는 형태가 되겠습니다만, 괜찮겠습니까?"

어떤 이유로 지금 제 빗자루에는 큼직한 짐이 매달려 있습니다.

함께 빗자루에 탄다고 해도, 지금은 그녀에게 짐 위에 앉아달라고 할 수밖에 없었습니다.

"괜찮아요. 저 이래 봬도 물건 취급당하는 데는 익숙하거든요."

그렇게 말하며 그녀는 짐 위에 오도카니 앉았습니다.

"물건 취급을 당하는 데 익숙하다니요?"

"아니, 기분 내키는 대로 자살을 했더니 그만 진짜로 죽었다고 착각하고 관에 넣어진 적이 몇 번인가 있다는 의미예요."

"…………."

괜히 물어봤습니다.

"역시 적당히 내키는 대로 자살 같은 건 하는 게 아니네요. 과거의 제 어리석은 행동을 반성해요."

"…………."

당신 조금 전에 목을 매달았던 걸 잊은 겁니까……?

"그러고 보니 마법으로 자살한 적은 한 번도 없었네요……."

빗자루 뒤편에서 그런 불길한 말을 중얼거린 마트리시카 씨를 무시한 채, 저는 빗자루를 몰았습니다.

나름 무거워진 빗자루가 걷는 듯한 속도로 다음 나라에 도착한 것은 그로부터 마트리시카 씨가 "……! 혹시 지금 여기서 뛰어내리면 죽는 거 아닌가요……?"라고 두 번 정도 중얼거린 후였습니다.

…………

요컨대 두 시간 후였습니다.

○

그렇게 다음 나라에 도착했을 때, 문지기 병사님은 저와 그 짐을 보며 말했습니다.

"어서 오십시오! 재의 마녀 일레이나 님이시지요? 기다리고 있었습니다!"

그리고 경례를 한 번. 이번에 제가 방문한다는 소식은 이미 이쪽 나라── 공화국 앙루니에 전달되어 있었습니다.

이웃 나라를 방문했을 때, 앙루니까지 짐을 운반해달라고 부탁받았던 것입니다.

즉, 이 나라 분들은 저를 기다리고 있었습니다. 더 정확히 말하자면 제 빗자루에 매달린 짐을 기다리고 있었다고 하는 편이 옳을 테지요.

"어라? 그쪽 분은…… 일행분이십니까?"

참고로 여전히 짐 위에 앉아 있는 마트리시카 씨에 관해서는 애초에 존재조차 몰랐을 테지요. 도중에 태웠을 뿐이니까요.

"네, 일행입니다."

저는 고개를 끄덕였습니다.

"아뇨, 저승길 길동무입니다."

마트리시카 씨는 고개를 끄덕였습니다.

············.

"그러니까 어째서 저까지 자살에 끌어들이려 하는 겁니까?"

"일레이나 씨."

흐흥, 하고 마트리시카 씨는 미소를 머금었습니다.

"세상에는 동반자살이라는 게 있답니다."

"…………."

이 사람은 언제나 자살에 관해 생각하지 않으면 죽어버리는 병에라도 걸린 걸까요?

아니, 자살에 관해 생각해도 결국에는 불사신인 탓에 죽지 못하겠지만요. 정말이지 뭐가 뭔지 모르겠습니다.

"알았습니다! 그럼 마녀님과 길동무님 두 분이시군요! 들어오시죠!"

하지만 결국 짐이 필요할 뿐, 누가 운반하든 그 점에는 그다지 관심을 두지 않는 문지기 병사님은 평범한 마녀와 그리고 척 보기에도 명백하게 언동이 수상한 마트리시카 씨, 두 사람의 입국을 너무나도 간단히 허락하고 말았습니다.

……이 나라 괜찮은 겁니까?

아무튼, 공화국 앙루니에 도착했습니다. 그것은 즉, 그녀와의 동행도 이제 끝을 맞이해도 괜찮다는 뜻일 터입니다만, 그러나 여전히 마트리시카 씨는 제 옆에서 떨어질 마음이 없어 보였습니다.

"이 짐 속에는 뭐가 들어 있는 건가요?"

"약입니다."

저는 대답했습니다.

"이 나라에서는 아무래도 기이한 병이 유행하고 있는지, 이웃 나라에서 약을 사들이고 있는가 보더군요."

"기이한 병?"

그녀는 고개를 갸웃거리며 거리를 둘러보았습니다.

길을 오가는 사람들이 있었습니다.

쿨럭, 하고 기침하며 인상을 찌푸리는 사람. 길 한쪽에 주저앉아 하늘을 올려다보는 사람. 당장에라도 쓰러질 듯이 비틀비틀 걷는 사람. ……그중에는 지극히 평범하게 건강한 분도 계셨습니다만, 그러나 그렇게 한눈에 보아도 상태가 안 좋은 분의 모습이 너무나도 많은 탓인지, 왠지 모르게 거리는 활기를 잃은 듯이 보였습니다.

"밖에 나와 걸어 다니는 사람들은 아직 병증이 가벼운 편이라고 생각합니다. 심각해지면 밖을 걸어 다닐 수 없게 되는 모양이니까요."

"그렇군요……."

발그레하게 얼굴을 붉히며 웃는 마트리시카 씨.

"어째서 살짝 설레는 표정인 거죠……?"

"아뇨, 병사는 경험해본 적이 없어서요."

"……그나저나 언제까지 제 옆에 있을 셈이신가요?"

"그나저나 지금부터 어디에 가는 건가요?"

"…………."

저는 그녀에게서 고개를 돌리고 길 저편을 가리켰습니다.

"약을 나라의 관청까지 가져다줘야 합니다."

"그럼 조금 더 함께 있어도 괜찮을까요?"

네?

"……변변찮은 생각을 하지 않는다면, 상관없습니다."

"괜찮아요. 살짝 병이 옮았으면 하고 생각할 뿐인걸요."

"변변찮은 생각이잖아요……."

기막혀하는 저에게 그녀는 "아하하" 하고 웃으며 답했습니다.

"자살 희망은 제게 일상인걸요"라고.

대체 몇 년이나 전부터 그녀는 줄곧 자살을 반복하고 있는 것일까요?

"싫은 일상이네요……."

"네, 무척이나 해방되고 싶은 마음인데 말이죠."

"…………."

그 말에 어떠한 의미가 포함되어 있는지를 생각해보려 했지만, 생각할 것까지도 없었던지라 저는 그저.

"……제 앞에서는 자살을 시도하거나 하지 말아주세요."

그렇게 대꾸해두었습니다.

"그러고 보니 고양이는 죽을 때가 가까워지면 사람 앞에서 사라진다죠?"

"……제 앞에서 사라진 직후에 자살하는 것도 그만둬 주세요."

○

나라의 관청에서 고양이가 야옹 하고 울었습니다.

"어째서 이런 데 저의 천적이……."

고양이를 거부하는 체질 때문에 저는 관청의 문을 연 직후에 움직임을 딱 멈추고 말았습니다. 그런 저를 보며 마트리시카 씨는 "? 뭐 하시는 건가요?" 하고 고개를 갸우뚱했습니다.

"오오! 마녀님, 기다리고 있었습니다! 그게 예의 그 약이로군요?"

그리고 관리님은 전혀 개의치 않고 저희에게 안쪽으로 들어오라 재촉했습니다.

저희에게라기보다는 약을, 이라고 말하는 것이 맞겠지만요.

"…………."

고양이는 현관 앞에 있을 뿐일 테지 하고, 저는 아무렇지 않은 척을 하며 재촉하는 대로 관청 안쪽으로 나아갔습니다.

안내받은 응접실에서 저는 관리님 맞은편에 앉아 "이쪽이 부탁받은 약입니다"라며 짐을 건넸습니다.

풀썩, 꽤 많은 양의 약을 테이블에 올려두었습니다.

"확인하시죠."

관리님은 포장을 풀고 가루약이 담긴 병을 하나 들어 올렸습니다. 그가 병을 살짝 흔들자, 안의 가루가 사락사락하며 물결쳤습니다.

"……그런데, 마녀님. 그쪽에 계신 분은?"

관리님은 흥미를 약에서 저희에게로 옮겼습니다.

물건에는 문제가 없다는 의미일까요?

"이쪽은——."

그냥 동행입니다, 하고 말하려던 참에.

"마트리시카랍니다냥."

제 옆에서 본성을 숨긴 부드러운 울음소리가 들렸습니다.

"……!"

저의 천적, 재등장. 시선을 돌리자 그곳에는 현관 앞에 자리 잡고 있던 미운 고양이를 안은 마트리시카 씨가 계셨습니다. "야옹

©Azure

야옹" 하고 고양이의 두 앞다리를 잡고 장난을 치면서 "이얍, 고양이 펀치" 같은 말을 하며 제 다리를 고양이 젤리로 꾹꾹 누르고 있었습니다.

오싹오싹했습니다. 소름이 돋았습니다.

"정말이지당신은무슨짓을하는겁니까!"

저는 온 마음을 다해 노려보았습니다. 재채기를 참고 있는 탓에 더욱더 험상궂은 표정이 되었습니다.

"그게, 귀여워서 그만."

그러나 그런 저를 가볍게 무시하는 마트리시카 씨.

"하하하, 귀엽지요?"

관리님은 저희의 대화를 사이좋은 두 여자아이의 장난이라고 생각한 것일까요? 그는 흐뭇하게 미소 지으며 "우리나라에는 애묘인이 많답니다. 저도 그중 한 명이지요"라고 말했습니다.

뭡니까그건이나라는지옥입니까?

"천국 같은 나라네요!"

제 옆의 그녀는 저와 생각이 다른 모양입니다만.

저도 할 수만 있다면 고양이를 쓰다듬어보고 싶지만 말이죠……. 안타깝게도, 슬프게도, 제 몸은 고양이에 닿기만 해도 "싫어! 손대지 말아주세요!" 하고 성가신 여자아이 같은 비명을 지르고 마는지라 어쩔 수 없습니다.

"그나저나, 약은 어떻습니까?"

마음대로 따라주지 않는 체질에 내심 절망하며 저는 화제를 되돌렸습니다.

"그게…… 효과가 있는지 어떤지 시험해보지 않는 이상 뭐라고 말씀드릴 수가 없겠습니다……."

"…………."

뭐, 그렇겠죠.

"하지만 이 정도의 양으로는……, 효과가 있다고 해도 아마 사태를 진정시키기는 어려울 것 같습니다……."

탁, 테이블에 약병을 내려놓은 관리님.

"안타깝게도 현재 우리나라에서 기이한 병을 앓고 있는 환자의 수는, 확인된 것만 해도 이 약의 양으로 완치될 수 있는 수의 배는 됩니다. 게다가 앞으로 더욱 늘어날 테죠……."

"……그렇게 심각한가요?"

저를 향해 관리님은 고개를 끄덕여 보였습니다.

"네, 뭐——."

그리고서, 이 나라가 안고 있는 사정을 중얼중얼 이야기하기 시작했습니다.

공화국 앙루니는 이렇다 할 특산품도 없고, 그렇다고 해서 풍경이 무척 아름다운 것도 아닌, 지극히 평범하다고 불릴 법한 나라였습니다. 하지만 유일하게 나라의 자랑이라고 할 수 있는 것이 하나 있었습니다.

공화국 앙루니에는 아주 아름다운 연못이 하나, 나라 한가운데에 있었습니다.

"야옹야옹."

아주 아름다운 이 연못은, 이 나라에서는 마녀 이리스의 연못이라 불리며 친근하게 여겨졌습니다. 과거 이 나라의 번영을 지지했던 마녀를 기리며, 이 연못에는 그녀의 모습을 본뜬 조각상이 세워졌다고 합니다. 그렇다기보다는 마녀 이리스 본인이 생전에 자신의 모습을 본뜬 조각상을 만들고, 죽기 직전에 조각상을 앞에 두고 그녀는 이런 말도 남겼다고 합니다. "이 연못 물은 만병통치약이 됩니다. 이 연못 물은 신의 물이 될 겁니다!"라고.

"야옹야옹."

참고로 마녀 이리스는 평범하게 병에 걸려 죽었다고 합니다.

그렇게, 마녀 이리스의 연못에는 신의 물이 흘러야 할 터였습니다. 그러나 이 연못은 그녀가 죽은 후에 탁해지기 시작했다고 합니다. 이전에는 연못 바닥까지 훤히 보일 만큼 깨끗하고 투명했었는데, 지금은 그저 보랏빛으로 탁할 뿐.

마녀 이리스의 조각상도 지금의 연못 모습을 슬퍼하듯이 음산하게 부서지려 하고 있다고 합니다.

대체 어째서 이러한 사태가 벌어지고 말았는지는 아무도 몰랐습니다.

다만 한 가지 분명한 것은, 그때부터 앙루니에서는 기이한 병이 만연하게 되었다던가요? 이제 연못 물은 독의 늪일 뿐이었고, 연못은 봉쇄되었다고 합니다.

그러나 이미 많은 국민이 독을 마시고 말았습니다. 국민 대부분이 병으로 쓰러지고 만 것입니다.

그 독은 신기한 독이었습니다. 결코 죽음에 이르지는 않습니다. 통증도 없습니다. 다만, 독을 마신 인간은 곧 몸이 움직이지 않게 되고 마는 것입니다.

지금도 이 나라에는 몸을 움직일 수 없어 괴로워하는 사람이 아주 많다고 합니다.

"야옹야옹."

…………

깨닫고 보니 저는 눈물을 흘리고 있었습니다.

"이 나라를 위해 눈물을 흘려주시는 겁니까……. 참으로 다정한 마녀님이시군요……."

제게 이끌려 함께 우는 관리님.

"아뇨, 이건 그런 게 아니라……."

제가 관리님의 이야기에 귀를 기울이는 동안, 중간중간 토닥토닥 제 뺨과 팔 등에 계속해서 고양이 펀치를 날려준 마트리시카 씨 탓에 제 몸이 "그만두라고 말했잖아요! 싫어!"라며 고양이를 본격적으로 거절하기 시작한 바람에 흐르는 눈물입니다.

저는 저대로 고양이를 거부하는 몸입니다만, 고양이는 고양이대로 제가 마음에 들지 않는지, 마트리시카 씨가 부추기는 대로 고양이는 제 다리나 팔을 할퀴었습니다. 그 탓에 눈물이 나온 것입니다.

결코 이 나라를 근심하고 있는 것도, 국민을 동정하고 있는 것도 아닙니다.

"아무튼, 약은 고맙습니다. 효과가 있을지 어떨지는 아직 모르지만――, 이걸로 이 나라의 기이한 병에도 희망이 생겼습니다."

어찌 되었든, 이리하여 이 나라에서의 제 역할은 끝났습니다.

"야옹야옹."

그러니 냉큼 이곳을 떠나고 싶다고 생각했습니다. 그러나 마트리시카 씨가 고양이를 묘하게 마음에 들어 한 탓에, 저희가 관청을 나선 것은 그 후로도 마트리시카 씨가 시끄러울 만큼 "야옹야옹" 하고 말씀하신 후였습니다.

…………

요컨대 몇 분 후였습니다.

○

"심한 꼴을 당했습니다……."

결국 저희가 관청을 나왔을 때는 제 팔과 다리에 자잘한 할퀸 상처 같은 것이 남았고, 몸이 욱신욱신하고 아팠습니다. 덤으로 고양이 탓에 눈에는 여전히 눈물이 고여 있었고, 콧물도 재채기도 멈추지 않았습니다. 최악입니다. 어서 숙소를 잡아 쉬고 싶을 정도입니다.

몹시 기분이 안 좋은 제 옆에 있는 마트리시카 씨는 콧노래를 부를 정도로 기분이 좋아 보였습니다.

"일레이나 씨는 고양이랑 안 맞나요?"

"보시는 대로입니다."

"눈물을 흘릴 만큼 좋아한다는 뜻인가요……?"

"울고 싶을 만큼 몸이 거절한다는 뜻입니다."

"…………."

마트리시카 씨는 어이없어하는 저를 멍하니 바라보더니.

"……과연, 그렇군요. 그런 건가요── 일레이나 씨는 예전의 저랑 같군요."

"……? 무슨 말이죠?"

"저도 예전에는 고양이를 만지지 못했답니다. 고양이를 만지면 눈물이 나왔거든요."

"…………."

"하지만, 하루 종일 만졌더니 괜찮아졌어요! 지금은 이렇게! 얼마든지 만져도 전혀 아무런 문제도 없답니다."

손을 팔랑팔랑 흔들며 콧노래를 부르는 마트리시카 씨.

태평하군요.

"……고양이가 당신은 할퀴지 않았군요."

팔에도 다리에도 아무런 상처가 없었습니다. 아무래도 고양이에게 미움받은 것은 저뿐이었던 모양입니다. 젠장.

"아뇨, 아뇨. 마트리시카도 잔뜩 할퀴었는데요?"

기분 좋은 상태라는 것을 감출 생각도 하지 않고, 그녀는 제 앞을 걸으며 잘 이해할 수 없는 말을 했습니다.

"그런 것치고는, 당신 몸에 생긴 건 달라붙은 고양이 털뿐이지 않나요? 상처 같은 건 아무 데도 없잖아요."

그러자 그녀는 빙글 돌아섰습니다.

"마트리시카는 상처가 생겨도 바로 나아버리거든요."

그리고 그렇게 말했습니다.

"…………."

"일레이나 씨, 불로불사라는 건 있죠. 죽으면 원래대로 돌아간다는 뜻이기도 하지만, 동시에 상처가 생겨도 바로 나아버린다는 뜻이기도 해요."

그래서 이렇게—— 그녀는 제게 손을 팔랑팔랑 흔들어 보였습니다.

"오래전부터 저는 상처와도 병과도 거의 인연이 없었죠. 아마도 내 몸은, 몸에 이상이 생기자마자 본래 상태까지 멋대로 돌아가 버리는 걸 테죠. 병에 걸려도, 몸은 바로 그것을 지워버려요. 늙지도 않아요. 다쳐도 마찬가지예요."

말하면서 마트리시카 씨는 품에서 나이프를 꺼내더니 "봐요. 이런 식으로" 하고 손끝에 가져다 댔습니다. 그녀가 나이프에 힘을 주자 손가락에서 시작된 붉은 피가 나이프를 타고 흘렀습니다.

그러나 손끝을 뗀 직후에는 이미 피는 멎어 더는 흐르지 않았습니다.

"뭐, 이런 느낌으로 마트리시카는 불사신의 몸이라 곤란하답니다."

"피는 사라지지 않는군요."

"맞아요. 상처는 없는데 피만 묻어 있다니, 뭔가 이상한 느낌이죠?"

그리고 그녀는 시선을 두리번두리번 이리저리 돌리더니, "그런데, 손수건 같은 거 없으세요? 피가 묻어 있으면 지지니까 닦고 싶은데요"라며 고개를 갸웃거렸습니다.

"……어째서 손수건도 없으면서 손가락에 상처를 낸 겁니까?"

한숨을 내쉬어가며, 저는 그녀의 손가락을 손수건으로 닦아주었습니다. 피를 닦아낸 그녀의 손끝에는 분명 상처 하나 없었고, 마치 처음부터 나이프에 베인 상처 같은 건 없었던 듯했습니다.

"그것참, 죄송해요. 사드릴 테니, 용서해주세요."

마트리시카 씨는 에헤헤 하고 웃었습니다.

"…………."

결국, 이 상황은 어쩐지 함께 있을 구실을 만들기 위한 것으로 보입니다만.

"……뭐, 좋습니다."

저는 겸사겸사 고양이가 낸 상처에도 손수건을 대고서, 그녀와 함께 길을 걷기로 했습니다.

두 사람의 피가 묻은 손수건은 근처 쓰레기통에 던져넣었습니다.

피가 묻은 손수건 같은 건 지지니까요.

그렇게, 결과적으로 저는 그녀 때문에 손수건을 버려야만 하는 꼴이 되었고, 앞서 말했던 대로 그녀는 새 손수건을 사줄 생각이었던 모양인지라 일단 잡화점을 이곳저곳 돌아다녔습니다. 그러나, 그러던 도중에 무슨 생각이 든 것인지 저는 "솔직히 손수건보다 책을 사주는 편이 기쁜데 말이죠……" 하고 그녀에게 제안했습니다.

"네? 책이요? 좋아요. 어느 걸 갖고 싶은데요?"

"그럼 이걸로."

서점에는 마녀 이리스가 직접 쓴 자서전도 있었던지라, 저는 그것을 사달라고 했습니다.

그리고서 우리는 함께 찻집으로 향했습니다.

찻집에 자리를 잡고 앉은 후, 마트리시카 씨는 제 손에 들린 마녀 이리스의 자서전을 빤히 바라보며 "그런 책을 사서 어쩔 셈인가요?" 하고 고개를 갸웃거렸습니다.

"마녀 이리스에 관해 알아봐 둘까 싶어서요."

어차피 약의 양은 명백하게 부족하니, 제가 가져온 가루약만으로 지금 이 나라에서 벌어진 기이한 병 문제를 해결하기는 일단 불가능하다 해도 좋을 테지요.

그렇다면 내일쯤엔 다시 가루약을 구하러 다른 나라로 가달라고 부탁받거나, 혹은 기이한 병을 해결하기 위한 지혜를 빌려달라고 부탁받을 것이 틀림없었습니다.

그런고로 한발 앞서 원인이 된 마녀 이리스의 호수를 조사하려는 것이었습니다.

책이라도 읽으면 어떤 정보를 구할 수 있을지도 모릅니다.

"성실하네요."

그런 저를, 마트리시카 씨는 턱을 괴고서 멍하니 바라보았습니다.

"마트리시카 씨는 백 년 살면서, 이런 병이 유행하는 나라를 방문한 적이 없으신가요?"

"없네요."

그녀는 딱 잘라 대답했습니다.

"애초에 백 년을 살았다고 해도, 지금을 살고 있는 일레이나 씨 같은 젊은이보다 반드시 뛰어나거나 한 건 아니에요."

"…………."

"마트리시카는 백 년이나 되는 동안, 무의미하게 시간을 낭비해왔을 뿐이니까요."

"…………."

"혹시 마트리시카의 지혜를 빌리고 싶다고 생각했다면, 그건 착각이 지나친 수준이에요. 일레이나 씨. 마트리시카에게는 기대를 하는 것 자체가 쓸데없는 일이에요."

"……상당히 자기 평가가 낮으시네요."

"오래 살기만 했을 뿐 아무것도 못 하는 인간에게는 기대를 해봤자 쓸모없으니까요."

자조적인 느낌으로, 그러나 담담하게, 그녀는 그렇게 말했습니다.

아무리 밝게 행동하고 있어도 그녀는 저와 처음 만났을 때 목을 매고 있었습니다── 그녀는, 자기 자신에게 기대 같은 건 눈곱만큼도 없을지도 모릅니다.

"…………."

저는 여전히 입을 다문 채, 혼자 풀이 죽은 그녀에게서 시선을 돌리듯 자료 책을 보았습니다.

자서전에는 다양한 이야기가 쓰여 있었습니다. 마녀 이리스의 성장과 지금에 이르기까지의 여러 공적, "이 연못 물은 만병통치약이 됩니다. 이 연못 물은 신의 물이 될 겁니다!" 같은 말을 하면서 연못에 마법약을 쏟아부을 때의 상황 등등.

그리고 연못에 쏟아부은 약의 원재료까지 빠짐없이 적혀 있었습니다.

....

"저기, 어째선지 마녀 이리스의 연못 만드는 법이 쓰여 있는데요?"

그것도 말미의 페이지에 부록처럼.

"……어째서 시판되는 책에 그런 게 쓰여 있는 건가요?"

의심스럽다는 듯이 눈을 가늘게 뜨는 마트리시카 씨.

지당하십니다.

저도 신경이 쓰여 다음 내용을 꼼꼼하게 읽어보았습니다. 하지만.

"……언젠가 연못의 약효가 다하면 보충해주길 바라기 때문에 공개한다, 라고 쓰여 있네요."

"비밀리에 전해져 내려오는 수프 같은 짓을 하는군요."

그러나 만병통치약 제조법을 간단히 밝혀버리면 약의 가치가 대폭락하지 않을까요? 아니, 연못 물을 모조리 약으로 만들어버린 시점에서 이미 가치 같은 건 없는 것이나 다름없지만——.

뭐, 애초에 지금은 독의 늪이 되어버려서, 만병을 낫게 하기는커녕 병을 마구 뿌리고 다니는 성가신 늪으로 영락했지만요.

참고로 그녀가 생전에 세운 조각상은 연못에 녹아들어 원재료 중 하나가 되어버린 모양입니다. 조각상에서 녹아 나온 것을 마시다니, 싫네요…….

"앗!"

저는 그 순간 나열된 약의 원재료를 보다가 한 가지 사실을 깨달았습니다.

"이런, 조합이 틀렸네요."

"조합이 틀렸다고요?"

제 말을 따라 하며 고개를 갸웃거리는 마트리시카 씨.

저는 고개를 끄덕였습니다.

"섞어선 안 될 위험한 재료가 들어갔군요."

"섞으면 어떻게 되는데요?"

"위험한 일이 일어납니다."

"구체적으로는 어떤 일이 일어나나요?"

"이 나라의 상황을 보면 잘 알 수 있을 텐데요?"

아마도 마녀 이리스는 이 나라의 미래를 생각해 만병통치약이 연못에서 솟아 나오도록 하고 싶었나 봅니다…….

조합을 틀린다고 하는 치명적인 실수를 하고 만 탓에 극약 그 자체가 연못에서 만들어지고 만 모양입니다. 정말이지 안타까운 일입니다.

한숨을 내쉬며 저는 책을 탁 덮었습니다.

……뭐, 원인을 알았다고 해도 지금 병을 앓고 있는 사람들에게는 아무런 도움도 되지 않습니다.

찻집에서 잠시 휴식을 취한 다음에는 노점에서 빵을 사서, 버릇없이 먹으며 길을 걸었습니다.

특별히 목적지가 있었던 것도, 무언가 하고 싶은 일이 있던 것도 아니었지만 길을 어느 정도 걷다 보니, 깨닫고 보니 저희는 마녀 이리스의 연못에까지 다다르고 말았습니다.

어쩌면 저희는 그녀가 궁금했던 것인지도 모릅니다.

"어머 어머."

우물우물 빵을 먹으며 말하는 마트리시카 씨.

"이것 참, 이것 참."

마트리시카 씨 옆에서 우물우물 빵을 먹는 저.

관리님의 이야기대로 오싹한 보랏빛 연못이 있었습니다. 실수로라도 사람이 들어가는 일이 없도록 연못 주변에는 울타리가 둘러쳐져 있었고, '출입 금지' 표지판이 세워져 있었습니다.

"이건 정말 심각한 상태네요."

우물우물, 마트리시카 씨.

연못 한가운데에는 들은 이야기대로 마녀 이리스가 스스로 세운 것으로 보이는 조각상이 하나 있었습니다.

"그러네요."

우물우물, 저도 말했습니다.

"만약 그 약이 효과가 있다고 해도, 이제 두 번 다시 이 연못 물은 마시지 못하겠네요."

너덜너덜한 조각상은 팔이 꺾이고 다리가 녹고 얼굴이 푸슬푸슬 무너져서 마치 녹기 시작한 초처럼 형태를 잃어가고 있었습니다.

이윽고 조각상도 연못 속에 녹아들어 사라지고 말 테지요.

"모든 것엔 반드시 끝이 있답니다. 일레이나 씨. 이 빵도 그렇고, 마녀 이리스의 조각상도 그렇고, 이 연못도 그렇죠. 마녀 이리스의 목숨조차, 그랬으니까요. 어떤 형태로든, 모든 일에는 끝이 오기 마련이에요."

그녀는 제 옆에서, 마지막 빵 한 조각을 입에 휙 던져 넣으며 말했습니다.

"마트리시카랑은 다르게 말이죠."

○

주전부리를 먹은 탓에 찻집으로 향할 마음이 들지 않았던지라 저는 숙소에 틀어박히기로 했습니다.

이 나라에 숙소는 여럿 있었습니다만, 모처럼 약을 운반한 대금도 받았으니 저는 조금 사치를 부리기로 했습니다.

이 나라에서 가장 높다란 숙소의 가장 꼭대기 층의 방에 묵기로 했던 것입니다.

저라는 사람은 극단적이라 돈이 있으면 써버리고 없으면 소박한 생활로 돌아갑니다. 그런 불안정한 생활을 하는 탓에 좀처럼 돈이 모이지 않는 것일 테지요.

"넓은 방……! 대단해! 대체 뭐야!"

참고로 이번 숙박에는 일행이 한 사람 있었습니다. 그녀의 표현을 따르자면 길동무님입니다.

높은 층의 방답게 방은 몇 개나 있었습니다. 하나는 침실, 하나는 욕실, 또 하나는 거실. 방이라기보다 집 같은 방이었습니다.

마트리시카 씨는 그 안에서 한참 소란을 피웠습니다.

"그런데, 괜찮은 건가요? 일레이나 씨. 숙박비를 내주시다니."

"딱히 상관없습니다."

"마트리시카는 노숙을 해도 괜찮았는데요."

"당신과는 조금 더 이야기를 나누고 싶었습니다. 묻고 싶은 것도 있고요."

게다가 숙박비가 아까워 노숙자를 택하는 사람이 제 지인인 것은 곤란합니다.

"저한테 묻고 싶은 거, 라고요?"

소파에 엎드려 누우며 그녀는 고개를 갸웃거렸습니다.

단도직입적으로 묻겠습니다.

"당신은 어째서 불로불사가 된 겁니까?"

"음."

그녀는 빙글, 이쪽으로 고개를 돌렸습니다.

"그거, 역시 신경 쓰이나요?"

그리고 그렇게 되물었습니다.

"네, 뭐——."

그리되고 싶은 것은 아닙니다. 그러나, 어째서 그녀는 죽지 않고 살아 있을 수 있는 것인지를 이해할 수 없었습니다.

무엇보다, 어째서 일상적으로 자살을 시도하거나 하는지도 이해되지 않았습니다.

"조금 긴 이야기가 될 텐데, 괜찮은가요?"

그리고 그녀는 조용히 추억 이야기를 시작했습니다.

지금으로부터 백 년 정도 전에 그녀는 태어났습니다. 그러나 자기 자신이 불로불사가 된 이유를 그녀는 잘 몰랐습니다.

그녀가 태어난 곳은 자그마한 시골 마을로, 무엇 하나 특별한 것 없는 지극히 평범한 마을이었고, 그녀는 아무런 불편함 없이 자랐습니다.

마법사 집안이라 마법을 당연하게 배웠고, 당연하게 마법을 쓰며 평범하게 살았습니다.

그녀는 자신이 특별하다고 생각한 적도 없었습니다.

분명 어른이 되면 평범하게 결혼하고, 평범하게 아이를 낳고, 평범하게 늙어 평범하게 죽으리라고, 당연하게 생각했습니다.

그래서 그녀는 평범하게 마법 공부를 하고, 평범하게 마법사로서 살아가는 길을 선택했습니다.

그러나.

"……마트리시카는 아무리 시간이 지나도 어린 채로구나."

"마트리시카는 전혀 달라지질 않는구나……."

스무 살을 맞이하던 날 아버지와 어머니는 웃으며 그렇게 말했습니다. 그녀의 겉모습은 열여섯 살 무렵부터 전혀 달라지지 않았던 것입니다. 그러나 스무 살을 맞이해도 어린 외모인 사람은 얼마든지 있으니, 그저 동안일 뿐이라고 그녀는 그리 생각했다고 합니다.

그러나 스물다섯 살이 되어서도, 서른이 되어서도, 그녀는 전혀 성장하지 않았습니다. 겉모습은 줄곧 열여섯 살인 채. 달라진 적은 한 번도 없었습니다.

주변 사람들만이 나이를 먹으며, 어른이 되어갔습니다. 그녀는 줄곧 어른도 아이도 아닌 어중간한 외모인 채로 나라와 사람들이 달라져 가는 모습을 지켜보았습니다.

그녀가 마흔 살이 되었을 때 그녀의 부모님은 세상을 떠났습니다.

그러나 그녀는 역시 열여섯 살의 외모인 채였습니다.

"……마트리시카는 아무리 시간이 지나도 어린 채로구나."

"마트리시카는 전혀 달라지질 않는구나…….."

죽기 직전에 부모님은 그녀를 바라보며 그렇게 말했습니다. 그 말에는, 예전과 같은 흐뭇한 감정이 담겨 있지 않은 듯 느껴졌습니다.

마치 기분 나쁜 사람이라도 보는 듯한 눈빛처럼, 그녀에게는 그렇게 느껴졌습니다.

부모님만이 아닙니다.

이 무렵부터 그녀를 보는 마을 사람들의 시선도 바뀌었습니다.

"저게 마트리시카래." "저 꼴로 마흔 살이래." "옛날부터 전혀 달라지질 않네…….." "부럽네…… 어떻게 저 젊음을 유지하는 걸 까……?"

사람들이 그녀에게 보내는 시선은 같은 인간을 보는 시선이 아니게 되어갔습니다.

"분명 주변 사람에게서 생기를 빼앗는 게 틀림없어."

재미있어하며 그런 말을 하는 사람까지 나왔습니다.

주변 사람들은 그 무렵부터 그녀에게 다가오지 않게 되었습니다. 그녀는 이미 인간 취급을 받지 못하게 되었습니다.

"……싫다."

마을 사람들이 그녀에게 보내는 시선을 깨달았을 때, 그녀는 고향에서 도망쳤습니다.

그 후 그녀는 여러 나라를 돌아다녔습니다.

초반에는 자신의 체질을 고치기 위해── 평범하게 나이를 먹을 수 있도록, 자신의 몸을 고칠 수 있는 사람을 찾는 여행을 했습니다.

그러나 결론부터 말씀드리자면── 지금의 그녀를 보면 알 수 있듯, 불로불사를 고칠 수 있는 분과는 만나지 못했습니다.

오히려 그녀가 불로불사라는 것을 알자마자 그녀를 이용하려드는 사람들만 그녀 앞에 나타났습니다.

"당신의 불로불사를 고치기 위한 연구를 하게 해줬으면 해."

어떤 나라에서는 마법사가 연구라 칭하며 그녀에게 온갖 실험을 했습니다. 처음에는 피를 뽑아보거나, 팔을 잘라내 보거나, 다리를 잘라보거나. 그녀의 피를 마셔보거나.

그 무렵에 이르러 그녀는 자신이 다쳐도 금세 낫는다는 사실을 알았습니다.

그녀에게 다가오는 마법사들은 모두 하나같이 "당신을 고쳐주고 싶다"라고 말했지만, 결국에는 자기 자신이 불로불사가 되고 싶은 사람들일 뿐이었습니다.

안타깝게도 마트리시카 씨의 피를 빼앗고도 불로불사가 된 사람은 나타나지 않았습니다.

"오오……! 그것은 바로 신의 힘! 당신이야말로 이 나라를 통치하기에 걸맞소……!"

혹은 그녀의 불로불사에 마음을 빼앗겨, 그녀를 나라의 수장으로 삼으려는 자도 있었습니다.

"어째서 당신은 역병에 걸리지 않는 거야? 혹시 당신이 이 병을——."

그녀는 불사신인 탓에 병에도 걸리지 않았고, 그런 그녀를 보고 역병이 만연한 나라에서는 마트리시카 씨가 역병을 퍼뜨렸다는 소문이 나도는 일도 있었습니다.

그녀는 여러 나라를 돌아다녔지만, 그러나 어느 나라에 가도 그녀가 불사신인 탓에 오래 머물 수 없었습니다.

불사신이라는 사실이 밝혀지면 그녀를 이용하려 하는 나쁜 인간에게 노려지고, 오래 머물려 하면 나이를 먹지 않는 그녀를 사람들은 기분 나쁘게 여겼습니다.

그녀는 결국 한곳에 머물기를 포기하고, 발길 닿는 대로 여행을 하게 되었습니다.

살기 싫어져서 죽으려는 마음을 먹고 투신한 적도 있었습니다. 그러나 그녀는 역시 아무리 해도 죽지 않았습니다.

투신을 한 다음 날, 그녀는 벼랑 아래에서 평범하게 깨어났습니다. 손목을 그어도, 목을 매도, 결국 그녀는 반드시 이 세상으로 다시 불려오고 말았던 것입니다.

살아갈 희망도 없이, 죽지도 못하고, 그녀는 그렇게 여행을 계속했습니다.

죽을 곳을 찾기 위해, 정처 없이, 망령처럼 방황을 계속했습니다.

여행을 시작한 후로 60년이나 되는 시간 동안 그녀는 그다지 마법을 쓰지 않았습니다. 열심히 공부했던 마법도 지금은 거의 기억하지 못한다고 합니다.

"일레이나 씨, 나는 이미 오래전부터 살아갈 목적을 잃었어요."

"…………."

"나는, 아무것도 아니에요. 그저 오래 살아 있을 뿐, 아무것도 못 해요. 병으로 괴로워하는 사람이 많아도, 백 년이나 산 주제에 치료할 지식도 없죠. 10년 좀 넘게 살았을 뿐인 당신에게 뒤처질 만큼, 나는 의미 없는 백 년을 살아왔어요."

그러니 이제 그만 끝내고 싶은데, 하지만, 그것조차 불가능해요──라고.

마트리시카 씨는 소파 위에서 조용히 중얼거렸습니다.

무언가를 필사적으로 배우는 것도 가능했을 겁니다. 누구보다도 현명하고 누구보다도 강한 마녀가 되는 일도 가능했을 겁니다. 그녀에게는 시간이 너무나도 많았으니까요. 그럴 마음만 먹으면 무엇이든 가능했을 겁니다.

그러나 그러한 수단을 취하는 것조차 불가능했을 테지요.

사람은 끝이 있기에 노력할 수 있는 법이니까요.

그래서 그녀는 노력할 수 없었을 테지요. 그녀에게는 경쟁할 상대가 아무도 없었으니까요. 아무도 그녀를 이해하지 못했고, 동시에 그녀가 사람들을 이해하는 일도 불가능했으니까요.

"이제, 전부 다 싫어졌어요."

그녀는 자조하듯 웃을 뿐이었습니다.

"마트리시카한테는 살아갈 이유가 없어요. 일레이나 씨."

아무리 밝게 행동해도 그녀의 가슴속 깊은 곳에 자리 잡고 있는 불안은 지울 수 없었습니다.

그것은 참으로 슬픈 일처럼 여겨졌습니다.

하지만.

"당신이 지난 백 년 동안 키워온 것이 아무것도 없다고는, 저로서는 도저히 생각할 수 없네요."

저는 그저 고개를 흔들 뿐이었습니다.

"살아갈 이유가 없다고도, 생각할 수 없습니다."

"…………."

마트리시카 씨는 그저 조용히 저를 바라보았습니다.

불안에 사로잡힌 눈동자였습니다.

어쩌면 이것이 그녀의 본래 모습일지도 모릅니다.

"……그럼, 내가 뭘 할 수 있다는 건가요? 일레이나 씨."

약한 소리를 토해내듯이, 그녀는 제게 물었습니다.

그래서 저는 단적으로 명료하게 대답했습니다.

"당신은 죽을 수 있습니다."

그저 그녀에게 있어서는 당연한 일을, 저는 말했습니다.

"살아갈 이유가 없다고 방금 말했지만—— 그래도, 당신한테는 죽을 이유가 있습니다."

○

다음 날 아침에 저와 마트리시카 씨는 나라의 관청을 찾았습니다.

관청에서는 고양이가 어제와 똑같이 야옹 하고 저희를 맞아주었습니다. 그러나 관리님은 어제와 전혀 다르게 매우 피곤한 모습으로 저희를 맞아주었습니다.

"……아아, 마녀님. 어서 오십시오…… 지금 마침 마녀님을 부르려던 참이었습니다……."

마치 세상이 끝난 것처럼 얼굴을 찌푸리는 관리님에게 마트리시카 씨는 "이 고양이 안아도 괜찮나요?" 하고 분위기를 읽지 못한 질문을 했습니다.

"하하하…… 얼마든지요……. 원하는 만큼 안아주십시오……."

관리님은 패기가 전혀 없었습니다. 우리가 느긋하게 거리를 관광했던 지난 하루 사이에 무슨 일이 있었다는 사실은 그 상태를 보면 바로 알 수 있었습니다.

"……이쪽으로 오시죠."

그리고 응접실로 안내받은 우리 두 사람과 고양이 한 마리.

"……감사합니다."

저는 이 나라로 운반한 약이 효과가 있었는지를 확인하기 위해

왔습니다만, 만약을 위해, 확인을 위해 이곳을 찾았습니다만, 그러나 아무래도 물을 것까지도 없었던 모양입니다.

응접실 테이블에는 아직 쓰이지 않은 약이 대량으로 놓여 있었기 때문입니다.

"매우 안타깝게도…… 이 약은 우리나라에 만연하는 기이한 병에는 아무런 효과도 없었습니다……."

"그렇군요."

"아무래도 상당히 성가신 병인가 봅니다……. 평범한 약만으로는 대처할 수 없을 듯합니다. 이번 약에는 상당히 기대를 하고 있었습니다만……."

"…………."

성대하게 한숨을 내쉰 관리님은 이어서 저에게 말했습니다.

"마녀님…… 어찌하면 이 상황을 타개할 수 있을까요……? 이대로라면 이 나라는 많은 국민을 잃게 될 겁니다……."

어찌하면, 이라고 말씀하신들.

저는 병을 전문으로 하는 마녀가 아니니 그런 기대에는 간단히 답할 수 없습니다.

"약으로 어떻게 할 수 없었다면, 저로서도 어찌할 수 없습니다."

그래서 저는 솔직하게 고개를 저으며 그렇게 대답할 따름이었습니다.

"그런……."

아마도 지금도 괴로워하고 있을 국민이 아주 많을 겁니다. 그 사람들을 전부 잃는다면, 이 나라에는 큰 손실일 테지요.

저는 말했습니다.

"하지만, 결코 병에 관한 문제를 해결할 수 없다는 건 아닙니다."

저는 상황을 타개할 수 있다고 여겼기에 이곳에 왔습니다. 무리였다면 냉큼 몰래 이 나라에서 도망쳤을 겁니다.

"……!"

관리님은 다급하게 몸을 내밀고 "그, 그게 정말입니까?!" 하고 소리쳤습니다.

"네, 뭐."

"하지만 대체 어떻게…….."

저는 대답하지 않았습니다.

대신에 마트리시카 씨가 안고 있는 고양이를, 제 무릎 위에 올려놓아 보였습니다.

모처럼이라 한번 해보고 싶었던 것을 여기서 해 보이기로 했습니다.

저는 고양이의 앞발을 잡고 장난치며 말했습니다.

"그건 연못에 갔을 때를 위해 남겨두겠습니다냥" 하고.

그렇게 말씀드렸습니다.

"…………." 관리님은 입을 다물었습니다.

"…………." 저도 입을 다물었습니다.

"…………." 마트리시카 씨는 진지한 얼굴로 저를 바라보았습니다.

"대체 뭐 하시는 건가요?"

"……아뇨, 분위기에 살짝 휩쓸려서 그만."

정말 무얼 하고 있는 걸까요?

울고 싶은 심정이었습니다만, 그러나 눈물은 나오지 않았습니다.

재채기도 나오지 않았습니다.

○

마녀 이리스의 연못은 어제와 다름없이 보랏빛 액체로 가득할 뿐. 마시면 즉사해버리는 게 아닐까 싶을 만큼 더러웠습니다.

연못 앞에 서보니 어제는 눈치채지 못했던 썩은 듯한, 진흙탕 같은 고약한 냄새가 주변에 가득하다는 사실을 알 수 있었습니다.

"우웨엑…… 구역질을 불러오는 냄새네요……. 최악……."

미간을 좁히며 마트리시카 씨는 말했습니다.

"그러게요. 썩었네요."

저는 그녀 옆에서 응응하고 고개를 끄덕여 보였습니다.

"…………."

그녀는 저를 보고 입을 다물었습니다. 그 눈은 '어제 말한 거 진짜 할 거예요?' 하고 묻고 있는 듯도 보였습니다.

"…………."

저도 그녀를 보며 입을 다물었습니다. 그 눈에는 '네? 당연하죠. 이제 와서 빼지 말아주시겠어요?'라는 뜻을 담아두었습니다.

"……네? 혹시 지금, 안 해도 된다고 말해주신 건가요?"

"말 안 했어요. 해주세요."

"에이. 하지만……."

"해주세요."

"싫어요오…… 무섭고."

저희의 대화를 뒤에서 바라보고 있던 관리님은 이윽고 "저기…… 괜찮겠습니까?" 하고 말을 걸어왔습니다. 저는 단호하게 무시.

"당신이 하지 않으면 시작이 안 됩니다만."

"그렇게 말한들…… 보세요. 이거. 엄청나게 더럽잖아요."

"더럽네요."

"마시면 죽는다고요."

"죽겠네요."

"……안 마시면 안 되나요?"

"안 되네요."

저는 단호하게 고개를 끄덕였습니다.

"어제 부탁했잖습니까."

"…………."

그리고 그녀는 한동안 "저기, 하지만……"이라고도, "저 그런 건 좀……"이라고도, "싫은데요……"라고도 중얼거리며, 아무튼 싫어했습니다.

이윽고, 그 후로 얼마 안 되어.

"됐으니까 어서요."

——하고 제가 등을 때릴 때까지 그녀는 그저 거부하기만 했습니다.

그녀가 각오를 다진 것은 그로부터 약 10분 후의 일이었습니다.

"알았어요! 네네, 알았다고요! 하면 되잖아요! 하면!"

약간 토라진 기색으로 마트리시카 씨는 그대로 늪을 향해 걸어갔고, "그럼 다녀오겠습니다! 으라차!" 그리고 뛰어들었습니다.

"앗!"

처음 만났을 때부터 생각했습니다만, 어째서 그녀는 소극적인 방향으로 쓸데없이 적극적인 걸까요?

저는 어제 그녀에게 이 연못 물을 마셔달라고 부탁했습니다.

"……저기, 마녀님. 저 사람은 대체 무얼."

관리님은 눈을 크게 뜨고 물었습니다.

"……연못 안으로 뛰어들었네요."

첨벙 하고 보라색 물보라가 튀었습니다.

"……저기, 저런 데 뛰어들면 죽을 거라고 봅니다만."

"저도 그렇게 생각합니다."

"연못에 뛰어들어 죽으라고 부탁한 겁니까……?"

"아뇨, 저는 연못 물을 마셔달라고 부탁했습니다."

"저기, 마녀님. 지금 이 연못 물을 마시는 것만으로도 아마 죽을 텐데요……."

"……사실, 저 사람은 죽고 싶어 하거든요."

"아, 네…… 죽고 싶어, 하는군요……."

관리님의 시선은 연못 쪽으로 향했습니다.

"……하지만 마녀님, 척 보기에 저 사람은 구해주길 바라는 것 같습니다만."

첨벙첨벙 물결치는 수면 중심에서는 마트리시카 씨가 물에 빠지고 있었습니다. "앗, 죽어! 위험…… 죽…… 커흑! 우에에……" 하고 눈물을 글썽이며 이쪽을 향해 무언가를 호소하는 지경이기까지 했습니다.

"……그러네요."

"도와주지 않아도 괜찮을까요?"

"조금만 더 기다리죠."

"하지만 마녀님."

"네."

"……이미 가라앉아 버렸습니다만."

"그런 것 같네요."

보라색 연못에는 이미 그녀의 모습이 보이지 않았고, 대신에 거품이 부글부글 솟아오를 뿐이었습니다.

"……저기, 아무래도 그만 끌어올리지 않으면 늦는 게 아닐까요?"

"아뇨 조금만 더 기다리죠."

"하지만 마녀님."

"네."

"뭔가 떠올랐는데요. 저건."

보니 연못 수면에 둥실하고 누군가의 등이 떠올랐습니다.

"죽었네요."

"죽어버렸잖습니까!"

"그럼 회수하겠습니다."

적당한 때를 봐서 저는 지팡이를 꺼내 들고 그녀를 마법으로 띄워 올려 이쪽으로 끌어당겼습니다. 팔다리를 축 늘어뜨린 채 허공에 떠올랐다가 그대로 지면에 눕혀진 그녀는 아마도 연못 물을 있는 대로 마시고 말았을 테지요.

연못에서 올라와 시체가 된 그녀의 젖은 몸은 점점 말라갔고, 이윽고 피부는 윤기를 되찾아갔습니다. 보라색 물로 더러워졌던 몸은 고작 몇 초 만에 원래의 상태로 돌아갔습니다.

그리고.

"……죽는 줄 알았네!"

역시 그녀는 농담인지 진담인지 판단하기 어려운 말을 뱉으며 되살아났습니다.

저는 몸을 일으킨 그녀를 가리키며 관리님을 바라보았습니다. 그리고.

"특효약, 완성됐습니다."

그렇게 말했습니다.

○

어젯밤의 일입니다.

저는 그녀에게 한 가지 부탁을 했습니다.

"일단 제가 신호를 보내면 연못 물을 마셔주세요. 그걸로 전부 끝날 겁니다."

연못 상태를 본 시점에서 아마도 제가 가져온 약은 효과가 없으리라는 것을 알았기 때문에, 저는 예비안으로서 그녀에게 그렇게 제안해두었습니다.

"네? 싫은데요. 마트리시카 죽어버리잖아요."

물론 그녀는 거부했습니다만.

"하지만 이건 당신밖에 할 수 없는 일입니다."

"……무슨 뜻인가요?"

"당신에게는 특별한 힘이 있습니다── 불사신이라는 건, 오히려 그 힘의 부작용이라 말해도 좋을 만큼, 특별한 힘이."

"……?"

무슨 말인지 전혀 모르겠다는 듯이 마트리시카 씨는 고개를 갸웃거릴 뿐이었습니다.

"불사신보다도 특별한 힘 같은 게 있나요?"

백문이 불여일견이죠.

"이걸 봐주세요."

저는 손을 팔랑팔랑 흔들어 보였습니다.

"그리고 제 얼굴도."

"…………."

그녀는 빤히 저를 응시했습니다. 뜨거운 시선이 제게 가차 없이 쏟아졌고, 그대로 그녀는 제게 얼굴을 가까이 가져다 댔습니다. 하지만 아무것도 알아채지 못한 모양이었습니다.

"……그냥 일레이나 씨가 있을 뿐인데요……?"

다소 떨떠름한 투로 입을 열었습니다.

그 말대로라며 저는 고개를 끄덕였습니다.

"맞아요. 그냥 저죠."

그리고 말했습니다.

"얼굴과 손에 났던 상처가 전혀 없는, 그냥 저죠."

낮에 관청을 방문했을 때, 고양이가 제 팔과 얼굴을 할퀴어 상처가 났었습니다. 그런데 지금은 그 상처가 전혀, 하나도, 남아 있지 않았습니다. 어디에도 없었습니다.

처음부터 상처 따위는 없었던 것처럼, 피부는 깨끗한 상태를 유지하고 있었습니다.

즉.

"상처가 나은 겁니다."

그 말대로였습니다.

"당연히 저는 마법으로 몸을 고치거나 하지 않았고, 애초에 그럴 여유도 없었습니다. 특별한 일도, 저는 전혀 하지 않았습니다."

"……그건 그러니까 무슨 뜻인지?"

"당신의 피가 제 상처를 치료한 겁니다."

낮, 그녀의 피를 닦은 다음에 저는 손에 난 상처에 손수건을 가져다 댔습니다.

신기한 현상이 일어난 것은 그때였습니다.

손등에 났던 할퀸 상처가 사라졌던 것입니다. 깔끔하게. 마치 처음부터 존재하지 않았던 것처럼.

신기한 현상에 놀라면서, 저는 그 후 마트리시카 씨의 피가 묻은 손수건으로 얼굴을 닦아보았습니다. 그랬더니 이번에는 얼굴에 났을 터인 상처까지도 사라졌던 것입니다.

즉, 마트리시카 씨의 피에는 상처를 낫게 하는 작용이 있으며.

"그리고 아마도, 이 피는 병에 대해서도 유효할 겁니다."

또한 그렇게도 말할 수 있을 테지요.

"당신 피가 묻은 손수건으로 닦은 후에 이상한 일이 두 개 있었습니다. 하나는 지금 보여드린 대로, 상처가 멋대로 나은 것. 또 하나는—— 고양이와 접했을 때의 신체 거절 반응이 완전히 사라지고 만 겁니다."

눈물도 재채기도, 깨닫고 보니 완전히 나았습니다.

마치 처음부터 고양이를 거절하는 체질 같은 건 없었던 것처럼.

"아마도 당신의 피에는, 당신이 경험했던 병을 고치는 작용도 갖춰져 있을 겁니다."

분명 어릴 때의 그녀도 저와 마찬가지로 고양이를 거절하는 체질이었을 테지요. 그러나 그녀가 억지로 무리해서 고양이와 놀던 사이에 몸은 완전히 고양이를 거절하지 않게 되었다고, 그녀는 말했습니다.

그것은 그저 몸이 고양이에 익숙해졌기 때문이 아닙니다. 그녀의 몸의 상처가 멋대로 낫듯이, 그녀의 몸이 그녀의 체질조차도 멋대로 고쳐버렸던 것입니다.

"이건 즉, 바꿔 말하자면, 당신은 그 어떤 치사성 병이라 해도 나을 수 있는 특별한 몸을 갖고 있다는 뜻입니다."

연못 물을 마시면, 요컨대 그런 것입니다.

그녀가 경험했던 병은 전부, 그녀의 피만 있으면 치료 가능한 것입니다.

"당신은 아무것도 못 하는 게 아닙니다."

분명 백 년이나 살아 있으며, 그중 60년은 그저 방황했을 뿐인지도 모릅니다.

그러나.

그렇기에 지금의 그녀는 무엇이든 할 수 있다고, 저는 그렇게 생각했습니다.

"당신은, 그럴 마음만 먹으면 어떤 병이라도 고칠 수 있는, 만병통치약이 될 수 있습니다."

그야말로, 본래의 마녀 이리스의 연못처럼.

○

되살아난 그녀의 피를 뽑아서 우리는 특효약을 만들었습니다.

우리의 예상대로 그녀의 피를 조금 나눠주자 도시 사람들의 병은 금세 빠르게 회복되어갔습니다. 마치 병이 처음부터 없었던 것처럼.

"대단해⋯⋯! 대체 어떻게 하신 겁니까⋯⋯! 제 눈에는 그저 연못에 투신을 했던 것처럼만 보였는데⋯⋯."

우리의 상황을 옆에서 지켜보았던 관리님은 갑자기 만들어진 특효약에 매우 놀라셨습니다.

"⋯⋯⋯⋯." "⋯⋯⋯⋯."

뭐, 정말로 그저 연못에 투신했을 뿐이지만 말이죠⋯⋯.

결국, 그녀가 만들어낸 약 덕분에 사람들의 병은 전부 치료되었습니다.

"오오…… 대체 어찌 감사를 드리면 좋을지……! 고맙습니다……! 고맙습니다……!"

마트리시카 씨의 활약으로 도시에서 기이한 병은 사라졌습니다.

그녀는 도시 사람들에게 감사를 받았고, "고맙습니다!" "이거, 얼마 안 되지만…… 답례로." "부디 받아주세요!"라며 끊임없이 사람들에게 칭찬과 돈을 받았습니다.

"어…… 어라…… 이렇게 많이요? 그것참, 곤란하네요……."

에헤헤, 하고 난처해하면서도 그녀의 안색은 밝았습니다.

……뭐, 저한테는 전혀 돈이 흘러들어 오지 않았지만 말이죠.

그나저나, 연못에서 발생했던 기묘한 병은 나았습니다만, 그러나 연못은 그대로였습니다.

지금도 여전히 연못에서는 독이 흘러나왔습니다.

"그런데, 약의 조합, 그거, 틀렸습니다."

그래서 저는 앞으로도 같은 병이 만연하지 않도록 도시의 관리님에게 조언을 해두었습니다.

"일단 조각상은 철거하는 편이 앞으로를 위해 좋을 거라고 봅니다."

"정말입니까?"

"저 조각상에서 독이 새어 나오고 있습니다. 철거하지 않으면 영원히 연못은 원래대로 돌아가지 않을 겁니다."

"하지만…… 그 조각상을 치워버리면 이 나라의 유일한 특색이……."

"마트리시카 조각상 같은 건 어떨까요? 이번에, 이 나라를 구한 것은 틀림없이 그녀니까요."

"……!"

관리님은 눈을 빛냈습니다.

"그건…… 괜찮군요."

"그렇죠?"

"곧바로 업자에게 부탁해보겠습니다."

"그런고로, 그녀의 초상권에 대한 대금을 지불해주셨으면 합니다만……."

"얼마입니까?"

"대략 이 정도일까요……."

………….

결국, 연못의 독에서 비롯되었던 기이한 병을 치료한 공은 전부 마트리시카 씨가 가져가 버렸습니다.

하지만 뭐, 저도 저 나름대로 부수입이 있었으니 다 잘 되었다고 치기로 했습니다.

한 건 해결되었고, 이제 이 나라에는 아무런 용건도 남아 있지 않았으므로, 저희는 이 나라를 떠나기로 했습니다.

"일레이나 씨. 고맙습니다."

꾸벅 고개를 숙이는 마트리시카 씨.

"사람들에게 감사를 받아본 게 몇 년 만인지……."

고개를 든 그녀의 뺨은 부드럽게 풀어져 있었습니다.

아뇨, 아뇨.

"감사를 드리고 싶은 건 제 쪽이랍니다."

부수입도 생겼으니 말이죠……

"? 무얼요?"

의미심장한 표정을 짓는 저에게 그녀는 의아하다는 표정을 해 보였습니다.

"아무것도 아닙니다."

저는 사념을 떨쳐내며 고개를 젓고, "마트리시카 씨. 이거, 받으세요"라며 화제를 돌렸습니다.

"……?"

고개를 갸웃거리며 그녀는 제게서 메모를 한 장 받아 들었습니다.

"……이건?"

"주소예요."

"앗."

뺨을 붉히는 마트리시카 씨.

…………

"제 주소가 아닙니다."

"네? 아, 그렇구나……. 놀랐네……."

저야말로 깜짝 놀랐습니다…… 이 흐름에서 갑자기 제 주소를 건넬 리가 없지 않습니까? 애초에 저는 여행자라 일정한 주소지가 없기도 하고요.

"그 메모에는 이 근처 나라에 사는 사람의 주소가 쓰여 있습니다. 상당히 장수한 노파분이죠. 옛날에는 대단한 실력의 마법사였다는 모양이니까, 어쩌면 불로불사의 체질에 관해서도 조금 지혜가 있을지도 모릅니다. 불로불사인 몸을 쓸 곳이 지금은 있다고 해도, 언제까지고 영원히 남을 도우며 다니기는 어려울 테니——, 조만간 찾아가 보면 어떨까요?"

"…………상당히 장수라는 건, 어느 정도인가요?"

"당신의 네 배 정도랍니다."

"……네 배라니."

"4백 살이죠."

"…………."

그녀는 메모를 바라보며 한숨을 내쉬었습니다.

"……세상은 참 넓네요. 제 네 배나 산 분도 계신가 하면, 제 5분의 1도 안 살았으면서 저보다 훨씬 머리가 좋은 사람도 있으니까요…….."

이런, 콤플렉스를 자극해버린 걸까요?

"그렇게 낙담할 것 없습니다."

저는 5분의 1 이하밖에 안 산 어린애답게, 아주 건방지게 코웃음을 쳐 보였습니다.

"그거 알아요? 세상에는 4백 년 살았지만, 그 대부분을 자며 지낸 용족 사람도 있답니다."

"……그건 즉?"

"당신이 생각하는 것 이상으로 세상은 넓다는 겁니다."

©Azure

물론 제가 생각하는 것 이상으로, 세상은 아주 넓고, 아직 알지 못하는 것들로 넘쳐납니다.

그래서 여행을 그만둘 수 없습니다.

"힘내세요. 마트리시카 씨."

저는 작별의 순간을 맞이하며 그녀에게 그저 미소 지으며 말했습니다.

"당신의 그 체질도, 언젠가 반드시 나을 겁니다."

그녀의 말을 빌리자면.

모든 것엔 반드시 끝이 있는 법이니까요.

빵도 그렇고, 마녀 이리스의 조각상도 그렇고, 연못도 그렇습니다. 마녀 이리스의 목숨조차, 그랬습니다. 어떤 형태로든, 모든 일에는 끝이 오기 마련입니다.

불사의 병에도.

"그러네요——. 조금 더 힘내 볼게요."

그렇게 말하며 그녀는 웃었습니다.

사람은 끝이 있기에 노력할 수 있으니까요.

그리고 우리는 문을 빠져나와, 헤어졌습니다.

"그럼, 잘 가요. 일레이나 씨."

그녀는 손을 흔들었습니다.

"네—— 또, 언젠가."

저도 손을 흔들며 빗자루에 올랐습니다.

그리고 이 나라에서의 이야기는, 조촐하게 끝을 맞이했습니다.

평원을 나아간 곳에 그 나라는 있었습니다.

커다란 벽이 우뚝 서 있었고, 입구에는 문지기 병사님 한 분이 있었습니다. 문지기 병사님은 천천히 빗자루를 타고 날아온 저를 눈치채고 경례를 한 번 했습니다.

"오오, 마녀님. 환영합니다. 여기는 서쪽 도시입니다."

그렇게 인사를 한 다음, 문지기 병사님은 종이와 펜을 손에 들고 "관광하러 오셨습니까? 일로 오셨습니까?" 하고 간단한 입국 심사를 시작했습니다.

여행 목적과 나이, 성별, 이름, 직업 등등 이것저것, 저는 질문에 단적으로 하나하나 대답했습니다.

이윽고 입국 심사가 끝나자 문지기 병사님은 "확인했습니다—— 그런데, 마녀님. 우리나라에서는 주의해야 할 사항이 몇 가지 있는지라 다른 나라 분들에게는 반드시 이 종이를 전달하게 되어 있습니다" 하고 말하며 종이 한 장을 제게 건네주었습니다.

자잘한 글자로 가득 채워져 있었습니다. 읽을 마음이 단숨에 사라질 정도로 주의 사항이 많았습니다.

"이쪽의 주의 사항을 준수하면서, 우리나라 관광을 즐겨주십시오."

그리고 문지기 병사님은 제 앞에서 물러났습니다.

자, 자, 어서 들어오세요. 그렇게 말하고 싶은 것일 테지요.

"감사합니다."

저는 꾸벅 고개를 숙인 다음 문을 빠져나왔습니다.

"우리 선진국에서 부디 즐거운 관광을 하시길 바랍니다! 마녀님!"

그런 말을 등 뒤로 들으면서.

"…………."

선진국이라니, 그게 그렇게 자칭할 말입니까?

선진국이라 자칭할 정도라면, 예를 들면 우뚝 솟아 있는 성벽 너머에는 이제껏 본 적이 없을 만큼 멋진 거리의 풍경이 펼쳐져 있을 테죠? 하고 저는 조금 기대를 했습니다.

그러나 큰길에 늘어선 건물들은 하얀 벽, 검은 지붕으로 단조로웠고, 혹은 고풍스러운 정취를 풍기고 있을 뿐이었습니다. 선진국스러운 모습은 찾아볼 수 없었습니다.

그렇다면 마을 사람들의 삶이 선진국스러움으로 넘쳐나는 것일까요? 보도블록이 깔린 길을 걸으며 저는 역시 기대로 가슴을 부풀렸습니다만, 그러나 큰길을 오가는 것은 지극히 평범한 주민들뿐.

마차를 모는 상인의 모습이 보였고, 노점에는 신선한 생선과 고기 등이 죽 놓여 있었습니다만, 그러한 광경은 대체로 다른 나라에서도 볼 수 있는 것들입니다.

요컨대, 이 나라에서만 볼 수 있는 것이 전혀 없었습니다.

이건 즉.

"……평범한 나라이지 않습니까?"

그렇게 말할 수밖에 없었습니다.

입국하면 알 수 있을 거라는 투의 대사에 현혹되어 들어와 목격하게 된 것은 그저 지극히 평범함으로 넘쳐나는 나라의 일상이었습니다.

"…………."

혹시 큰길을 걷는 것만으로는 알 수 없다는 것일까요?

저는 그렇게 도시 이곳저곳을 산책했습니다. 들어가 보면 알게 되리라 생각했던 것과 달리 여전히 전혀 알 수가 없었던지라, 이렇게 되면 의지로라도 서쪽 도시가 선진국이라 할 만하다는 확신을 잡아내겠다며 열을 올렸습니다.

우선 레스토랑에 들어갔습니다.

"어서 오세요! 한 분이신가요?"

제가 고개를 끄덕이자 점원분은 "저희 가게는 전 좌석 금연입니다. 양해 부탁드립니다"라는 말을 덧붙이고서 가게 안으로 안내했습니다.

그래서, 요리는 어땠는가 하면 이번에도 역시 평범한 요리가 저를 기다리고 있었습니다.

"어떤가요? 이 나라의 요리는 아주 맛있죠?"

굳이 특이했던 점을 꼽자면, 이 나라에서는 그다지 볼 수 없는 옷차림을 한 저에게 점원분이 몹시 끈질기게 이 나라의 요리가 얼마나 맛있는지를 설명한 정도일까요?

"이 주변에서 이렇게나 맛있는 요리를 맛볼 수 있는 건 우리 가게 정도예요. 다른 데 요리는 먹을 만한 게 못 돼요. 어째선지 아세요?"

"아뇨……."

어째서죠? 하고 제가 고개를 갸웃거리자 점원분은.

"우리나라 요리는 전부 이 나라에서 생산한 재료를 쓰거든요! 그래서 아주 맛있고, 몸에 좋답니다! 자, 많이 드세요!"

"아, 네에……."

점원분이 앞에서 그렇게 보고 있으면 먹기 불편합니다만…….

"참고로 근처에 있는 동쪽 도시에서는 나라 밖에서 가져온 재료만 쓴다지 뭐예요. 그쪽 나라 요리는 정말이지 먹을 게 못 돼요! 최악이에요!"

그리고서는 점원분의 우리나라 찬미 토크를 한바탕 들어가며, 저는 식사를 즐겼습니다.

참고로 레스토랑에서 나온 식사는 그럭저럭 맛있었습니다.

훌륭한 선진국의 요리라고 불릴 만큼 맛있었느냐고 묻는다면 답하기 곤란하기는 합니다만.

이 나라는 아무래도 가까이에 있는 후진국과 다투고 있는지, 아니면 단순히 적시하고 있는 것인지, 사사건건 후진국이라는 곳과 비교하는 천성을 갖고 있는 모양이었습니다.

"이보시게, 마녀님. 우리 서점의 책들 구성은 어떤가?"

예를 들면 제가 서점에서 시간을 보내고 있을 때는 서점 주인인 아저씨가 그렇게 말을 걸었습니다.

"우리나라의 서점에서는 폭력 묘사가 있거나, 성적인 묘사가 있는 건 일절 판매를 금지하고 있거든. 유해 도서니까."

그럼 어떤 게 놓여 있는가 싶어 살펴보니 어려운 학술서와 철학서 종류뿐.

"책은 공부하기 위한 거라고. 오락으로 책을 읽다니 저속해. 뭐, 동쪽에는 그런 책을 많이 취급하는 나라가 있다는 모양이지만 말이야."

등등.

이 나라는 아무래도 금지 사항이 나름 많은 모양이었습니다.

"우리나라에서 음주는 금지되어 있어!"

예를 들면 이 나라에서 술을 마시며 걷던 상인이 길 한복판에서 병사님에게 호되게 혼나고 있었습니다.

"술은 자아를 잃게 하는 악마의 음료다! 이건 몰수야!"

"자, 잠깐 있어 봐!"

상인분은 물고 늘어졌습니다.

"술 반입이 금지라니, 못 들었다고……! 이웃 나라에서는 평범하게 반입을 허가해줬는데——."

"남은 남! 우리나라에서는 주류 일절 금지야! 벌금으로 동화 다섯 닢을 내도록 해!"

들을 생각도 하지 않는다는 것이 바로 이런 것인지, 병사님은 일방적으로 술과 돈을 빼앗아 가버렸습니다.

이즈음에 저는 문지기 병사님에게 건네받았던 종이를 떠올렸습니다. 서둘러 입국하고 싶었던 탓에 제대로 읽지도 않고 주머니에 넣어두었습니다만——.

"…………."

아무래도 이 나라는 금지 사항이 아주아주 많은 모양이었습니다.

『국내에서의 음주 금지. 국외에서 고기, 채소, 생선 등의 날 것 반입 금지. 걸어 다니며 먹기 금지. 노상에서 퍼포먼스 금지. 유해 도서 반입 금지. 생물 반입 금지. ……월광화 흡연 금지. 워스탐 반입 금지.』

등등.

금지 사항이 많은 것은 물론이고, 어겼을 때의 벌금도 상당했습니다. 금지된 음식 등의 반입은 동화 다섯 닢. 그리고 은화 한 닢, 은화 다섯 닢 등등으로, 금지 사항을 어겼을 때의 벌금은 크게 올라갔습니다.

그중에서도 가장 무거운 벌금이 내려지는 것이 두 가지.

워스탐 반입과 월광화 반입에는 각각 금화 다섯 닢을 내게 되어 있었습니다.

둘 다 들어본 적 없는 이름이었습니다.

과연 이 두 가지는 대체 무엇일까요?

"저기, 실례합니다."

그런고로 저는 주변을 걷고 있는 행인을 붙들고서 종이를 들이밀었습니다.

"여기 쓰여 있는 워스탐과 월광화는 대체 뭔가요?"

아마도 산책 중이었을 테지요. 행인 아저씨는 친절하게도 걸음을 멈추고 "오호라. 여행자인가?" 하고 웃더니 "어디 보자" 하고 종이를 보았습니다.

"워스탐은 이 주변 지역에 서식하는 유해조수라네."

"호오. 대체 어떤 생물인가요?"

"다리가 여덟 개에, 얼굴은 멧돼지. 참고로 워스탐은 이 주변 나라의 말로 『망할 돼지 자식』이라는 의미지."

"지독한 이름이네요."

"지독한 생물이기도 하니까."

아저씨는 말했습니다.

"이 워스탐은 아무튼 식욕이 왕성해서, 기본적으로 뭐든 먹어버린단 말이지. 농장을 망쳐놓거나, 가축용 목초라든가, 그리고 썩은 고기도 먹는다니까. 가축을 공격하는 일도 있지. 이빨에는 독이 있어서 물린 가축은 대부분 죽어."

"어머나."

과연, 유해조수 취급을 당하는 것도 이해가 되는 흉악함이었습니다.

"……그런데 동쪽 후진국에서는 어떤 이유에선지 이 워스탐을 비싼 값에 사들인다나 봐……. 그 탓에 우리나라에서도 사주는 줄 알고 착각한 상인들이 가끔 가져오는 모양이야."

정말이지, 후진국 탓에 우리나라가 얼마나 피해를 당하고 있는지……. 아저씨는 그렇게 중얼중얼 불만을 늘어놓았습니다.

워스탐이라는 것에 관해서는 대충 알았으니, 저는 다시 물었습니다.

"그럼 이 월광화라는 건?"

그러자 그는 "아아" 하고 고개를 끄덕였습니다. 그리고,

"그거는, 저거야."

길 저편을 가리켰습니다.

"…………."

그곳에는 조금 전 술을 몰수당한 상인분이 계셨습니다.

"젠장…… 못 해 먹겠네…… 정말이지……."

중얼중얼 불만을 늘어놓으며 그는 마차에 기대어 불이 붙은 담뱃대를 입에 물었습니다.

스읍, 하아, 하얀 연기가 그의 입에서 뿜어져 나왔습니다.

그 직후에 저와 대화하던 아저씨는 "무슨 짓을!" 하고 소리치며 얼굴을 찌푸리고 입을 손수건으로 가렸습니다.

"……저건, 월광화를 건조해서 만든 담배야."

그는 웅얼웅얼 불분명하게 말했습니다.

"아주 위험한 거니까, 연기를 들이쉬지 않도록 주의하는 편이 좋아. 우리나라의 연구로 안 건데, 저 월광화에는 환각작용과 중독성이 있다더군. 즉, 위험 약물이지!"

"환각작용과 중독성이라고요?"

위험한 꽃이지 않습니까?

저는 입을 가렸습니다. 그와 마찬가지로 웅얼웅얼하며 저는 "요컨대 마약이라는 거지요?" 하고 간단히 정리했습니다.

"정확하게는 마약과 담배의 중간이지."

웅얼웅얼 아저씨는 말했습니다.

"참고로 저 남자가 뱉은 연기보다도 담뱃대 끝에서 피어오르는

연기 쪽이 훨씬 유해하니까 주의하는 편이 좋아. 월광화는 피우는 사람보다 주변 사람에게 피해를 끼치기 때문에 엄격하게 금지되고 있어."

그 말은 주변 사람이 환각을 보게 되고 만다, 라는 뜻입니까? 저는 한층 더 입을 가렸습니다. 담배는 싫습니다.

"정말이지 어리석은 남자야. 이런 대로변에서 월광화 같은 걸 피웠다간――."

미간을 찌푸리면서 아저씨가 말을 꺼냈을 때였습니다.

"어이! 길 한가운데에서 뭘 피우고―― 또 네놈이냐!"

조금 전의 병사님이 무시무시한 형상을 하고서 돌아왔습니다. 기분 탓인지 조금 전보다 기백이 더욱 강해진 듯 보였습니다.

"뭐? 농담이지? 월광화도 안 되는 거야?"

아무래도 그는 조금 전까지의 저와 마찬가지로 입국 때 건네받은 종이를 제대로 읽지 않았던 모양입니다.

"웃기지 말라고! 따라와!"

그 자리에서 월광화를 빼앗은 병사님은 상인분의 목덜미를 붙들었습니다.

"잠깐……! 잠깐 기다려! 그게, 동쪽 도시에서는 월광화를 피워도 오케이였고, 심지어 재배도 하고 있는데――."

"남은 남! 우리나라에서 이건 금지 약물이야! 너, 또 뭔가 감추고 있는 건 아니겠지?"

병사님은 그의 마차로 시선을 돌리더니 "안을 좀 보자고!" 하고 말하며 마차에 올랐습니다.

직후.

"이 자식! 이건 워스탐이잖아! 금지 약물만이 아니라 반입 금지인 동물까지 이 나라에 들여오다니! 괘씸하군! 따라와!"

홱, 상인분을 끌고서 병사님은 그대로 길 저편으로 사라져버렸습니다.

"…………."

일련의 상황을 지켜보며 저는 종이를 조용히 챙겨 넣었습니다.

"……대강 알았습니다. 고맙습니다."

당연하게도 금지된 것들에는 어엿한 이유가 있는 모양입니다.

"지금 저 남자도 말했지만, 가까이에 있는 동쪽 도시에서는 저런 월광화 재배를 허가하고 있는가 보더군."

정말이지──하고 얼굴을 찌푸리며, 아저씨는 말했습니다.

"후진국은 이래서 곤란하다니까. 저 꽃의 위험성을 모른 채 기호품으로 계속 사용하고 있으니 말이야."

즉, 선진국이라 자처한다는 것은 자신들과 비교할수록 뒤처진 나라가 있다는 뜻이겠지요.

한차례 관광을 마친 다음에 저는 서쪽 도시를 떠나기로 했습니다.

그때 입국 당시에 만났던 병사님과 재회했습니다만.

"오, 마녀님. 우리나라는 어떠셨습니까?"

출국 수속을 밟는 사이에 문지기 병사는 저를 바라보며 그렇게 물었습니다.

"규칙이 철저하게 지켜지고 있는 덕분에, 국민에게 안심하고 살 수 있는 안전한 생활을 보장하는 이 나라는 그야말로 선진국이라 불릴 만하다. 그렇게 생각하지 않습니까?"

"…………."

뭐, 그렇게 보는 것도 불가능하지는 않을 것 같습니다만.

그것은 즉.

"문자 그대로 눈 가리고 아웅 하고 있을 뿐인 것처럼도 보였지만요."

그렇게도 바꿔 말할 수 있었습니다.

제 말에 병사님은 웃었습니다.

"멋지지 않습니까? 추한 것을 안 보고 살 수 있다는 뜻이니까요."

○

서쪽 도시를 나온 저는 곧장 빗자루를 타고 동쪽을 향해 날아갔습니다.

그렇게까지 철저하게 비교당하는 모습을 보면 신경 쓰이는 것이 당연한지라, 서쪽 도시의 그들이 혐오—— 혹은 후진국이라며 매도하는 동쪽 도시가 얼마나 뒤처진 나라인지 궁금해졌던 것입니다.

호기심을 느끼는 것도, 재미있는 일에 끌리는 것도 여행자의 천성이니까요.

동쪽을 향해 빗자루를 타고 계속해서 똑바로 나아갔습니다. 정확한 위치 같은 건 딱히 조사하지 않았습니다만, 그럭저럭 빠른 속도로 빗자루를 타고 난 지 몇 시간 정도 만에 나라의 모습이 멀리서 보이기 시작했습니다.

동시에, 나라의 벽 바깥에서 재배하고 있는 꽃밭도 보이기 시작했습니다.

그것은 정말이지 아름다운 꽃밭이었습니다.

새하얀 꽃이 멀리까지 펼쳐져 있었습니다. 발아래가 흰색으로 가득 채워졌고, 빗자루 바람을 받아 꽃들은 고개를 흔들었습니다.

"…………."

아마도 나아가는 이 길 끝에 있는 나라가 동쪽 도시일 테지요.

하얀 꽃에서 희미하게 감도는 향기는, 푹 빠지고 말 것 같은 좋은 냄새였으니까요.

나라의 문까지 가자 문지기 병사님의 모습은 보이지 않았고, 대신 관리님이 서 계셨습니다.

이 나라에서는 입국 수속을 관리님이 담당하는 것일까요? 저는 빗자루에서 내려서서 관리님에게 인사를 한 번 했습니다.

"안녕하세요. 여행하는 마녀 일레이나라고 합니다——."

입국하고 싶은데, 어떻게 하면 되나요? 하고 고개를 갸우뚱했습니다.

관리님은 "아아, 어서 오십시오" 하고 가볍게 제게 마주 인사를 했습니다. 그리고 이렇게 답했습니다.

"우리나라에서는 입국 심사를 하고 있지 않으니, 편하게 들어가셔도 됩니다."

오호, 입국 심사가 없다니요?

"서서 일해야 하는 입국 심사 같은 건 요즘 세상에 시대착오적인 절차죠. 우리나라에서는 성벽 위에서 병사들이 지켜보고 있으니, 여기까지 올 수 있었다는 건 즉, 당신은 문제없다고 판단되었다는 뜻이겠죠."

관리님은 말하면서 문을 올려다보았습니다. 그 위에서 병사님이 이쪽을 향해 손을 흔드는 모습이 보였습니다.

과연 그렇군요. 하지만.

"그렇다면 당신은 무얼 하고 계신 건가요?"

저는 다시 고개를 갸우뚱했습니다. 제 눈에는 시대착오적인 서서 하는 일을 하고 있는 것처럼 보였기 때문입니다.

그는 담담하게 대답했습니다.

"상인을 기다리고 있습니다. 오늘 워스탐을 우리나라에 전달해주기로 약속되어 있는데……, 아무래도 늦는 모양입니다."

워스탐.

"분명, 유해조수였죠?"

그러고 보니 서쪽 도시에서 워스탐을 반입했던 상인이 병사님에게 질질 끌려갔었습니다만…….

혹시 그건가요?

"어라?"

관리님은 저를 바라보며 조금 놀란 표정을 지었습니다.

"여행자님, 혹시 서쪽 도시에서 오신 겁니까?"

"……어떻게 아셨나요?"

"그 나라에서는 워스탐을 유해조수 취급하는 구석이 있으니까요."

"…………?"

그 말투로 보자면 워스탐은 유해조수가 아니라는 의미가 됩니다만.

이건 대체 어떻게 된 일인가요?

"워스탐은 겉모습이 추하고, 성격도 거칠고, 이빨에는 독이 있기는 합니다만—— 하지만, 그 동물의 간은 아주 맛있어서 우리나라에서는 진미로 사랑받고 있답니다. 뭐, 저쪽 녀석들은 그것도 모르고 그저 유해조수라며 구제하고 있는 모양입니다만……."

"…………."

유해조수라고 하는 워스탐을 상당히 고가에 사들이는 동쪽 도시. 서쪽 도시에서는 동쪽 도시가 무슨 생각을 하는지 잘 모르겠다——라고 말했었습니다만.

과연, 당연하게도 고가에 사들이는 데는 그에 상응하는 이유가 있었던 모양입니다.

"그런데, 마녀님. 그 나라에서는 여전히 월광화 반입도 금지되어 있습니까?"

그렇게 말하며 관리님은 가슴 주머니에서 담뱃대를 하나 꺼냈습니다.

상인분이 들고 있던 것과 같은 것—— 아마도 월광화일 테지요.

"……네, 뭐."

관리님이 담뱃대에 불을 붙이는 순간 저는 한 걸음 물러섰습니다.

"이런…… 죄송합니다. 국내에서는 그다지 피울 기회가 없어서요── 지금은 금연 붐이 일고 있어서, 문밖 정도가 아니면 자유롭게 피울 기회가 없답니다."

관리님은 그렇게 말하면서도 담배 연기를 토해냈습니다.

"…………?"

하지만 그 말은 상인분의 발언과는 상반되고 있었습니다.

"이 나라에서는 월광화가 금지되어 있지 않잖아요?"

"아, 서쪽 도시에서 그렇게 말하던가요?"

관리님은 웃었습니다.

"건조한 월광화를 채운 이 담배는 백해무익한 기호품이라, 우리나라에서도 단속하고 있답니다. 장소와 시간을 구분 짓고 있어서, 흡연자는 모두 눈치를 보고 있죠."

저처럼 말이죠, 하고 그는 말했습니다. 그리고 동시에.

"하지만 월광화 자체에는 해가 없습니다."

그렇게도 말했습니다. 제 등 뒤에 있는 꽃밭으로 시선을 주며 그는 "그거 아시나요? 월광화는 잘 쓰면 난치병 치료에 효과적인 특효약도 됩니다. 건조하면 마약에 가까운 담배가 되기도 하지만, 잘 다져서 쓰면 지금까지 불치병이라고 여겨졌던 병을 쾌유시킬 수 있다── 그런 연구 결과가 최근 우리나라에서 나왔지요."

"………….."

그래서 이렇게 많이 재배하고 있는 것인가요?

그만 이 나라는 월광화에 중독된 분들로 가득한 위험한 나라인가 했습니다.

"즉, 월광화는 독도 약도 될 수 있는 무한한 가능성을 감추고 있는 겁니다. 서쪽 도시 녀석들은 그것도 모르고 반입을 금지하고 있지만 말이죠──."

눈 가리고 아웅 하는 천성을 가진 서쪽 도시니, 분명 월광화가 유효하게 쓰인다는 사실을 알리면 아직 시간이 더 걸릴 테지요.

아니, 월광화만이 아니라── 워스탐의 간이 실은 아주 맛있다고 하는 사실에 관해서도 마찬가지로, 그들은 결국 금지하기만 하고 시선을 돌리며 달리 사용할 방법이 있다는 것을 알 기회를 스스로 잃어버리고 있는 중일 테지요.

그것은 안타까운 일이고, 혹은 아까운 일이기도 하다 싶었습니다.

"저쪽 나라 분들에게, 그런 사실을 가르쳐드리지 않는 건가요?"

그러자 관리님은 웃었습니다.

"가르쳐주다니 말도 안 됩니다."

그리고 말했습니다.

"남은 남, 이니까요."

제 4 장

"악의 조직 박멸 캠페인?"

마법 총괄 협회, 천칭의 나라 트리오네스 지부에 갑자기 호출을 받은 사야 씨를 기다리고 있던 것은 사야 씨의 스승인 어두운 밤의 마녀 실라였습니다.

그녀는 『악의 조직 박멸 캠페인 실시 중! 악의 조직 놈들을 남김없이 뭉개버리자!』라느니 하는 다소 위험한 대사와 함께 이미지 캐릭터를 맡은 마녀가 의기양양한 표정을 짓고 있는 포스터 앞에서 담뱃대를 태우고 있었습니다.

"그래, 지금은 세상이 좀 흉흉하니까, 이런 캠페인을 마법 총괄 협회 주도로 하게 되었어."

후우 하고 담배 연기를 뿜어내는 스승님. 독 연기를 마시지 않도록 얼굴 앞에서 손을 휘저으며 사야 씨는 "그래서, 구체적으로 무얼 하는 캠페인인가요?" 하고 물었습니다.

스승님은 "좋은 질문이다"라고 말하듯이 고개를 끄덕였습니다.

"글자 그대로, 이 캠페인 실시 기간 중에는 전국 각지에서 악의 조직이라 여겨지는 놈들을 마법 총괄 협회가 중심이 되어 쳐부수기 위해 암약하게 된다."

"과연."

"참고로 이 포스터는 이미 전국 각지에 배포되었다."

"전혀 암약이 아닌데요?"

"뭐, 아무튼 현재 그런 캠페인이 실시되고 있지."

"그런 건 어찌 되든 상관없습니다만, 어째서 이 포스터에 스승님 사진이 쓰인 건가요?"

포스터 앞에서 의기양양한 표정을 짓고 있는 스승님 너머에는, 포스터 속에서 의기양양한 표정을 지으며 담뱃대를 물고 있는 스승님의 모습이 있었습니다. 의기양양한 얼굴 농도가 너무 높아서 눈이 아팠습니다.

"어째서라니, 그야 내가 악의 조직을 박멸하기에 걸맞은 존재이기 때문이지."

"…………."

"뭐?"

찌릿, 눈을 가늘게 뜨는 내 스승님. 안 좋은 소행이 배어 나오는 악인의 면모가 엿보였습니다. 어쩌면 이건 『※악의 조직은 대체로 이런 녀석이 운영합니다. 주의하세요』라는 의미에서 이미지 캐릭터를 선택했을 뿐인 게 아닐까요? 사야 씨는 그렇게 생각했지만, 그런 말을 했다간 분명 스승님 손에 말살당하는 괴로운 체험을 피할 수 없을 것만 같았기 때문에 "아무것도 아닙니다" 하고 시선을 피했습니다.

스승님은 그런 사야 씨에게 시선을 주었습니다. 그리고.

"뭐, 그렇게 됐으니까. 너, 한가하지? 악의 조직 좀 뭉개고 와라."

심부름을 부탁하는 듯한 가볍디가벼운 말투로 그러한 말을 지껄였습니다.

©Azure

"진심입니까?"

"완전 진심이지. 자, 받아."

찰싹, 사야 씨의 머리에 종이를 올려놓는 스승님.

"우선은 여기를 조사해 와."

지도였습니다.

찻집 이름에 동그라미가 그려져 있었습니다.

스승님은 종이를 가만히 보고 있는 사야 씨에게 말했습니다.

"너한테 조사를 부탁할 조직은 표면적으로는 특별한 것 없는 찻집을 운영하고 있다. 표면적으로는, 이라고 말했으니 이미 눈치챘을 테지만, 뒤로는 터무니없는 악행을 저지르고 있는 악의 조직이지."

말하길, 애초에 이 찻집에 평범한 손님은 거의 오지 않는다고 합니다. 대부분이 살인 청부나, 마약을 사기 위해 온다는 겁니다. 대체 안에서 어떤 거래가 오가는지. 가게 안이 정말로 범죄의 온상이 되어 있는지는 안타깝게도 아직 확인되지 않았다고 스승님은 이야기했습니다.

즉, 그 찻집에 손님으로서 잠입하여 악행을 벌이고 있다는 증거를 구하고, 조직을 뭉개버리면 된다는 말이었습니다.

오호라, 과연. 사야 씨는 고개를 끄덕였습니다.

그런데.

"저기, 거부권은?"

"있을 리가 없잖아."

단호하게 딱 잘라 말한 스승님은 다시 그대로 담뱃대를 빨아 연기를 내뱉었습니다.

사야 씨는 거절의 의미를 담아서 얼굴 앞에서 손을 휘저어 보였습니다만, 스승님이 그 사실을 눈치채주는 일은 없었습니다.

●

여행자 유리라고 하면 이 지방에서는 모르는 사람이 없다고 그녀는 자부했습니다.

머리 뒤에서 둘로 나눠 묶은 옅은 갈색 머리카락은 윤기가 흘렀습니다. 쿨하고 아름다워서 길을 걸으면 일단 사람들의 주목을 모으는 것이 당연.

오늘도 마을의 중심을 걷고 있으려니 주민들이 소곤소곤 그녀── 유리 씨를 가리키며 말을 나누는 것이 들려왔습니다.

아아, 분명 나의 사랑스럽고 쿨하고 아름다운 모습에 감탄을 내뱉고 있을 테지? 후후후. 역시 나는 진짜 하드보일드.

그런 의미를 알 수 없는 자신감을 온몸에 두르고서, 그녀는 어리석은 사람들의 옆을 지나쳐갔습니다.

"봐, 저 사람……." "틀림없어…… 저게 요즘 이 주변 찻집에서 커피를 마시고는 토사물 범벅이 되어 돌아가는 민폐 손님이야……." "토사물 여자다……." "어이, 절대 가게에 못 들어오게 해……."

어리석은 사람들은 결코 그녀를 존경하고 있는 것도 아니었고 감탄을 내뱉고 있는 것도 아니었습니다만, 그녀의 귀에는 그 말이 닿지 않았습니다.

이 나라의 찻집에서 허세를 부리며 커피를 마시고는 토사물투성이가 되는 그녀는 이미 여러 점포에서 출입을 금지당하고 있었습니다만, 그녀 자신은 "훗…… 아웃로로 살아가는 나에게 찻집은 어울리지 않는다는 거로군……" 하며, 제 좋을 대로 해석을 하고 있었기 때문에 출입 금지의 의도가 그녀에게 전해지는 일은 안타깝게도 없었습니다. 그런고로 여전히 자신만만하게 길을 걷고 있는 것입니다. 그녀는 적당하게 머리의 나사가 풀려 있었습니다.

평범한 마법사인 그녀가 하드보일드니 아웃로니 하는 단어를 좋아하는 데는 한 가지 이유가 있었습니다.

지금은 그저 보잘것없는 여행자인 유리 씨에게는 이전에 마피아 조직원으로서 일했던 과거가 있었던 것입니다.

그런 연유로 악행을 벌이는 자들에게 왠지 모르게 두근거리는 경향이 있었습니다.

훌륭한 마녀가 되기 위해 여행을 하는 지금도, 그런 인식은 크게 달라지지 않았습니다.

"…………."

여행 도중에 이 지방에서 조금 떨어진 곳에 마법사의 나라라고 하는, 문자 그대로 마법사만 입국할 수 있는 특이한 풍습을 가진 나라가 있다는 사실을 알고 "뭐? 일단 그 나라에 가면 훌륭한 마법사가 될 수 있는 거 아닐까?" 하는 생각에 이르렀고, 그런고로 일단 그곳을 향해 지금은 여행을 하는 중이었습니다.

그러나 여행자란 서두르지 않아도 시간은 넘칠 만큼 있었습니다. 그런고로 그녀는 목적지인 마법사의 나라를 향해 가면서도, 도중에 있는 나라들을 유유자적 구경하며 관광을 반복했습니다.

"······홋. 재미있네."

이 나라에서도 이것저것 관광을 즐겼습니다.

걸으며 종이를 펼치는 유리 씨.

그것은 찻집 위치를 기록한 지도였습니다. 천칭의 나라 트리오네스에서는 표면적으로는 평범한 찻집을 운영하지만 실제로는 뒤에서 터무니없는 악행을 벌이고 있는 악의 조직······이라는 콘셉트의 신감각 어트랙션형 찻집이라는 매우 복잡한 형태의 가게가 있다고 합니다. 그녀가 손에 든 지도에는 그곳의 위치가 표시되어 있었습니다.

"뒤에서 악의 조직을 정말로 하고 있는 진짜 위험한 찻집도 이 나라 어딘가에는 있다는 모양이던데······."

그러나 그녀가 지금 찾아가고 있는 곳은 틀림없는 평범한 콘셉트 찻집. 이 나라는 콘셉트 찻집에 예사롭지 않은 열정을 쏟고 있는 모양이었습니다.

'그러고 보니 전에 들어갔던 카페도 뭔가 고양이 귀를 단 메이드가 냥냥 하고 말하면서 오믈렛에 케첩으로 하트를 그려줬지──.'

유리 씨는 기억을 떠올렸습니다.

참고로 그 가게에서 유리 씨는 "하드보일드를 목표로 하는 나한테 이런 알랑거리는 짓은 불가능해"라며 코웃음을 치고 커피를 마시고 토했습니다. 출입 금지가 되었습니다.

아무튼, 어쨌든 그녀는 지금 악의 조직을 하고 있다고 하는 설정의 찻집에 가는 중이었습니다.

마녀를 목표로 하는 여자로서, 악의 조직 정도에 꽁무니를 빼서는 안 됩니다. 진정한 하드보일드를 목표로 하기에 앞서, 우선은 가짜 악의 조직을 체험해 악의 조직과 대항하기 위한 내성을 기르는 겁니다.

"……뭐, 나는 이전에 악의 조직 같은 데 있었으니까, 무서워할 필요 같은 건 없지만 말이지."

그렇게 말하며.

유리 씨가 "훗…… 뭐, 별거 아니지" 하고 머리를 휘날리며 걷고 있을 때였습니다.

"──꺅!"

풀썩.

아무래도 걸으며 지도를 본 탓에 유리 씨는 앞에서 오던 사람과 정면으로 부딪친 모양이었습니다.

갑작스러운 충격에 엉덩방아를 찧은 유리 씨. 종이 두 장이 팔랑팔랑 허공을 날아 떨어졌습니다. 그 맞은편에, 그녀와 마찬가지로 엉덩방아를 찧은 여자의 모습이 있었습니다.

유리 씨는 허둥지둥 일어났습니다.

"죄, 죄송합니다……! 잠시 지도를 보느라 정신이 없어서……."

그리고 그렇게 말하며 종이를 주웠습니다. 하드보일드는 눈곱만큼도 없었습니다.

"아뇨 아뇨! 죄송합니다. 나야말로 지도만 보느라 앞을 못 봤네요……"

같은 타이밍에 상대편도 일어나 유리 씨와 마찬가지로 종이를 주웠습니다.

과연, 아무래도 나와 마찬가지로 그녀도 지도에 정신이 팔린 상태였었나 보다――하고 유리 씨는 생각했습니다.

"…………"

그리고 한편으로 가슴께를 바라보다 그녀가 자신과는 명백하게 다르다는 것을 바로 알았습니다. 별을 본뜬 브로치, 달을 본뜬 브로치가 자랑스레 로브 위에서 흔들리고 있었습니다.

즉, 눈앞의 사람은 마녀이며, 동시에 마법 총괄 협회에서 일하고 있다는 뜻입니다.

그저 마법사인 자신과 달리 정식 신분을 받은 마녀. 비슷한 나이이건만.

"우으으……"

원망스러움과 부러움을 뺨에 담아 부풀리는 유리 씨.

"어라? 왜 그러죠? 어째서 지금 나를 노려보는 건가요……"

어리둥절해 하는 마녀. 검은 로브에 검은 삼각 모자. 생김새로 보아 동양 사람인 듯했고, 흑단 같은 검은 머리카락에 칠흑 같은 눈동자. 온몸이 완벽할 정도로 검은색 일색이었습니다.

'어라…… 이 사람이 쓰고 있는 삼각 모자, 어디선가 본 적이 있는 듯한데……? 어디서더라?'

유리 씨는 어라 어라? 하고 고개를 갸웃거렸습니다만, 이내 '뭐,

딱히 상관없지' 하고 머릿속에서 생겨난 의문을 어딘가 멀리로 밀어냈습니다. 하루하루 대강대강 어바웃 하게 사는 것이 그녀라는 사람이었습니다.

"뭐, 그…… 아무튼, 죄송합니다……. 다친 데는 없으신가요?"

난처해하며 고개를 숙이는 이름도 모르는 마녀.

"아, 아뇨! 저야말로 죄송합니다! 앞을 안 보고 있어서……."

유리 씨도 그녀에게 고개를 꾸벅 숙였습니다. 하드보일드한 여자를 목표로 하는 것치고는 지나치게 평범한 인사가 그곳에는 있었습니다.

죄송합니다, 죄송합니다. 아뇨아뇨 저야말로―― 그러한 대화를 그 후로도 잠시 나눈 다음 두 사람은 서로 다시 지도를 빤히 바라보며 걷기 시작했습니다.

가게는 의외로 가까운 곳에 있었습니다.

"……여기구나."

유리 씨는 가게 앞에 서서 간판을 올려다본 다음에 문을 열었습니다.

그러나 그녀는 깨닫지 못했습니다.

그 손에 들려 있던 종이가 신감각 어트랙션형 찻집을 기록한 것이 아니라.

진짜 악의 소굴을 기록한 지도라는 사실을.

부딪친 순간에 두 사람의 지도가 뒤바뀌고 말았다는 사실을.

○ 『신감각 어트랙션형 찻집』

"어서 오세요. 죄송합니다만, 현재 점내가 매우 붐비고 있어
서…… 합석도 괜찮으시겠습니까?"

일면식도 없는 여자아이와 부딪히고 이어 뒤에서 악의 소굴을
하고 있다──고 여겨지는 찻집에 도착한 사야 씨는, 그대로 가
게 문을 열었습니다.

딸랑딸랑, 문에 달린 종이 울리자 가게 안쪽에서 웨이트리스분
이 면목 없다는 낯빛을 하고서 나타나 방금과 같이 말씀하셨습니
다.

가게 안은 개인실 형태로 되어 있어 혼잡한 모습은 확인할 수
없었습니다. 정말로 붐비는지 의심스럽기 그지없습니다만──
애초에 합석하면 일을 하기도 어렵습니다만──이리저리 생각해
보았지만, 그러나 여기서 "싫어! 나는 혼자서 찻집을 만끽하고 싶
단 말이에요!" 하고 떼를 쓰다가 괜히 주목을 받을 수는 없는 일
입니다. 그래서.

"괜찮습니다."

사야 씨는 그저 고개를 끄덕일 수밖에 없었습니다.

"알았습니다. 그럼 이쪽으로."

웨이트리스분은 정중하게 인사를 한 다음 사야 씨를 가게 안으
로 안내했습니다. 가게 안은 낮인데도 바깥의 빛이 전혀 닿지 않
았고, 왠지 어두컴컴한 분위기에 감싸여 있었습니다. 천장에 달
린 조명도 희미하게 빛을 발하는 정도라 전체적으로 수상했습니

다. 이 시점에서 이미 수상한 일을 하고 있는 분위기가 가득했습니다.

뭐 하면, 근처에 있는 개인실 문 하나를 열기만 해도 바로 뒷거래 현장을 잡을 수 있는 게 아닐까요? 하는 생각이 들 정도였습니다.

웨이트리스분은 잠시 가게 안을 나아가더니 개인실 문을 열고서 안쪽 손님과 두세 마디 말을 나누고 "자, 들어가시죠"라며 사야 씨를 안으로 안내했습니다.

아무래도 이미 어느 정도 이야기를 해둔 모양입니다.

사야 씨는 "감사합니다" 하고 인사한 다음 개인실로 걸음을 내디뎠습니다.

"안녕."

개인실 안에 있던 손님은 사야 씨에게 인사를 해주었습니다. 하얀 머리카락을 짧게 정돈하고, 머리에 카추샤를 한 아름다운 여성이었습니다. 녹색 눈동자로 사야 씨를 바라보며 그녀는 부드럽게 미소 지었습니다.

"나는 암네시아. 당신은?"

그리고 그렇게 말했습니다.

●『악의 소굴 찻집』

개인실 형태의 점내는 그야말로 수상한 분위기로 가득했습니다.

점원도 어쩐지 와일드한 풍모로, 까까머리에 눈에는 흉터가 있었습니다.

"……어서 옵쇼."

점원 남자는 매우 불친절했습니다.

"아가씨, 미안하지만 지금 만석이야. 합석이어도 괜찮겠어?"

그렇게 말하며 유리 씨를 노려보았습니다. 그 눈은 명백하게 포식자가 사냥감을 포착했을 때와 같은 위험한 눈빛 그 자체였습니다. 심지어 "이 계집애가, 어서 꺼져"라는 의도가 내비쳐 보일 정도였습니다만, 유리 씨는 적당히 머리의 나사가 풀려 있기 때문에 "우와, 멋지다" 같은 의미를 알 수 없는 생각을 했습니다.

"훗…… 문제없어."

그렇게 말하며 살랑 머리를 넘겼습니다. 바보입니다.

"……쳇."

점원은 노골적으로 혀를 한 번 차더니, 그녀를 가게 안쪽까지 안내했습니다. 뒤에서 위험한 다리를 건너고 있는 이 가게 녀석들에게 있어 마법사만큼 성가신 존재는 없었습니다.

요즘에는 마법 총괄 협회가 『악의 조직 박멸 캠페인』이라는 이 또한 의미를 알 수 없는 캠페인을 펼치고 있기도 하여, 악의 소굴은 다소 독이 올라 있었습니다.

가게 안쪽에 다다르자 점원은 개인실 안에 있는 손님과 잠시 이야기를 나눈 다음 유리 씨를 안으로 안내했습니다.

"감사합니다" 하고 적당히 인사를 하며 그녀는 개인실 안으로 걸음을 내디뎠습니다.

"이것 참."

안에는 마녀가 한 명, 있었습니다.

매우 기합이 들어간 장식이 된 푸른 로브를 차려입고, 가슴 부근에는 별을 본뜬 브로치가 하나. 어깨 언저리까지 기른, 로브와 같은 푸른색 머리카락을 살랑 넘기는 모습에서는 어쩐지 "이 몸과 동석하는 거거든? 영광으로 여기도록. 흐흥" 하는, 사고회로가 눈에 보일 듯이 전해져 왔습니다.

자신감 넘치는 그녀는 "내 이름은 샤론. 보이는 그대로 여행하는 마녀지. 당신은?" 하고 물었습니다.

왠지 모르게 님을 붙여서 불러야만 할 것 같은 분위기가 감도는 사람이었습니다.

"유리야."

마치 샤론 님에게 호응하듯이 자신도 그럴듯한 표정을 지어 보이고 그녀는 샤론 님의 맞은편 자리에 앉았습니다.

"그럼 편한 시간 보내십쇼."

까까머리에 험상궂은 얼굴을 한 점원은 주문을 받지도 않고 물만 놓아두고 가버렸습니다.

자세히 보니 샤론 님의 앞에도 물만 놓여 있었습니다. 아무래도 그녀도 이제 막 온 참인 모양입니다. 이미 잔 속은 비어 있었지만 말이지요.

"당신도 마법사지?"

말하며 빈 잔에 물을 다시 따르는 샤론 님.

"설마 이런 데서 동업자와 만나다니……. 혹시 당신도 악의 조직을 박멸해달라고 마을 사람들에게 부탁받은 거야?"

샤론 님은 그렇게 말하며 머릿속으로 제멋대로 회상을 시작했습니다.

그것은 지금으로부터 약 하루 정도 전의 일이었습니다.

여행 중에 천칭의 나라 트리오네스에 다다른 샤론 님은 그날도 시종 의기양양한 표정을 지으며 걷고 있었습니다. 그러나 마법사 차림을 하고 있는 여행자는 늘 성가신 일에 휘말리는 운명입니다.

그날 그녀에게 이 나라의 높으신 분의 의뢰가 들어왔습니다.

"그게, 실은 최근 찻집인 척을 하면서 살인 청부와 마약 매매 같은 짓을 하는 발칙한 가게가 암약하고 있어서 말입니다. 마녀님께서 부디 그곳을 박살 내주셨으면 합니다"라고 합니다.

그런 건 마법 총괄 협회에 부탁하면 되잖아? 하고 생각했습니다만. "아니, 최근 그 조직이 『악의 조직 박멸 캠페인』인가 하는 의미를 알 수 없는 캠페인 기간에 들어가서, 의뢰비를 올려받고 있답니다"라는 말을 내뱉었습니다. 요컨대 돈이 아까우니 일반인에게 맡겨서 의뢰비를 아끼겠다는 뜻입니다.

가능하면 맡고 싶지 않았고, 애초에 샤론 님은 취미로 마녀 차림을 하고 있을 뿐인 평범한 여자아이입니다.

'싫어. 나 아직 죽고 싶지 않아.'

당연히 이야기를 들었을 때는 그렇게 마음이 약해졌고, 뭐하면 거절해버리자고 생각했습니다.

그러나 그녀는.

"흐흥. 맡겨두라고. 이 몸이 악의 조직이라는 걸 전멸시켜버릴 테니까!"

신이 나서 의뢰를 받아들이고 말았습니다. 부추기면 거절하지 못하는, 다루기 쉬운 성격의 샤론 님.

그리고 오늘, 그녀는 악의 소굴에 잠입했던 것입니다.

'흐에엥…… 어쩌지? 어쩌지? 어쩌지? 어쩌지……? 하지만 마법사님이 와주셔서 다행이야……. 아마도 이거라면 괜찮겠지? 그렇지? 나 죽지 않는 거겠지?'

그러나 극도로 긴장한 탓에 주문하는 것조차 마음대로 할 수 없었고, 그래서 그녀는 이렇게 조금 전부터 계속 물만 마시고 있었습니다. 이미 배 속은 출렁출렁했습니다. 지금 배를 맞으면 토사물투성이가 된다고 하는 미래는 면할 수 없을 겁니다. 아니, 그보다 애초에 긴장한 탓에 배를 때리지 않아도 토사물투성이가 될 것 같을 지경이었습니다.

분명 눈앞의 유리인가 하는 마법사도 비슷한 과정을 거쳐 이곳에 왔으리라고 생각했습니다. 샤론 님은 동료를 발견해 조금 기뻤습니다. 여차하면 일을 전부 유리 씨에게 떠넘겨 버릴까 하는 생각까지 했을 정도였습니다.

도움을 바라듯 샤론 님은 유리 씨를 바라보았습니다. 유리 씨는 메뉴판을 보고 있었습니다.

"나는 훌륭한 마법사가 되는 게 꿈이거든. 그래서, 훌륭한 마법사라고 하면 일단 악의 조직 하나나 둘쯤, 가볍게 뭉개버리지 않으면 안 되잖아? 오늘 여기에 온 건 그런 이유에서야."

우훗, 하고 어째선지 기뻐하며 말했습니다.

샤론 님이 만약 제정신이었다면 분명 "이 녀석은 무슨 소릴 하는 거야?" 하고 생각했을 테지만, 안타깝게도 그녀는 매우 긴장한 탓에 머릿속이 그런 느낌이 되어 있었습니다.

"어머나, 믿음직해······."

유리 씨에게 들리지 않을 정도의 속삭임과 함께 샤론 님은 선망의 눈초리를 보냈습니다. 이제 막 알게 된 믿음직해 보이는 마법사에게 소녀답게 가슴 두근거리고 있었습니다.

"저기, 샤론 씨."

메뉴판과 잠시 마주한 다음 유리 씨는 그녀에게 시선을 주었습니다.

"그런데 뭘 주문할지, 정했어?"

그리고 그렇게 물었습니다. 이 가게는 각 테이블에 놓인 종을 울리면 점원이 오는 구조로 되어 있었습니다.

"뭐?"

그러나 종을 울린다는 것은 바로, 내용이 무엇이든 악의 소굴에 악행을 의뢰한다는 뜻이 됩니다.

"아니, 아직인데······."

아직 마음의 준비가······.

"아, 미안. 벌써 종을 울려버렸어."

"············."

아직, 마음의, 준비가······.

무슨 짓을 하는 거야 하고 뺨을 부풀리는 샤론 님.

까까머리이자 험악한 얼굴의 점원은 바로 나타났습니다.

91

"주문은?"

"내 주문이, 뭐냐고? 뻔하잖아요?"

말하면서 메뉴판을 가리키는 유리 씨.

커피입니다.

참고로 이 가게에서 커피는 마약의 은어입니다만, 샤론 님은 물론이고 유리 씨도 그 사실은 전혀 몰랐습니다.

"…………."

샤론 님은 뭐가 뭔지 잘 모르겠지만 일단 이 마법사님의 흉내를 내자고 생각했습니다.

"이 몸이 무얼 부탁하고 싶은지도, 알겠지?"

즉, 커피입니다.

험상궂은 얼굴의 점원은 메뉴판을 두 사람에게서 회수해 개인실을 나갔습니다.

"후후후……."

점원의 뒷모습을 바라보며 대담한 웃음을 짓는 유리 씨. 이 웃음에 특별한 의미는 없었습니다.

"후후훗."

점원의 뒷모습을 바라보며 의기양양한 표정을 짓는 샤론 님.

물론 이 웃음에도 특별한 이유는 없었습니다.

이 가게를 방문한 마법사와 마녀 차림을 하고 있을 뿐인 여자 아이는 양쪽 모두 그저 그때그때의 감만으로 살아가고 있을 뿐인 대충대충인 여자아이들이었던 것입니다.

그런 두 사람을 멀리서 바라보며 점원들은 부들부들 떨었습니다.

"어이…… 틀림없어…… 저 둘은 마법 총괄 협회의 끄나풀이야……. 보라고, 저 표정…… 분명 우리를 처부술 마음이야……."

아르바이트 A가 울었습니다.

"끝났어…… 우리 가게의 뒤쪽 돈벌이가 협회에 들통난 거야……."

아르바이트 B가 절망했습니다.

"세상에…… 커피 두 잔 주문했다고…… 마약 거래 현장을 잡을 셈인 거야……."

아르바이트 C는 힘없이 늘어졌습니다.

"너희들, 당황하지 마라."

점장이 나타났습니다. 까까머리의 험상궂은 얼굴을 한 사람이었습니다. 점원인 척을 하고서 두 사람의 접객을 했던 것입니다.

"혀, 형님!"

아르바이트 세 사람이 선망의 시선을 보냈습니다. 참고로 점장은 형님이라고 불렸습니다. 별명입니다.

"괜찮다…… 저 두 사람이 날뛰지 않는 걸 보면 아직 의심하는 단계인 거야. 정중하게 대접해서 돌아가게 해야 해……."

이렇게 악의 소굴 vs 머리의 나사가 풀린 마법사(그중 한 명은 그저 코스튬 플레이)의 조용한 전쟁이 막을 올렸습니다.

○『신감각 어트랙션형 찻집』

"호오……. 그럼 사야 씨는 일로 여행자를 하고 있는 거야? 멋지다."

개인실이라고 해도 가게 안이 성업 중이라는 것은 가로막힌 벽 너머로도 얼마든지 느낄 수 있었습니다. 시끌시끌 소란스러운 점 내에서 지극히 차분한 태도를 보이는 암네시아 씨는 사야 씨의 개인적인 이야기에 즐거워하며 고개를 끄덕였습니다.

과거, 마법사의 나라에서 잿빛 머리카락의 마녀님에게 마법을 배운 이후, 사야 씨는 그녀를 목표로 삼아 노력해왔습니다. 간결하게 말하자면 그저 그뿐인 경위로 여행하는 마녀로서 지금 이렇게 여행을 하고 있는 것입니다만, 그러나 그녀와 만나지 못했다면 지금의 행복한 생활은 없었다고, 사야 씨는 기쁜 듯이 이야기했습니다. 심지어 사랑한다고도 말했습니다. 분명 상대도 자신을 사랑하고 있을 거라고도 이야기했습니다. 잘 이해되지 않는 말을 하는 아이구나 하고 암네시아 씨는 남몰래 생각했습니다.

"나도 있지, 예전엔 정말 큰일이었어──."

사야 씨의 이야기를 한바탕 들은 후, 암네시아 씨도 자신의 이야기를 하며 수다 꽃을 피웠습니다.

그것은 하루마다 기억을 잃는 가엾은 한 소녀의 이야기.

혹은 여행하는 마녀에게 우연히 도움을 받은 이야기이기도 했으며, 혹은 여행하는 마녀와 시종 시시덕거리며 고향으로 돌아가는 이야기이기도 했습니다. 대체로 그런 느낌의 이야기였습니다. 분위기가 지나치게 무거워지지 않도록 적당히 그런 농담을 섞어가며 암네시아 씨는 이야기하는 듯 보였습니다.

그리고 지금은 그저 여동생과 함께 새로운 고향을 찾기 위한 여행을 하고 있는 여행자라고도 이야기했습니다.

그러나 둘이 함께 여행을 시작했다고 해서 불안도 고생도 사라졌는가 하면, 실제로는 그렇지도 않은 모양이었습니다. 입고 있는 옷은 고향에서 쓰던 정통 기사단의 제복이었습니다. 암네시아씨는 "돈이 좀처럼 모이지 않는 가난뱅이 여행이라……. 제대로된 옷도 별로 없어……" 하고 겸연쩍은 듯이 눈을 피했습니다.

잘 어울린다고 말하고 싶은 마음이었지만, 당사자는 그리 생각하지 않는 모양인지라 사야 씨는 그저,

"……그렇군요. 큰일이었네요……."

그녀의 과거를 동정하며 고개를 끄덕일 뿐이었습니다.

"…………."

"…………."

두 사람의 대화는 서로의 과거를 이야기한 지점에서 한 번 끊겼습니다.

두 사람은 서로의 이야기 속에서 아무래도 걸리는 부분이 하나 있었습니다.

"잿빛 머리카락의 마녀, 라……."

암네시아 씨는 사야 씨를 구해주었다고 하는 마녀가 어찌 생각해도 생판 모르는 남처럼 여겨지지 않았던 것입니다.

"잿빛 머리카락의 마녀, 란 말이죠……."

사야 씨도 마찬가지로, 그 잿빛 머리카락의 마녀가 어딘가 익숙했습니다.

"…………."

"…………."

"같은 사람이면 어쩌지. 우후후……."

"정말 어쩌면 좋을까요. 우후후……."

묘한 긴장감이 그 자리를 지배하고 있었습니다.

그러나, 사야 씨가 이 가게를 방문한 이유는, 지인인 일레이나 씨가 여기저기서 무자각인 상태로 현지처를 대량생산하고 있다는 의문을 확인하기 위함이 아니었습니다.

암네시아 씨를 구한 마녀님이 어디의 누구인지 조금 신경 쓰이기는 했지만, 사야 씨는 그 이상 파고들지 않았습니다. 애초에 이미 눈앞의 암네시아 씨는 이야기가 다 끝났다고 여기는 모양인지, 메뉴판을 보고 있었습니다.

"…………."

나도 슬슬 일을 하지 않으면 안 되겠네요, 하고 사야 씨는 멍하니 생각했습니다.

'일단 이 가게에서 뒷거래가 벌어지고 있는 현장을 잡아야만 합니다……. 이건 신중하게 골라야만 해요…….'

사야 씨가 그런 식으로 메뉴판을 펼친 직후의 일이었습니다.

"앗!"

암네시아 씨가 묘하게 눈을 반짝반짝 빛내며, 사야 씨에게 자신의 메뉴판을 보여주었습니다.

"사야 씨, 이것 봐! 여기! 『샤브(일본에서 각성제를 뜻하는 은어) 절임 샤브샤브』래! 아마도 마약이 들어 있겠지? 재밌네."

97

재미있지 않아!

소리치고 싶은 기분이었습니다. 무슨 말을 지껄이는 거야. 그보다, 찻집에서 샤브샤브라니 대체 어떻게 된 건데?

"그리고 음료 메뉴도 재미있는 것들뿐이야.『수몰 멜론 소다』에 『교살 커피』에『독살 티』래. 음료 메뉴는 전부 살해 방법에 빗댔나 봐."

암네시아 씨가 이런 가게에 온 이유는 그저 단기 아르바이트를 찾는 동안에 신감각 어트랙션형 찻집이라고 하는 뭔지 잘 알 수 없는 콘셉트의 가게가 눈에 들어왔기 때문이었습니다. 재미있어 보이네 하고 생각했던 것입니다. 지금의 그녀는 그렇게 가볍게 흘러가는 대로 살아가고 있었습니다. 그래서 돈이 안 모이는 게 아닐까요?

"대단하네. 이 가게. 요리와 음료 이름에 상당히 흉흉한 단어를 쓰고 있어. 아무래도 이 가게, 뒤에서는 흉흉한 일을 하고 있──" 다는 설정의 가게라나 봐, 하고 말하려던 참이었습니다만.

"쉿!"

사야 씨는 억지로 암네시아 씨의 입을 손으로 막았습니다. 조용히 중얼거렸습니다.

"큰 목소리로 그런 흉흉한 말을 하면 안 돼요! 여기가 어딘 줄 아는 거예요?! 나는 잠입 조사를 위해 여기 온 거라고요!"

사야 씨는 악의 조직에 몰래 숨어든 것입니다. 마녀 차림을 하고 있습니다만, 이래 봬도 숨기고 있는 셈인 것입니다. 그런고로 쓸데없이 소란을 피우는 상황만은 피하고 싶었습니다.

사야 씨는 툴툴 화풀이를 했습니다.

"웅얼웅얼."

이 애 뭐지? 진짜 악의 조직에 온 손님인 것처럼 행동하잖아 있
잖아──하고 암네시아 씨는 생각했습니다.

"아무튼, 의심을 살 만한 행동은 하지 말아주세요!"

정말! 하고 사야 씨는 화냈습니다.

그런 그녀를 보며 잘 알 수 없는 소리를 하는 아이네, 하고 암
네시아 씨는 다시 남몰래 생각했습니다.

● 『악의 소굴 찻집』

고작 커피 두 잔 주문 따위에 종업원들은 어쩔 줄을 몰라 했습
니다. 그것은 커피가 마약의 은어이고, 그리고 주문한 상대가 마
법사 2인조이기 때문이었습니다.

"마약 같은 걸 내놨다간 분명 체포될 거야⋯⋯ 위험해⋯⋯."

아르바이트 A가 울었습니다.

"이제 틀렸어⋯⋯ 이직할 거야⋯⋯."

아르바이트 B가 절망했습니다.

"너희들, 허둥대지 마."

점장은 평범하게 커피를 준비했습니다.

"알겠어? 지금은 일단 평범하게 커피를 내놓고, 돌아가길 바라
는 거다."

"혀, 형님!"

하지만 아르바이트 A와 B는 씁쓸한 표정을 짓고 있었습니다.

"하지만, 커피 같은 걸 내놓으면『뭐야? 우리가 주문한 건 이게 아닐 텐데? 마약을 내놓으라고, 마약』하고 욕을 먹는 게 아닐까요?"

"걱정하지 마. 애초에 저 두 사람은 어쩌면 마법 총괄 협회의 끄나풀이 아닐지도 몰라. 그렇잖아? 분명 기분 탓인 거야. 그래. 저건 평범한 손님이다."

점장의 말대로 샤론 님도 유리 씨도 마법 총괄 협회와는 아무런 관계도 없는 일반인이었습니다. 그러나 커피를 준비하는 점장의 손이 떨리며 컵에서 뚝뚝 검은 액체가 흘러넘쳐 대고 있는 시점에서 설득력은 전혀 없는 것이나 다름없었습니다.

"자, 자…… 일단 누가 저 두 사람에게 커피를 내주지……?"

표면 장력으로 아슬아슬하게 버티는 커피 두 잔이 완성되었습니다.

이런 건 나르고 싶지 않다고 아르바이트 A와 B는 생각했습니다.

그러던 때였습니다.

"형님, 기다려주세요."

아르바이트 C가 불쑥 나타났습니다.

"이왕 할 거 커피에 독을 섞죠."

그렇게 말하며 아르바이트 C는 컵에 가루 상태의 독을 스윽 붓고서 섞었습니다. 이 독은 안에 주입하는 타입이었습니다. 아무도 말릴 수 없는 신속함이었습니다.

"너……."

점장은 그런 아르바이트 C의 모습에 아연실색했습니다.

"잠깐, 독은 안 돼. 죽을 거 아냐. 너, 어쩔 셈이야."

"커피니까, 냄새가 강해서 아마 안 들킬 겁니다."

"그런 문제가 아니라."

"들켰을 때는 점장님이 죄를 뒤집어 써주세요."

"너, 악마냐?!"

질책하는 점장을 무시하고 아르바이트 C는 "그럼, 이거 제가 가져가겠습니다"라며 쟁반을 점장에게서 빼앗아 샤론 님과 유리 씨가 기다리고 있는 개인실로 향했습니다.

'크크크…… 너희 두 사람에게 원한은 없지만…… 나는 마법사가 싫거든…… 두 사람은 죽어줘야겠어.'

아르바이트 C는 마법사를 진심으로 미워했습니다.

예전에는 그렇지 않았습니다. 오히려 마녀 로브를 입은 여자아이를 보며 가슴 설레는 평범한 남자아이였습니다. 남자는 모두 마녀의 로브를 좋아하는 법입니다.

과거 다른 나라에서 살던 그는, 건전한 남자답게 잿빛 머리카락의 여행자 마녀에게 그만 반해버리고 만 적이 있었습니다. 그때 "저기 있지, 너, 남자 친구라든가, 있어? 괜찮다면 나랑——" 하며 몇 번인가 데이트 신청을 한 적이 있었습니다만.

"무리입니다." 첫 번째는 평범하게 거절당했고.

"싫습니다." 두 번째는 퉤 하고 침을 뱉었고.

"거울이라는 거 압니까?" 세 번째는 에둘러 어울리지 않는다며 거절당했고.

"…………." 네 번째부터는 말없이 쓰레기를 보는 듯한 눈빛을 보냈고.

"적당히 해주시겠습니까?" 대략 열 번째 무렵에는 아무렇지 않게 살해당할 뻔했다고 합니다.

그 이후, 그는 마법사에게 증오심을 품게 되었던 것입니다.

이걸 속세에서는 적반하장이라고 합니다.

"오래 기다리셨습니다. 커피 나왔습니다."

그리고 아르바이트 C는 찰랑찰랑하게 채워진 커피 두 잔을 개인실로 가져갔습니다.

'자, 뒈져버려! 사악한 마법사 놈들아!'

달칵, 두 사람 앞에 커피잔이 놓였습니다.

하지만 아르바이트 C가 커피에 섞은 독은 냄새가 꽤 강한 타입이었습니다. 향이 짙은 커피와 독 냄새가 섞이자, 그 냄새는 그야말로 구역질을 부를 정도의 수준이 되어 있었습니다.

짙은 향기가 그 자리를 채웠습니다.

"고맙습──우웨에에에에에엑." 유리 씨는 냄새를 조금 맡은 것만으로 토했습니다.

"우웨에에에에에에에에엑." 샤론 님은 심각한 긴장으로 인해 따라 토하고 말았습니다.

아르바이트 C는 한바탕 일을 끝낸 듯한 얼굴로 귀환했습니다.

"형님, 해치웠습니다."

"안 마셨잖아!"

○『신감각 어트랙션형 찻집』

"아무튼! 알겠습니까? 나는 오늘 일을 하러 온 거거든요? 잠입 수사예요. 잠입 수사! 그러니까 내가 마법 총괄 협회 사람이라는 걸 들키면 큰일이라고요. 부디 조심해주세요."

부루퉁하게 말하는 사야 씨.

"응응, 그렇구나. 잠입 수사구나. 미안해."

한편 암네시아 씨는 우후후 하고 흐뭇해하며 고개를 끄덕였습니다.

'어쩐지 어린애 취급을 당하고 있네요…….'

그저 성실하게 일을 하고 있을 뿐인데 어째서 이런 취급을 받아야만 하는 걸까요? 사야 씨로서는 그 이유를 전혀 알 수 없었습니다.

"……손님."

아직 주문도 하지 않았을 터인데 웨이트리스분이 어째서 갑자기 개인실에 나타났는지, 사야 씨는 전혀 알 수 없었습니다.

"…………."

웨이트리스분은 주변을 두리번두리번 살피더니 슬그머니 "……예의 그 물건입니다" 하고 두 사람에게 각기 작은 봉투를 몰래 건넸습니다.

"저기, 이건……?"

수상쩍은 봉투였습니다.

"어머 어머. 그것참 이상한 손님이시네. 당신은 이게 필요해서 이 가게에 왔다…… 아닌가요? 아니면…… 뭔가 다른 이유가 있어서, 여기 오신 건가요?"

후후후 하고 요염한 분위기를 자아내 보이는 웨이트리스분.

"…………."

사야 씨는 봉투를 열고 전율했습니다. 안에는 가루 상태의 무언가가 들어 있었던 것입니다.

'뭐야? 분명 표면적으로는 평범한 찻집인 척을 하고 있을 텐데? 어라? 이거 뭐야? 엄청나게 수상하잖아?'

참고로 방금 건네받은 것은 평범한 설탕이었습니다. 왠지 모르게 뒷거래 같은 느낌이라는 이유로 이 가게에서는 설탕을 손님에게 이렇게 건네게 되어 있었습니다.

"아, 그리고…… 이것도 받으시죠……."

그 후, 수상한 손놀림으로 테이블에 사탕을 몇 개 내려놓는 웨이트리스분.

"저기, 이건."

"후후후…… 이건…… 우리 가게에서 만든 특제…… 그거랍니다……. 여기서 드시든 가져가서 비싸게 파시든, 원하는 대로 하시면 됩니다…… 후후후……."

'이건 분명 마약이야……!'

사탕입니다.

"편한 시간 보내세요……."

그리고 만족스러운 표정을 지으며 웨이트리스분은 개인실을 떠났습니다.

"······주문할 타이밍을 놓쳤어."

바쁘게 표정을 이리저리 바꾸는 사야 씨의 모습에 살짝 어이없어하며 암네시아 씨는 메뉴판을 바라보았습니다.

"요리를 골라주세요. 저는 일을 해야 하니까요."

개인실에서 고개를 내밀고, 사야 씨는 가게 안을 둘러보았습니다.

이 가게는 어딘가 이상했습니다. 옆 테이블에서는 "자네 욕심이 과하구먼" 하느니 하며 거래가 펼쳐졌고(단순한 계산), 그 옆 테이블에서는 "그래서······ 누굴 죽여주길 바라지?" "이 녀석으로" 하는 거래(단순한 주문)가 진행되고 있었습니다.

그것참, 표면적으로는 평범한 찻집이라는 이야기는 대체 뭐였던 것일까요?

"············."

혹시 여기는 내가 생각하고 있는 그런 곳이 아닌 게 아닐까? 그녀가 그런 식으로 생각하기 시작했을 무렵이었습니다.

가게 안쪽에서 비명이 울려 퍼졌습니다.

● 『악의 소굴 찻집』

"크크크······."

"후후후······."

샤론 님과 유리 씨는 테이블을 두고 마주 앉아, 일단 나쁜 꿍꿍이를 감춘 듯한 척을 하며 웃고 있었습니다.

웃으면서도 눈물을 글썽이며, 두 사람은 토사물투성이가 된 테이블을 청소했습니다.

"위험해…… 저 녀석들 위험하다고……."

그 모습을 멀리서 지켜보며 점장은 벌벌 떨었습니다.

"형님, 어쩌죠? 해치울까요?"

한편, 아르바이트 C는 여전히 임전 태세였습니다.

"크크크……."

'방금 나온 커피 분명 독이었지? 틀림없어…… 내가 무슨 목적으로 여기 왔는지 들킨 거야…… 흐에엥…… 돌아가고 싶어…….'

웃으면서 내심 겁을 먹은 샤론 님.

"후후후……."

'……………………………………………또 토해버렸어.'

한편, 유리 씨는 평범하게 풀이 죽었습니다.

토한 걸 셀프서비스로 청소한 두 사람은 한숨 돌린 다음.

"여기, 점원, 점원. 이쪽으로."

점원분을 불렀습니다. 이대로는 마법사의 체면이 엉망이 됩니다. 애써 평정을 가장하며 샤론 님은 벨을 연타했고, 유리 씨는 "얼른 오라고!" 하고 소리쳤습니다.

"무슨 일이십니까?"

곧바로 나타난 아르바이트 C.

"방금 같은 그런 건 이제 됐거든. 일단 예의 그 물건, 보여줘."

딱 하고 손가락을 울리며 유리 씨는 말했습니다. 그녀는 여전히 악의 소굴을 신감각 어트랙션형 찻집이라고 믿고 있었습니다.

'대단해…… 이 얼마나 당당한 태도람……! 나도 배워야겠어…….'

여전히 종을 연타하며 샤론 님은 유리 씨에게 선망의 시선을 보냈습니다. 역시 그녀는 어디까지나 당당한 마법사에게 가슴 설레는 평범한 여자아이였습니다.

"어땠어?"

가게 안쪽으로 돌아온 아르바이트 C에게 소곤소곤 묻는 점장. 이미 점장은 점장으로서의 위엄을 완전히 잃었습니다.

"뭔가, 예의 그 물건을 내놓으라고 말하던데요?"

"……밟아버릴 셈이야…… 마약을 내놓게 해서 증거를 잡아 우리 가게를 밟아버릴 셈이라고……."

"어쩔까요?"

"일단 이번에야말로 평범한 커피를 내놓고 어물쩍 넘기자고."

허둥지둥 평범한 커피를 준비한 다음, 아르바이트 C는 평범하게 두 사람이 있는 개인실로 돌아왔습니다.

"오래 기다리셨습니다."

그러나 테이블에 커피를 올려놓자, 두 사람은 성대한 탄식을 흘렸습니다.

"어이 어이 자네. 나를 얕보는 건가? 너희 가게는 이런 평범한 걸 다루는 게 아닐 텐데?"

그러나 샤론 님은 흥이 오른 상태였습니다. 의기양양한 얼굴이 었습니다.

"뒤에서 쓰는 걸 내놓으라고. 마법 날려버린다? 괜찮겠어? 응?"

유리 씨에 이르러서는 이제 토하고 싶지 않을 뿐이었습니다.

결국 두 사람은 두 잔의 커피를 그대로 되밀었습니다.

"형님, 이제 틀렸습니다."

아르바이트 C는 포기했습니다. 인생은 포기할 줄 아는 것이 중요하다고, 과거 마녀를 집요하게 쫓아다녔던 때 깨달았던 것입니다.

"좋아, 그럼 도망치자."

아르바이트 C로도 안 된다면 더는 무리라며 점장은 간단히 가게를 포기했습니다.

이리하여 악의 소굴 남자들은 샤론 님과 유리 씨 두 사람에게 들키지 않도록 몰래 가게에서 내뺄 준비를 시작했습니다.

○『신감각 어트랙션형 찻집』

"돈이 없다니, 무슨 소리야? 어?"

"조, 좀 봐주세요……!"

사야 씨가 개인실에서 힐끗 가게 안을 살피던 때, 안쪽 자리에서 말다툼이 벌어진 것이 보였습니다. 남자 점원이 손님의 멱살을 잡고 "어이, 어이. 너 우리 가게에서 약을 사놓고 돈을 못 내놓는다는 건 아니지" 찌릿, 손님을 노려보았습니다.

"아니, 그게…… 가격이 요즘 너무 비싸져서……."

"변명하지 마!"

쾅, 남자는 테이블을 내려쳤습니다. 손님은 "히익!" 하고 더욱 겁을 먹었습니다.

그 광경은 보기에 따라서는 약자를 등쳐먹기 위한 위협 그 자체였습니다.

흉흉한 광경에 가게 안이 고요해졌습니다. 대부분의 개인실 문이 열리고, 대부분의 손님이 그 모습을 지켜보았습니다.

"큰일이야……!"

물론, 사야 씨도 그 모습을 보고 있었습니다.

"어머나."

암네시아 씨도 마찬가지였습니다.

가게 안의 시선을 모으고 있는 두 사람은, 그러나 마치 자신들이 누구의 눈에도 띄지 않는 것처럼 욕하고 겁을 냈습니다.

누구 한 사람 위협당하고 있는 그를 도와주려 하지 않았고, 누구 한 사람 위협하는 그를 말리려 하지 않았습니다.

그저 모두가 "어머나" 같은 말을 하며 방관자가 되어 있었습니다.

"돈을 못 내겠다면 할 수 없지."

점원 남자는 홱 남자의 손을 잡아당기며 말했습니다.

"몸으로 받아야겠군."

"모, 몸으로……?"

"장기라도 팔아야지."

"!"

손님인 남자는 덜덜 떨었습니다.

"자, 잠깐 기다려주세요! 그것만은! 그것만은!"

"이러쿵저러쿵하지 마! 얼른 와!"

그리고 점원은 싫다고 소리치는 남자를 끌고 가게 안쪽으로 걸음을 옮기려 했습니다. 하지만 여전히 아무도 제지하려 하지 않았고, 아무도 도와주지 않았습니다.

그도 그럴 것이, 점원에게 끌려가는 그는 이야기를 듣는 한 자업자득이었고, 무리하게 위험을 무릅쓰면서까지 옹호하고 나설 필요성은 척 보기에도 없었습니다.

아니, 애초에.

"잠깐 기다려!"

양손을 펼치고 점원의 앞을 막아서는 자가 있었습니다. 검은 로브에 검은 삼각 모자, 숯 같은 검은 머리카락을 가진 그녀는 마법사이자, 여행자이자, 그리고.

"나는 마법 총괄 협회 소속인 사야라고 합니다. 상황은 전부 보았습니다. 지금 당장 그 손님을 놓아주세요!"

지팡이를 들었습니다.

아무도 도와주지 않는다는 사실에 화가 치밀었는지, 아니면 악의 조직을 막아야만 한다는 사명감에 불타오른 것인지, 그녀의 눈에 망설임은 없었습니다.

"…………."

점원 남자는 한순간 어리둥절해 하며 얼빠진 표정을 짓더니, 말했습니다.

"……넌 뭐야? 이 남자를 구하려는 거야?"

"약한 사람을 괴롭히는 건 나쁘다고 생각해요!"

사야 씨는 딱 잘라 말했습니다.

"…………." "…………."

그러나 점원 남자는 그런 그녀의 모습에 아주 몹시 미묘한 얼굴을 했고, 심지어 손님인 남자까지도 미묘한 얼굴을 했습니다.

"어머나."

한편, 암네시아 씨는 다툼에 스스로 끼어들고 나선 합석 상대인 사야 씨를 멀리서 멍하니, 사탕을 입안에서 데굴데굴 굴리며 바라보고 있었습니다.

"저기, 손님……."

그녀 옆에 웨이트리스분이 나타난 것은 그때였습니다.

"저쪽 분은 대체 무얼 하시는 건가요?"

그런 걸 물은들, 하고 암네시아는 생각했습니다. 애초에 사야 씨와는 조금 전에 처음 만난 사이입니다.

"잘 모르겠지만, 아마도 다툼을 막으려는 게 아닐까?"

암네시아는 대수롭지 않게 대답했습니다.

"저건 저희 가게에서 정기적으로 실시하는 어트랙션의 일환입니다만……."

신감각 어트랙션형 찻집이라는 뭐가 뭔지 알 수 없는 콘셉트를 갖고 있는 이 가게에서는 흉흉한 현장감을 느낄 수 있도록, 정기적으로 근처 극단의 배우를 고용해서 돈 문제로 다투는 연기를 하고 있었습니다.

참고로 본래의 흐름은 악행을 두고 보지 못한 아주 성실한 제삼자(라는 역할의 배우)가 제지하러 나서는 것이었습니다.

"예정이랑 다른데……?"

사야 씨가 갑작스레 참가한 탓에 할 일이 없어진 제삼자 역의 극단 배우가 난처해하며 웨이트리스분 옆에 섰습니다.

대강 그런 사정인 연유로 가게 안 대부분의 손님은 제지하려 들지 않았던 것입니다.

"아, 그런 거구나."

꺼내 들려던 사벨을 다시 집어넣은 암네시아 씨. 웨이트리스분이 말을 걸지 않았다면 그녀도 가세하러 나설 참이었습니다.

"손님, 저분, 괜찮을까요……?"

웨이트리스분은 암네시아 씨를 바라보았습니다.

"저기…… 마법사처럼 보이는데, 극단 배우분에게 상처를 입히면 저희 가게에 책임이……."

"으음……."

요컨대, 사야 씨가 폭주를 하지는 않을지 어떨지 걱정하고 계신 모양입니다.

"아마도, 괜찮지 않을까? 아무리 위험한 현장이라고 착각했다고는 해도, 이런 곳에서 마법을 날리거나 하는 건 엄청난 바보뿐

일 거야."

게다가.

"저 애랑은 방금 만났을 뿐이지만——."

암네시아 씨는 사야 씨를 보며 말했습니다.

"저 애는 분명, 지나치게 성실할 뿐일 거야."

사야 씨가 점원을 향해서 마법을 날린 것은 그 직후였습니다.

"으라차!"

그런 조금 얼빠진 기합과 함께 날려진 마법은, 그대로 점원의 옆을 스치며 가게 벽에 커다란 구멍을 냈습니다.

"손님."

"역시 엄청난 바보일지도 모르겠네."

● 『악의 소굴 찻집』

콰앙! 가게 안에 폭발음이 울린 것은 마침 유리 씨와 샤론 님이 "점원이 늦네" "점원이 늦잖아" 같은 이야기를 하고 있던 때였습니다.

"어? 뭐야? 무슨 일이야?"

유리 씨는 개인실에서 뛰쳐 나와 가게 안을 둘러보았습니다.

"으아아."

결국 이 가게 놈들이 우리를 처리하기 위해 공격을 하려는 게 틀림없다고 생각하며 샤론 님은 개인실에서 도망 나왔습니다.

"…………."

"…………."

두 사람이 개인실에서 나와 보니 가게 모습은 크게 달라져 있었습니다.

여기저기에 목재니, 벽돌이니 하는 것들이 널려 있었습니다. 의자와 테이블의 잔해 등도 있었습니다. 마치 옆에서 무언가가 벽을 뚫고 들어와 이 가게를 유린한 것처럼, 가게 안의 잔해는 넓게 펼쳐져 있었습니다. 그리고 벽에 커다란 구멍이 뚫려 있기도 했습니다.

"……무슨 일이 일어난 거야……?"

"으아아."

벽에 뚫린 구멍 부근에 이 가게 종업원들의 모습이 있었습니다. 한 사람도 빠짐없이 잔해에 깔려 있었고, 그 아래에서 신음 소리가 울렸습니다.

"저기, 괜찮아?"

뭐가 뭔지 잘 모르겠지만 사고에 휩쓸리고 만 모양이라고 생각한 유리 씨는 바닥에 쓰러져 있던 점장의 어깨에 손을 올렸습니다.

"크…… 으…… ."

점장은 이미 숨이 넘어갈 지경이었습니다.

"……괜찮아?"

어디를 어찌 보아도 전혀 괜찮지 않았지만, 일단 같은 말을 반복하는 유리 씨.

"홋…… 네 녀석, 인가……?"

떨리는 목소리로 점장은 유리 씨에게 말했습니다.

"훌륭한 작전이었다……."

"뭐?"

무슨 말을 하시는 건가요?

"설마 우리가 도망치리라는 것을 미리 예견하고 가게 밖에 동료를 배치했을 줄이야……. 크윽…… 우리는 처음부터 너희 두 사람의 손바닥 위에 있었던 건가……."

"아니 잠깐 무슨 말을 하는 건지 잘 모르겠는데."

그런 설정인 거야?

"훗…… 역시 마법사한테는…… 당해낼 수…… 없군……."

"아니 진짜 무슨 말을 하는 건지 전혀 모르겠는데."

"우리의 완패다……. 자, 잡아가라……."

척, 양손을 내미는 점장.

이건 대체 어떻게 된 거야? 유리 씨는 당황하며 샤론 님을 돌아보았습니다.

"설마 도망치는 적에게 마지막 일격을 날리다니…… 당신, 상당히 인정사정없네."

훗, 아무리 이 몸이라도 당해낼 수가 없겠어……라고 말하고 싶은 듯한 표정의 샤론 님이 그곳에는 있었습니다.

심지어 내심 '과연! 그래서 처음부터 자신만만했던 거구나…… 역시 마법사님은 대단해……' 같은 감탄을 하는 지경이었습니다.

콘셉트 찻집에 왔을 터인 유리 씨가 샤론 님과의 사이에서 노골적일 정도의 온도 차가 있다는 사실을 느낀 것은 대략 이 무렵에 이르러서였습니다.

"아니 잠깐 무슨 말을 하는 건지 잘 이해가 안 되는데……."

당황하는 유리 씨.

"뭐? 이거 네 작전인 거 아냐?"

고개를 갸우뚱하는 샤론 님.

"뭐? 작전……?"

무슨 말인지?

"……응?"

"……응?"

서로 귀엽게 고개를 갸웃거리며 잠시 바라보았습니다.

이윽고 샤론 님은 "뭐 됐어"라며 생각하기를 포기하고 말했습니다

"일단 이 사람들을 체포하자. 그러면 우리 일은 만사 해결이야."

"체포라니……, 이 가게, 그냥 콘셉트 카페잖아? 체포할 이유가 없다고 보는데?"

오히려 치료를 해줘야 하는 게 아닌지?

"? 당신, 무슨 말을 하는 거야? 이 사람들, 평범하게 그냥 범죄자인데."

"엑?"

"아니, 그러니까, 이 사람들, 평범하게 뒤로 마약 거래 같은 걸 하고 있는 나쁜 녀석들이잖아?"

"……콘셉트 카페가 아닌 거야?"

"콘셉트 카페……?"

샤론 님은 고개를 갸웃거리고, "그거라면 옆 가게인데?"라며 손가락으로 가리켰습니다. 방금 뚫린 커다란 구멍 쪽을.

"…………."

유리 씨는, 그리고 잠시 침묵한 다음.

"……진짜로?"

유리 씨는 그제야 겨우 자신이 들어온 가게가 애초에 잘못되었다는 사실을 깨달았습니다.

그리고 샤론 님과 유리 씨는 둘이서 악의 조직 구성원을 전부 체포해 의뢰주인 이 도시의 주민에게 얼마간의 사례를 받고 다시 여행을 떠났습니다.

후에 샤론 님은 이날의 일을 이렇게 회상했습니다.

"뭐, 이 몸에게 걸리면 악이 조직 같은 건 식은 죽 먹기지."

참고로 이런 말만 하는 탓에 그녀는 여행 중에 상당히 높은 빈도로 이러한 성가신 일에 말려든다고 합니다. 학습하지 않는 여자. 그것이 샤론 님이었습니다.

한편 유리 씨는 후에 이날의 일을 이렇게 회상했습니다.

"뭔가 이상하다고 생각했어. 그게, 그 가게 녀석들, 나를 출입 금지하지 않았거든."

커피를 마시고 토사물투성이가 되는 일 자체가 애초에 이상하다는 사실을 깨닫는 날은 과연 올까요?

○『신감각 어트랙션형 찻집』

애초에 어째서 뒤쪽 돈벌이를 하는 찻집과 뒤쪽 돈벌이를 하고 있다는 설정의 콘셉트 찻집이 나란히 있는 것인지 의미를 모르겠습니다 이런 건 함정 문제나 다름없지 않습니까.

사야 씨는 그렇게 벽에 큰 구멍을 내놓은 것을 가게 측에 질책당했고, 그렇게 항의했습니다만, 안타깝게도 받아들여질 리 없었고, 애초에 "너 말이야, ……보통, 알잖아? 이런 수상한 가게가 있을 리 없잖아? 연기인 게 당연하잖아? 진짜로 무슨 소리를 하는 거야?"라며 가게 측은 상당히 진심으로 화냈습니다.

결국, 멋대로 폭주했다고 여겨진 사야 씨는 그 후 벽을 고쳐야 했고, 거기에 더해 설거지하고 가! 라는 가게 측의 지시로 주방으로 연행되어 반강제적으로 육체노동에 종사하는 꼴이 되고 말았습니다.

대체 어째서 설거지 같은 걸 하고 있는 것인지. 애초에, 그렇다면 진짜 악의 소굴은 대체 어디에 있는 것인지. 여러 가지로 뭐가 뭔지 알 수 없는 상태로 사야 씨는 설거지를 했습니다.

"힘들겠네."

"…………."

무엇보다 알 수 없었던 것은 합석을 했었던 암네시아 씨도 어째선지 함께 설거지를 하고 있다는 점이었습니다.

"……저기, 뭐 하는 건가요?"

"응?"

생글생글 웃으며 암네시아 씨는 사야 씨에게 답했습니다.

"나도 같은 자리에 있었으니까, 연대 책임으로 설거지 정도는 도울까 싶어서."

"…………."

연대 책임이라고 하신들.

"애초에 가게를 부순 건 내 책임이니까, 딱히 도와주지 않아도 괜찮은데요?"

"하지만, 나도 그때 제지하기 위해 끼어들려고 했거든."

암네시아 씨는 담담하게 말했습니다.

"이 가게가 그런 콘셉트 카페라는 건 알고 있었지만, 그런 연극을 하고 있다는 건 몰랐으니까. 그거, 좀 헷갈리지 않아? 착각하는 것도 무리는 아니야."

"그렇죠? 그렇다니까요! 정말 그렇다니까요! 이 가게 여러 가지로 너무 헷갈린다고요! 정말이지!"

뺨을 부풀리고 노골적으로 불평을 늘어놓으며 사야 씨는 멈추지 않고 설거지를 했습니다.

"…………."

잠시 후, 사야 씨는 옆에서 콧노래를 불러가며 설거지하는 암네시아 씨를 바라보았습니다.

분명 혼자서 모든 책임을 짊어진 사야 씨를 안쓰럽게 여기며 일부러 도와주고 있는 것일 테지요.

"……암네시아 씨."

사야 씨는 그녀에게서 고개를 돌리고, 설거지를 하며 말했습니다.

"고맙습니다."

"괜찮아, 괜찮아."

옆에서 생글생글 웃고 있는 기척이 느껴졌습니다.

"아마 나를 도와준 마녀님도 같은 상황이었다면, 이렇게 했을 테니까——."

"…………."

암네시아 씨를 도와준 마녀.

"분명, 잿빛 머리카락을 가진 마녀라고 했던가요?"

"맞아, 맞아. 잿빛 머리카락에 유리색 눈동자, 검은 삼각 모자를 쓰고 검은 로브를 입은 아이."

"호오. 내가 아는 사람이랑 똑 닮았네요."

"사야 씨의 지인이라는 마녀님……. 분명, 사야 씨가 사랑해 마지않는다고 했던, 그."

"맞아요."

"아마도 사야 씨를 사랑하고 있을 거라던, 그."

"맞아요."

"…………."

"…………."

"같은 사람이면 어쩌지. 우후후……."

"정말 어쩌면 좋을까요? 우후후……."

그리고 묘한 긴장감이 주방을 지배했습니다.

그렇게 해가 질 때까지 설거지를 계속한 다음, 사야 씨와 암네시아 씨는 "우후후……" 하고 수상한 미소를 지은 채 헤어졌습니다.

다음 날.

마법 총괄 협회, 천칭의 나라 트리오네스 지부로 불려간 사야 씨를 기다리고 있던 것은 그녀의 스승님, 어두운 밤의 마녀 실라였습니다.

그녀는 담뱃대를 빨며 어제와 마찬가지로 『악의 조직 박멸 캠페인』 포스터 앞에서 의기양양한 얼굴을 하고 있었습니다.

참고로 나중에 협회 직원에게 물어본 바에 따르면, 포스터 이미지 캐릭터로 실라 씨를 고른 이유는 실라 씨가 강력한 베테랑 마녀라는 이유도 있기는 했지만, 주된 이유는 『※악의 조직은 대체로 이런 녀석이 운영합니다. 주의하세요』라는 의미였다고 합니다. 본인 귀에 들어가면 틀림없이 살해당할 테니 말하지 말아달라고, 단단히 입막음을 당했습니다.

늦게 나타난 사야 씨를 눈치챈 그녀는 "여어" 하고 담배 연기를 뿜어냈습니다.

"안녕하세요."

"어제 갔던 악의 조직, 어땠어?"

어땠냐고 물으신들.

"설거지를 하고 왔습니다."

"너 무슨 소리를 하는 거냐?"

제 5 장

천칭의 나라 트리오네스.

벽돌로 지어진 건물이 길가에 늘어서 있고, 균등하게 깔린 보도 블록 위에는 사람들이 오가고 있었습니다. 우편물을 배달하는 사람. 장을 보러 나와 노점을 살피는 주부. 직장으로 향하는 중인 어른. 마차를 끌며 짐을 운반하는 상인. 평일 낮의 큰길은 대체로 그러한 일상의 반복에 몸을 맡긴 사람들의 모습으로 가득했습니다.

한편, 그러한 일도 없고 의무에 쫓기지도 않는, 그저 어슬렁어슬렁 걷는 사람의 모습도 있었습니다.

그것은 참으로 아름다운, 마법사 차림을 한 한 소녀였습니다. 머리카락은 잿빛, 눈동자는 유리색, 검은 로브와 삼각 모자로 몸을 감싼 그녀는 마녀이자 여행자였습니다.

매일 반복되는 삶 속에 있는 마을 주민들 사이에서 조금 붕 떠 있는 그녀는 그저 멍하니, 길의 건물들을 바라보며 걷고 있었습니다.

그것은 보기에 따라서는 목적지도 없이 그저 방황하는 듯도 보였고, 무언가를 찾고 있는 듯도 보였습니다.

"후후후…… 고양이 카페…… 고양이…… 카페……."

손에는『코코의 고양이 카페』라고 쓰인 전단이 쥐어져 있었습니다.

즉, 구체적으로는 고양이 카페를 찾아 방황하고 있는 마녀의 모습이 그곳에는 있었던 것입니다만, 그런 그 수상쩍어 보이기

123

일보 직전의 행동을 취하고 있는 마녀란 대체, 누구인가.

그렇습니다. 저입니다.

"후후후후······."

저는 다시 대담한 미소를 지었습니다.

얼마 전, 예기치 않게 우연히도 고양이를 거절하는 체질을 해결해버린 저는 이날 조금 들떠 있었습니다. 앞으로는 고양이를 쓸데없이 경계하지 않아도 되고, 앞으로는 고양이랑 놀 수도 있습니다.

그리고 우연히도 이 나라는 콘셉트 카페에 대해 예사롭지 않은 열정을 쏟고 있는지, 고양이 카페라는 가게가 오픈해 있다고 들었습니다.

고양이 카페입니다.

고양이! 카페입니다!

그것은 바로 커피를 마시며, 고양이와 놀 수 있는 가게라는 것이지요? 가야 하지 않겠습니까? 아니 아니 생각할 것도 없습니다. 갈 수밖에 없습니다.

그런고로, 그런 경위로, 저는 지금, 고양이 카페로 가고 있는 것이었습니다.

"······여기로군요."

걸음을 딱 멈추었습니다. 올려다보니 『코코의 고양이 카페』라고 쓰인 간판이 당당히 걸려 있었습니다.

저는 주저하는 일 없이, 경계하는 일도 없이, 문에 손을 댔습니다. 제 마음은 이 시점에서 조금 고양되어 있었습니다. 분명 가게 안에는 온갖 고양이가 있을 것이 틀림없습니다. 분명 커피를 마시며 느긋하게 시간을 보내고 있으면 무릎에 고양이가 올라타거나 할 테죠. 쓰다듬어주면 고롱고롱 목을 울리며 기뻐해 줄지도 모릅니다.

무엇이 어찌 되었든 몹시 기대가 되었습니다.

현기증이 날 정도로 멋진 고양이와의 하루가 여기서 막을 올리──.

"어서 오세요. 주인님! 환영합니다. 여기는 코코의 고양이 카페입니다냥!"

고양이 귀가 달린 메이드가 그곳에 서 있었습니다.

"…………."

저는 문을 닫았습니다.

간판을 보았습니다. 『코코의 고양이 카페』라고 쓰여 있습니다. 과연.

전단을 보았습니다. 『코코의 고양이 카페』라고 쓰여 있었습니다. 틀림없습니다.

혹시 헛것이라도 본 걸까요? 꿈이라도 꾼 걸까요?

저는 다시 문을 열었습니다.

"어서 오세요. 주인님! 환영합니다. 여기는 코코의 고양이 카페입니다냥!"

"…………."

아, 꿈이…… 아니야…….

눈앞에 서 계신 것은 몇 번을 눈을 비비고 보아도 메이드님. 차림은 그야말로 메이드 복장이건만, 아무래도 평범한 인간이 아닌 듯, 머리에서는 고양이 귀가 자라나 있었고, 꼬리도 자라나 있었습니다. 보니 평범한 고양이 귀와 꼬리가 달려 있을 뿐인 일반인처럼도 보였습니다만, 꼬리도 귀도 피가 통하고 있는지, 유쾌하게 흔들렸습니다.

아아, 고양이 카페라는 게, 그런 의미의……

"어머! 어서 와요! 기다렸어요! 당신, 새로 온 아르바이트생이죠?"

제가 아연실색, 혹은 절망하고 있으려니 가게 안쪽에서 또 한 명의 고양이 귀 메이드님이 나타났습니다.

그리고 몹시 눈을 빛냈습니다.

"어머! 귀여워어! 당신이라면 틀림없이 넘버원이 될 거야!"

그렇게 말하며 그녀는 제 팔을 쭉쭉 잡아당겼습니다.

길게 늘어뜨린 옅은 갈색 머리카락. 눈동자는 파랑. 생김새는 단정했고, 척 보아도 분명 그럭저럭 미인이었습니다만, 역시 고양이 귀 메이드였습니다.

"저기……?"

저는 갑작스러운 전개에 당황했습니다. 그러나 그녀는 "아, 자기소개가 늦었네. 나는 점장인 코코! 잘 부탁해"라고 말하며 저를 가게 안으로 연행했습니다.

"네? 저기, 저기——."

그렇게, 염원하던 고양이와의 첫 접촉을 이뤄낸 저였습니다만, 의외로 고양이라는 생명체는 약간 억지스럽고 자기중심적인 모양이었습니다.

제 이야기를 듣지도 않고 코코 씨는 저를 가게 안쪽으로 끌고 갔습니다.

끌려가며, 한편으로는 고양이 카페란 대체 무엇인가 하고 고개를 갸웃거리고 있으려니, 코코 씨는 제 마음을 읽은 듯이 "나, 반인반수 고양이족이거든. 그래서 있지, 메이드 카페라는 걸 해보고 싶었어. 그래서, 가게, 만들었어"라며, 어쩐지 가벼운 흐름의 경위를 밝혔습니다.

"나랑 같은 반수 고양이족을 모아서 장사를 하는 게 이 가게야. 고양이족은 인간도 고양이도 아닌 어중간한 종족이라서, 아무래도 선택할 수 있는 직종의 폭이 좁거든. 그래서 같은 종족에게 일할 곳을 제공하고 싶었어."

이 고양이 카페라는 찻집은 사업으로서는 제법 성공하고 있는 모양인지, 가게 안에는 이미 상당한 수의 손님이 테이블을 채우고 있었습니다.

각 테이블을 어슬렁거리는 메이드복 차림의 종업원은 모두 귀여웠고, 하늘하늘한 메이드복을 차려입었고, 모두 하나같이 고양이 귀와 꼬리가 자라나 있었습니다. 거기에 더해 "맛있어져라♥"라느니 "냥냥♥"이라느니 "주인님, 한동안 안 와줘서 외로웠어요♥" 같은, 저로서는 도저히 이해할 수 없는 말로 손님에게 말을 걸고 있었습니다.

"코코 씨, 저건."

"우리 가게에서는 저런 식으로 접객을 해."

"과연, 그렇군요." 잘 모르겠습니다.

"이 가게에서는 말끝에 『냥』을 붙이면 상당히 인기가 생겨."

"과연, 그렇군요." 잘 모르겠습니다냥.

"참고로 저기 저 애가 우리 가게 넘버원이야. 미스티라고 해."

코코 씨가 가리킨 곳에는 모래색 머리카락을 어깨 길이까지 기른 고양이 귀 메이드님이 계셨습니다. 마침 접객 중인지 "고맙습니다냥♥" 하고 말하며 손님에게 애교를 부리는 포즈를 해 보이고 있었습니다. 속이 안 좋아질 것만 같습니다.

차마 봐주기 힘든 가게 안을 그냥 지나친 저희는 그대로 주방을 빠져나와 안쪽 사무실로 들어섰습니다.

……그런데, 본 바로는 주방에 조리 도구가 전혀 없었습니다만. 이 가게는 어떻게 요리를 내놓는 걸까요?

이 의문에도 역시 제가 묻기도 전에 코코 씨가 간단히 이야기해주었습니다.

"이 가게 요리는 전부 데우기만 하면 되는 즉석식품이야."

그리고 즉석식품 오믈렛을 자신만만하게 사무실 테이블에 올려놓는 코코 씨

"참고로 요금은 하나에 금화 한 닢이지."

그렇게 말하면서 그녀는 오믈렛에 케첩으로 『신입 알바생♥』이라고 썼습니다.

"네? 비싸."

바가지 아닙니까?

"우리 가게에서는 종업원이 케첩으로 글자를 써주기 때문에 요금이 오르거든."

"바가지 아닙니까?"

"하지만 팔리니까…… 그만둘 수 없는걸……."

먼눈을 하면서 옅게 웃는 코코 씨. 돈의 망자가 된 글러 먹은 인간의 모습이 그곳에는 있었습니다.

오믈렛을 먹으면서 가게에 관한 여러 가지 이야기를 들었습니다.

무려, 그녀가 경영하는 이 고양이 카페라는 가게는 애교를 부리는 고양이 귀 메이드들의 접객 덕분에 손님들의 발길이 늘고 늘어나면서 최근 일손 부족으로 매우 고민하고 있다고 합니다.

그야말로 고양이 손이라도 빌리고 싶은 지경이라고 합니다.

"그래서 아르바이트 모집을 하고 있어."

그렇다고 합니다.

그러나 이 가게는 애초에 고양이족 여자아이가 일하는 것이 콘셉트이지 않은가요?

"이 가게에 있는 모두는 고양이족 여자아이야. 그러니까 당신도 안심해도 돼."

코코 씨는 생긋 웃으며 말했습니다.

"……당신도 바깥 세계에서 상당히 힘든 삶을 강요받고 있는 거지……? 마법사 차림 같은 걸 하고서……."

"…………."

마법사 차림, 이라기보다 마법사입니다만. 마녀입니다만.

"그 삼각 모자 아래에는 고양이 귀가 감춰져 있는 거지? 정말로 우리 같은 종족한테 세상은 힘들어. 고양이족이라는 증거를 감추며 살아야만 하니까."

"……아니, 저기——."

아뇨모자아래에는평범하게그냥머리와조금뻗친머리카락이있을뿐입니다만.

"아아, 괜찮아! 아무 말도 안 해도 돼! 나는, 다 알아……."

"…………."

아뇨아마도아무것도모르고계신것같은데요…….

"괜찮아…… 이 가게에서 일하면, 당신은 분명 행복해질 수 있을 거야……!"

꾹, 제 어깨에 손을 올리고 싱긋 미소 지어 보이는 코코 씨.

"…………."

그나저나 지금 깨달았습니다만, 이거 면접이라기보다는 이미 그냥 권유 아닌가요?

코코 씨 안에서 저는 이미 이 가게에서 일하는 것이 되어버렸는지도 모르겠습니다. 그러나 저는 물론 여기서 일할 마음 같은 건 없었고, 애초에 고양이족이니 하는 것도 아닙니다.

"저기——."

저는 여기서, 겨우, 정중하게 그녀의 권유를 거절하려고 했습니다만.

그러나 안타깝게도.

"죄송합니다! 늦었습니다!"

바로 그 순간, 사무실 문이 호쾌하게 열렸고, 제 말은 가로막히고 말았습니다.

여기서 떠올린 것이 하나 있었습니다.

코코 씨는 저를 새 아르바이트생이라고 착각해서 이 가게 안쪽까지 데려왔습니다. 그러나 그것은 바꿔 말하자면, 본래 오늘 이 가게에 아르바이트 면접을 보러 올 아이가 있었다, 라는 뜻이었습니다.

그곳에는 마법사 여자아이가 한 명, 있었습니다.

머리카락은 흰색, 허리 근처까지 부드럽게 뻗어 있었습니다. 눈동자는 아름다운 비취색이었고, 나이는 아마도 저보다 하나나 둘 아래 정도일 테지요. 입고 있는 옷은 흰색을 바탕으로 한 로브와 망토.

그것은 어디선가 본 적이 있는 얼굴이기도 했습니다.

그러나 본 적 없는 특징도 갖추고 있었습니다. 머리 위에는 고양이 귀가 있었고, 꼬리도 자라나 있었습니다.

혹시 전혀 다른 닮은 사람인 것일까요?

아뇨 아뇨. 그럴 리가 없습니다.

"아르바이트 면접을 보러 온 아빌리아랍니다! 잘 부탁드립니다냥!"

이 가게 특유의 묘한 말꼬리를 붙이면서도, 그녀는 분명히 들어본 적이 있는 그 이름을 말했던 것입니다.

○

아빌리아 씨.

과거 신앙의 도시 에스트에서 언니가 돌아오기를 기다리던, 언니를 생각하는 마음으로 가득한 다정한 여동생. 제가 아는 그녀는, 지금은 평범한 여행자로서, 언니 암네시아 씨와 함께 새로운 고향을 찾는 여행을 하고 있을 터이고, 제가 아는 한 고양이족이 아니었습니다.

고양이 귀도 꼬리도 본래는 자라나 있지 않을 터입니다만.

"저기, 뭐 하는 건가요? 아빌리아 씨."

그러나 제 앞에 있는 그녀에게는 고양이족의 특징인 고양이 귀와 꼬리가 있었습니다. 어라? 어라? 이상하네요? 이건 대체 어떻게 된 걸까요?

"⋯⋯⋯⋯⋯⋯⋯⋯⋯⋯⋯⋯⋯⋯⋯⋯⋯⋯⋯⋯⋯⋯⋯⋯⋯."

그녀는 제 얼굴을 바라보며 잠시 입을 다물었습니다. 그리고.

"⋯⋯사람 잘못 보셨답니다"라고 말하며 뺨을 붉히고 고개를 돌리기까지 했습니다.

사람을 잘못 봤다고요?

"아뇨 당신 아빌리아 씨잖아요?"

"아니랍니다."

"방금 그렇게 자기소개를 했잖아요?"

"저는 당신이 아는 아빌리아가 아니랍니다. 고양이족으로 이 가게에 아르바이트를 하러 온 신입 아빌리아랍니다. 결코 마법사 아빌리아가 아니랍니다."

"말꼬리 빼먹었어요."

"저는 고양이족이랍니다냥."

"…………."

뭐가 뭔지 잘 모르겠습니다만 어째서인지 그녀는 고양이족이 되어야만 하는 사정을 갖고 있는 모양입니다.

뭡니까? 암네시아 씨를 인질로 잡혀서 고양이족이 되지 않으면 목숨은 없다라든가 하는 말이라도 들은 겁니까?

"어머, 어머, 어머? 이상하네……? 새 아르바이트생이라면 이미 여기에 있는데?"

그러나 슬프게도 갑자기 사무실에 나타난 아빌리아 씨를 코코 씨는 아무래도 수상한 사람이라고 단정한 모양이었습니다.

"당신은 누구?"

"새 아르바이트생인 아빌리아랍니다냥."

단언했습니다.

"고양이족으로, 여기에 일하러 온 아빌리아랍니다냥."

고양이족이라는 부분을 강조하기까지 했습니다.

코코 씨는 그런 그녀의 말에 "뭐?" 하고 미간을 좁히고, 고개를 갸우뚱하며 종이를 꺼내 저와 비교해보기 시작했습니다. 아마도 이력서나 뭐 그런 것일 테지요.

"하지만, 새 아르바이트생이라면 여기 있잖아?"

빤히 종이를 응시하는 코코 씨.

"머리카락도 하얗고, 마법사고……."

뭐, 분명 그 특징만이라면 저라고 착각하지 못할 것도 없습니다만.

"그건 다른 사람입니다냥."

재빨리 제 옆으로 다가오는 아빌리아 씨.

"점장님, 잘 봐주세요. 이 사람의 머리카락은 하얗지 않답니다. 보세요. 지저분하지요?"

그리고 갑자기 제 머리카락을 쓰다듬는 아빌리아 씨.

"당신 한 대 맞고 싶은 겁니까?"

찰싹, 그녀의 손을 쳐냈습니다.

"…………"

서로 물리적인 거리가 줄어들자 그제야 겨우 저와 제대로 대화할 마음이 생긴 모양인지, 아빌리아 씨는 쳐내진 손을 문지르면서 제 얼굴 옆으로 고개를 움직이고, 여전히 "어라?" 하며 고개를 갸웃거리는 코코 씨에게 들리지 않을 만한 크기의 목소리로.

"……어째서 당신이 여기에 있는 거죠?"

그렇게 추궁했습니다. 그건 제가 할 대사입니다만.

"당신이야말로 어떻게 된 건가요? 이 나라에 정착할 셈인가요? 일은 조금 더 제대로 고르는 편이 좋을 거예요."

"…………"

그녀는 바로 옆에서 찌릿 저를 노려보았습니다.

"……저는 돈이 좀 필요해서 일하러 왔을 뿐이에요. 정착할 마음은 없답니다."

"과연. 하지만 역시 일은 조금 더 제대로 고르는 편이 좋을 거예요."

"아니랍니다. 여기서 일하고 싶어서 면접을 보러 온 게 아니에 요. 오해하지 말아 주세요. 저는 이런 취미가 없답니다."

"그런가요? 하지만 어울리는데요."

"바보 취급하는 건가요?"

휙, 고개를 돌리면서도 "언니한테 듣는 편이 기쁘답니다"라고 그녀는 답했습니다.

그다지 싫지도 않은가 봅니다.

제가 아빌리아 씨에게 기막혀하고 있으려니, 코코 씨가 드디어 이력서에서 고개를 들었습니다.

"아, 그러고 보니 당신 이름을 아직 듣지 못했네. 이름은?"

그리고 그렇게 말했습니다.

"일레이나입니다."

"어머나……."

노골적으로 실망하는 코코 씨.

"정말 이름이 다르네…… 어쩌면 좋아. 나도 참, 전혀 관계없는 아이를 끌고 왔네……."

오해가 풀려 다행입니다.

"그렇습니다. 바로 제가 진짜 새 아르바이트생인 아빌리아랍니 다."

홋, 하고 잘난 척하며 가슴을 펴는 아빌리아 씨. 아무래도 완전 히 뻔뻔해진 것 같습니다.

…………

역시 그다지 싫지만도 않은 것 아닌가요?

○

우선 코코 씨가 착각을 했던 점에 대해 사과하고 "가게에서 뭔가 먹고 가!"라고 말한 후에야 저는 겨우 구속에서 풀려나 사무실을 나설 수 있었습니다.

가게 안의 테이블석으로 이동한 저는 『신입 알바생♥』이라고 쓰인 즉석식품 오믈렛을 우물우물 먹었습니다. 제가 구속에서 풀려났다는 것은 즉, 아빌리아 씨가 아르바이트 면접을 시작했다는 뜻입니다만, 그러나 이 가게의 일손 부족은 역시 손을 댈 수 없을 정도의 상황인지, 아빌리아 씨는 면접이라는 이름뿐인 미팅을 마친 다음 "어떤가요? 바로 채용되었답니다" 훗, 하고 다시 잘난 척하며 가슴을 펴고서 메이드 차림으로 사무실에서 등장했습니다.

그리고 어째선지 제 테이블 앞으로 왔습니다.

"일을 하시는 게 어떤가요?"

힐끔 올려다보는 저.

"하고 있는 거예요. 이 가게에서는 각 테이블당 한 명의 메이드가 붙게 되어 있답니다."

과연. 그렇다는 건, 제 상대는 아빌리아 씨라는 건가요?

오호라. 과연 그렇군요.

"체인지 부탁합니다."

"너무해요."

"지인의 고양이 귀 메이드 차림 같은 건 보고 싶지 않아요……."

그보다, 애초에.

"당신 어째서 이런 가게에서 일하기로 한 겁니까?"

조금 전에는 미처 묻지 못했습니다만. 고양이족인 척을 하는 시점에서 제대로 일하기 위해 이곳에 있는 것이 아니라는 사실은 명백했습니다. 꿍꿍이가 없으면 그러한 차림을 하지 않을 테지요?

"그건 이게 이유랍니다."

말하면서 아빌리아 씨는 품에서 한 장의 종이를 꺼내 제게 내밀었습니다.

저는 오믈렛을 뜨던 숟가락을 내려두고, 그 종이를 받아 들었습니다.

『악의 조직 박멸 캠페인 실시 중!』

그런 문구가 쓰인 팸플릿이었습니다.

아무래도 최근, 여기 쓰인 글자 그대로 악의 조직을 박멸하기 위해 마법 총괄 협회에서는 상금을 내걸고 악의 조직 섬멸을 위해 세계 각국에서 암약하고 있다고 합니다. 팸플릿에 쓰여 있었습니다. 그리고 이것과 같은 포스터가 세계 각국에 나붙어 있다고도. 일단 암약이라는 단어를 사전에서 한 번 찾아본 다음에 다시 시작해주었으며 하는 마음입니다.

애초에 어째서 어두운 밤의 마녀 실라 씨가 악의 조직 박멸 캠페인의 이미지 캐릭터로 팸플릿 표지를 장식하고 있는지도 전혀 이해되지 않았습니다.

"이 캠페인, 일반 마법사 중에서도 모집을 하고 있답니다. 요컨대, 악의 조직 인간을 잡아서 마법 총괄 협회에 넘기면 돈을 받을 수 있죠. 즉, 여행 자금 겟이랍니다."

미간을 모으는 저에게 아빌리아 씨는 말했습니다.

그러나 이 팸플릿에 넘어가 이 가게에 왔다고 한다면, 그렇다면 더욱 이상했습니다.

"……즉 이 가게가 악의 조직이라는 건가요?"

본 바로는 이 가게는 남자에게 조금 애교를 부릴 뿐인 평범한 메이드 카페였습니다만.

고개를 갸우뚱거리는 저에게 아빌리아 씨는,

"이 가게 자체는 악의 조직이 아니에요"라며 고개를 저었습니다.

"이 가게를 이용하는 손님들이, 위험한 약을 가져와서 고양이 족 여자아이들을 농락하려 한다는 소문이 있었답니다."

"호오?"

"개다래나무라는 이름의 조금 위험한 약이랍니다. 어디서 나도는 건지는 모르지만…… 아무튼 온 거리에 소문이 났답니다. ……냥."

"과연, 그 출처를 찾기 위한 잠입이라는 건가요?"

"그렇답니다냥."

"그리고 잘하면 마법 총괄 협회에 잘 보일 수 있다는 건가요?"

"냥냥."

"참고로 그 약은 어떤 거죠?"

"냥냥냥."

"과연, 그렇군요."

모르는 거군요. 잘 알았습니다.

"아마도 이름으로 보아 미약 같은 거라고 생각했답니다. 개다래나무라는 이름이니까요."

"상당히 불순한 동기로 이 가게에 잠입하셨군요⋯⋯."

저는 기막혀했습니다만, 그러나 아빌리아 씨는 어째선지 조금 의기양양했습니다.

"뭐, 두고 보세요. 일레이나 씨. 내가 이 가게에 오는 손님이 쓰는 개다래나무의 출처를 알아내고 말 거랍니다."

훗, 다시 가슴을 펴는 아빌리아 씨.

저는 딱히 그녀처럼 마법 총괄 협회에 잘 보일 마음이 없었던지라, 일단 적당히 그녀에게 "뭐, 열심히 하세요"라며 팔랑팔랑 손을 흔들 뿐이었습니다.

그 후 그녀의 일하는 모습이 어땠는지는, 직접 눈으로 보지 않아도 목소리만으로도 대강 알 수 있었습니다.

"아앗! 손님 얼굴에 파르페가! 죄송하답니다! 앗, 아니지! 죄송하답니다냥!" 가게 어디선가 비명이 들려왔습니다. 귀에 익은 목소리였던지라 저는 시선을 피하며 오믈렛을 먹었습니다.

그리고 얼마 지나지 않아.

"조금 전엔 죄송했답니다! 이거, 사죄의 의미로 미트 파이를――으아아아! 죄송하답니다. 손님 얼굴이 미트 파이투성이로!"

또 가게 어디선가 비명이 들려왔습니다. 이미 오믈렛은 다 먹어버린지라, 저는 팸플릿을 눈앞에 펼쳐 들어 현실에서 눈을 돌렸습니다.

"…………."

분명 아빌리아 씨가 말했던 대로, 팸플릿에 적힌 내용에 따르면 이 캠페인은 일반 마법사들에게도 응모를 받고 있는 모양이었습니다.

그리고 악의 조직을 괴멸시키면 제법 큰 돈을 받을 수 있는 모양이었습니다.

"오래 기다리셨습니다! 저희 가게의 자랑인 오믈렛── 아앗! 죄송합니다! 오믈렛의 얼굴에 손님이!"

반대예요. 반대.

그녀가 일하는 소리를 흘려들으며 저는 팸플릿을 계속 바라보았습니다.

페이지를 몇 장쯤 넘겼을 때, 제 손은 딱 멈추었습니다.

『악의 조직을 괴멸시키는 것뿐 아니라, 마약 등의 위험한 약을 몰수한 경우, 그 양에 따라 보수가 올라갑니다』라고, 그렇게 적혀 있었습니다.

오호라.

"…………."

이건 즉, 혹시, 돈을 왕창 벌 기회인 건가요? 개다래나무를 마약이라는 식으로 꾸며내면, 꽤 짭짤한 벌이가 되지 않을까요?

………….

즉석식품 오믈렛 같은 걸 먹고 있을 때가 아니군요……!

"우으으으으으…… 저 이런 일은 못 해요…… 더는 못 해 먹겠답니다……. 아, 틀렸다. 답니다냥.”

쉼 없이 실수를 반복한 결과, 근처에 있던 상자 안에 틀어박히고 만 아빌리아 씨. 안에서 오열이 새어 나오고, 거기에 더해 꼬리도 삐져나왔습니다. 머리만 가리면 다 숨은 겁니까?

저는 그녀에게 다가가 상자를 들어 올렸습니다.

“앗!”

고양이를 거절하는 체질일 때의 저보다도 더 눈물을 글썽이는 아빌리아 씨가 그곳에 있었습니다.

“잠깐, 뭐 하는 거예요! 나는 지금 혼자 있고 싶답니다!”

일하던 중에 할 짓은 아니라고 봅니다만…….

아니, 그건 일단 제쳐두고.

저는 상자를 휙 옆으로 던져두고 아빌리아 씨의 어깨를 잡았습니다.

그리고, 싱긋 웃으며, 한마디.

“아빌리아 씨. 당신 고양이 귀와 꼬리, 남는 거 있나요?”

그곳에는 돈벌이에 낚인 지저분한 마음의 소유주가 있었습니다.

○

푼돈에는 움직이지 않을 셈이었습니다만, 금액이 금액인 만큼 저는 갑자기 마음이 동했습니다.

즉, 이 가게에서 나돌고 있다고 하는 개다래나무라는 걸 모아버리면 바로 부자가 된다는 거죠? 이런 괜찮은 이야기가 있어도 되는 겁니까?

"······일레이나 씨까지 이 가게에서 아르바이트를 해버리면 제 몫이 적어지잖아요. 남는 고양이 귀랑 꼬리는 있지만 가능하면 빌려주고 싶지 않답니다."

아빌리아 씨는 제 부탁에 살짝 난색을 표했습니다만, 뺨을 부풀리며 고개를 획 돌려버렸습니다만, 그러나.

"당신이 제대로 일하지 않는다는 걸 점장님께 고자질해도 괜찮은 거죠?"

"바로 준비할 거랍니다."

곧장 말한 대로 준비해주었습니다. 가게 안에서 누구에게도 들키지 않도록 몰래 고양이 귀와 꼬리를 장비한 저는 코코 씨에게 "그것참, 아주 멋진 가게네요! 꼭 여기서 일하고 싶은걸, 하는 마음입니다만" 하고 말하며 접근했습니다. 만약 제가 고양이였다면 고롱고롱 목을 울렸을 겁니다.

"어머나! 정말? 기뻐라! 여긴 요즘 손님이 너무 늘어서, 고양이 족이라면 누구든 환영이야."

코코 씨는 다행히도 일손 부족—— 아니, 고양이 손이라도 빌리고 싶을 만큼 바쁜 탓에 저의 갑작스러운 청을 흔쾌히 받아들여 주었습니다. 받아들여 주기는 했습니다만.

"······그런데, 너. 귀 색이 조금 다르네?"

코코 씨에게 일찌감치 지적을 당했습니다. 하지만 물론 그 대책도 준비해두었습니다.

"실은 이 귀가 콤플렉스라…… 그래서 모자를…….."

그렇게 슬픈 듯이 말하는 저. 물론 거짓말입니다. 애초에 귀는 붙인 겁니다.

"어머나…… 그랬구나…….."

아무래도 건드려서는 안 되는 부분이라고 해석해준 모양입니다. 코코 씨는 그 이후 제 고양이 귀와 꼬리에 관해 언급하지 않았습니다.

그다음으로 코코 씨는 업무 내용을 제게 말로 대강 가르쳐주었습니다. 뭐, 듣고 배우기보다는 익숙해지라는 것일 테지요.

"손님을 기쁘게 할 만한 태도로 애교를 부리고 돈을 뜯어내는 게 우리 일이야."

그런 대략적인 내용으로 업무 설명은 끝났습니다.

"모르는 부분이 있으면 선배인 나한테 물어보면 된답니다."

그리고 어째선지 잘난 척하며 가슴을 펴는 아빌리아 씨.

"아, 그건 됐습니다."

그리고 저는 단호하게 거절한 다음, 긴 머리카락을 머리 뒤에서 하나로 묶고 메이드복을 입었습니다.

자, 그럼 여기서 대망의 신입이 일을 잘하는지 어떤지 한번 살펴보도록 하지요.

"또 접시를 깨고 말았어요…… 이제 틀렸답니다…… 아, 아니지. 틀렸답니다냥."

아니, 상자 속에 틀어박혀 있는 쪽이 아니라.

대망의 신입이란 바로 잿빛 머리카락과 유리색 눈동자. 그리고 여행자이면서 마녀이면서 메이드복을 더할 나위 없을 만큼 잘 소화해낸 아름다운 소녀를 말합니다.

"헤헤헤……. 귀엽네. 오늘 들어온 신입이라는 게, 너 맞지?"

그리고 그 아름다운 소녀가 지금, 쓸데없이 헤벌쭉한 남성 손님 앞에 서 있었습니다.

그런데 그것은 누구인가.

그렇습니다.

"저입니다."

가게 안은 절찬 대성황이라는 상황이기도 하여, 신입인 저에게도 손님들의 지명이 들어왔습니다.

"어서 오세요. 주인님."

국어책 읽기로 말하며 고개를 숙이는 저.

"주문은 어떤 걸로 하시겠습니까?"

"그러네…… 일단 오믈렛을 먹기로 할까."

"네, 감사합니다."

척척 주방으로 들어가는 저. 즉석식품 오믈렛을 데우는 저. 손님 자리로 돌아가는 저.

"음식 나왔습니다. 직접 만든 오믈렛입니다."

투둑! 테이블에 오믈렛(즉석식품)을 내던지는 저.

손님은 기뻐했습니다.

"저기, 너. 그럼 이 오믈렛에 마법을 걸어줄래?"

"네?"

무슨 말인지 그 의미를 잘 모르겠습니다만?

"아니, 그러니까…… 하트로 둘러싸고 글자를 쓰면서 마법의 주문을 말이지……."

"어떤 식으로 쓰면 되는 건가요? 죄송합니다만저는신입이라잘 모르겠으니좀보여주시겠습니까?"

투둑! 테이블에 케첩을 내던지는 저.

"하, 할 수 없네…… 그럼, 주인님이 하는 걸 잘 봐야 해?"

불손하다고 말할 수밖에 없는 제 태도에 어째선지 흥분하신 자칭 주인님은, 그렇게 "맛있어져라♥"라고 말하며 오믈렛에 하트와 글자를 써나갔습니다.

과연, 그렇군요. 그렇게 하면 되는 거로군요. 흐음흐음 하고 고개를 끄덕이는 저에게 손님은 "자, 한번 해봐" 하고 오믈렛을 내밀었습니다. 그러나.

"아, 이거 이제 쓸 공간이 없네요."

"…………."

"다음번에 부탁드립니다."

성실하게 일할 마음은 당연히 있었습니다만, 그러나 그 이상으로 저는 타인에게 애교를 부리지 못하는지라, 이건 이제 어쩔 수 없는 일이라 여기며 오히려 뻔뻔하게 접객 태도는 최저한의 수준이 되었습니다.

저는 어떤 말로도 옹호할 수 없는 최악의 근무 태도를 발휘했습니다만, 그러나 손님의 대부분은 아무래도 이걸 "새침부끄다!"

하고, 뭔지 알 수 없는 단어로 표현했고, 결과적으로 제 근무 태도에 관한 것은 불문이 되었습니다.

뭐, 상자에 틀어박혀 "우으으…… 못 해먹겠답니다……냥" 같은 말을 중얼거리는 것보다는 그래도 낫다는 것일까요?

가게는 끝을 모르고 붐볐고, 결국 저는 그 후로도 몇 번인가 테이블로 불려갔습니다. 그러나 이러한 애교를 부리는 가게인 만큼, 손님들은 대부분이 특이한 취미 취향을 가지고 있었고.

"내가 먹고 있는 모습을 지켜봐 줘."

예를 들면 이런 요청도 있었습니다.

"아, 보고 있으면 되는 겁니까? 알았습니다."

손님 맞은편에 앉는 저.

"……!"

설마 앉을 거라고는 생각하지 못했는지 놀라는 손님.

"그나저나, 커피 같은 걸 주문해도 괜찮을까요?"

뻔뻔하게 나오는 저.

"……!"

뻔뻔한 데도 정도가 있는 부탁에 놀라면서도 우물우물 오믈렛을 먹는 손님.

"맛있나요?"

커피를 마시며 어딘가 먼 곳을 바라보는 저.

"응…… 맛있어……. 네 애정이 담겨 있어……."

"그거 즉석식품입니다."

"……!"

비통한 현실에 재기 불능 상태가 된 손님.

그 후로도 저는.

"맛있어지는 주문을 걸어줄래?"

그렇게 말하는 손님에게.

"네? 주문을 안 걸면 못 먹는 겁니까?"라고 답했고.

"먹여줬으면 좋겠는데……."

에둘러 요구하는 손님에게는.

"머리뿐이라면 몰라도 양손까지 제대로 움직이지 않는 겁니까? 큰일이겠네요"라고 내뱉었고.

"네가 좋아하는 건 뭐야? 괜찮으면 같이 먹자."

그렇게 제안하는 분에게는.

"저는 돈이 좋습니다."

"…………."

"돈이 좋습니다."

그렇게 정직하게 답해보거나.

대체로 이렇게 이 가게의 방식과는 상당히 거리가 먼 서비스를 제공했습니다. 제가 언제나 그렇게 폭주하는 느낌으로 접객을 한 탓인지, 손님 중에는.

"저기, 점장님. 저 애 전혀 부끄가 없는데요. 새침부끄인데 부끄가 없는데요. 이거 아니잖아요? 모가지잖아요?"

계산을 하며 몰래 항의하는 손님의 모습도 볼 수 있었습니다. 그러나 물론 그 대책도 준비해두고 있었습니다.

아무런 생각도 없이 그런 태도를 취할 제가 아닙니다.

"너무해. 어째서 그런 말을 하세요?"

손님 앞에 냉큼 나타나 눈물을 글썽이는 저.

"부끄다!"

싫지 않은 듯한 손님.

참고로 눈물은 안약입니다.

결과적으로 이 가게에서의 제 위치는 그 후로 나날이 점점 올라갔습니다.

"일레이나 씨, 대단해요. 순식간에 순위가 2위까지 올라갔답니다."

이 가게는 지명률이 높은 순으로 순위를 매기는지, 그 순위표에 의하면 저는 만년 1위인 미스티 씨에 이어 2위가 되어 있었습니다.

이 가게는 아무래도 지명이 많으면 많을수록 수입이 늘어나는 모양이었습니다. 즉, 저는 제법 많은 금액을 버는 상황이었습니다.

멍하니 순위를 바라보며 아빌리아 씨는 "저는 따라잡을 수 있을 것 같지가 않답니다"라며 풀이 죽었습니다.

그러나 신입이 눈부신 활약을 해 보이면 아무래도 안 좋게 여기는 사람도 생기는 법이라, 순위를 바라보는 저와 아빌리아 씨의 뒤에서 "……쳇. 신입 주제에"라며 누군가가 중얼거리는 소리가 들려왔습니다.

돌아보니, 순위 1위인 미스티 씨의 모습이 보였습니다. 하지만 그녀는 이미 손님 접객으로 돌아가 "냥냥♥" 하고 절찬 애교를 부리는 중이었습니다.

과연, 겉과 속이 격하게 다른 분인가 봅니다.

그나저나.

"아빌리아 씨의 이름이 순위에 없는데요?"

"저는 순위권 밖이랍니다."

과연.

"제대로 일하세요."

"일레이나 씨한테만큼은 그런 말 듣고 싶지 않답니다."

○

저도 아빌리아 씨도 개다래나무를 목적으로 일하고 있었습니다만, 그러나 정작 개다래나무는 아무리 찾고 찾아도 전혀 눈에 띄지 않았습니다.

다행인지 불행인지 저는 이 가게에서 두 번째로 인기가 있으니, 뭐 대충 일하면 손님이 "개다래나무를 쓰면 부끄가 되어줄지도 몰라" 하고 잘 알 수 없는 판단을 해서 멋대로 개다래나무를 써주리라고 생각했었습니다.

그러나 지금까지 지켜본 바로는 가게 안에 개다래나무를 가져오는 손님도 없었고, 개다래나무에 취해 머리가 이상해진 것 같은 고양이족의 모습도 찾을 수 없었습니다.

이제 정말 개다래나무가 나돌고 있는 것인지 의심스럽기까지 할 정도였습니다. 그래도 아빌리아 씨가 잡은 정보를 바탕으로 대충 일하면서 저는 개다래나무를 계속 찾았습니다.

"잠깐, 신입."

이 가게에서 가장 인기 있다고 하는 미스티 씨가 갑자기 제게 말을 걸어온 것은 제가 이 가게에 온 지 딱 사흘째가 되던 때였습니다.

모래색의 아름다운 머리카락을 휙 넘기며 그녀는 "흥" 하고 시시하다는 듯이 코웃음을 쳤습니다.

"너, 요즘 너무 건방진 거 아냐?"

"…………."

요즘이라고 한들, 애초에 일한 지 아직 사흘째입니다만.

"아! 뭐야? 그 눈은. 뭐? 무슨 말이 하고 싶은데? 일한 지 얼마 안 돼서 순위가 2위가 됐다고 잘난 척하는 거지?! 그런 거지?!"

"아뇨 딱히 그렇지 않습니다만……."

순위 같은 거 딱히 어찌 되든 상관없거든요…….

"순위 같은 거 딱히 어찌 되든 상관없다……라는 표정을 하고 있잖아! 건방져!"

"…………."

"고작 2위가 된 정도로 우쭐대지 말아줄래?"

미스티 씨는 버럭 화를 냈습니다.

"알겠어? 내가 군림하는 1위와 네 2위에는 하늘과 땅만큼의 차이가 있어. 너는 2위가 된 정도로 나를 바짝 따라잡았다고 여기 겠지만, 현실은 그렇지 않아! 1위인 내가 한 송이의 꽃이라면, 너를 포함한 2위 이하는 그 옆에 자라난 잡초나 마찬가지야!"

"…………."

말이 심하시네요.

"참고로 순위권 밖은?"

"응? 잡초에 꼬이는 해충."

"과연."

나중에 아빌리아 씨에게 알려드리도록 하죠.

"아무튼, 너희랑 나는 차원이 다르다고. 나한테 있어 너 같은 건 상대조차 안 돼. 그래, 그야말로 그냥 잡초야!"

"…………."

상대조차 안 된다면 그렇게까지 말하지 않아도 괜찮지 않을까요?

"그런데 신입. 어째서 내가 이렇게나 아름다운지…… 알아?"

살랑, 모래색 머리카락을 넘기는 미스티 씨.

저는 고개를 저었습니다. 생각하기도 귀찮았습니다.

그러자 그녀는 "그래! 모르는구나! 머리가 그다지 안 좋은가 보네!"라며 기쁜 듯이 고개를 끄덕였습니다. 그리고.

"나는 고양이족 중에서도 순수하고 아름다운 혈통이야! 즉, 나한테는 너 같은 잡종에게는 없는 특별한 재능이 갖춰져 있다는 거지!"

"……아, 네."

어째선지 갑자기 인종차별이 아니라 혈통차별을 시작한 미스티 씨의 모습에 저는 당황스러움과 어이없음을 감출 수 없었습니다. 아마도 귀와 꼬리만 하얀 털인 탓에 잡종이리라고 생각했을 테지요.

"특별한 혈통…… 그리고 특별한 미모……. 내가 1위인 건 그야말로 운명! 너 따위는 상대가 못 돼! 알았어?"

"……뭐, 말씀하시고자 하는 바는 잘 알았습니다."

이말 저말 장황하게 늘어놓았지만, 요컨대 제가 빠르게 2위가 된 것이 마음에 들지 않는다는 뜻일 테지요.

뭐, 앞으로는 그다지 눈에 띄지 않도록 자중하며 일하도록 해야겠습니다.

개다래나무의 출처만 잡으면 그것으로 충분하기도 하고, 무리해서 눈에 띄는 바람에 적을 늘려버리는 것은 나중에 귀찮을 테니까요.

미스티 씨는 "알면 됐어!"라고 말하고 머리카락을 홱 휘날리며 업무로 돌아갔습니다.

곧바로 "주인님♥ 기다리셨습니다예요♥" 같은, 속이 안 좋아질 것 같은 목소리를 태연하게 내는 그녀는 분명 혈통 운운은 제쳐두더라도 이 일에 대한 재능이 있는 것은 분명해 보였습니다.

"방금 무슨 말을 들었나요?"

멍하니 미스티 씨를 바라보고 있는 제 곁에 아빌리아 씨가 상자를 끌어안은 채로 불쑥 나타났습니다.

"어쩐지 잘 알 수 없지만 여러 가지로 욕을 먹었습니다."

"오호라. 구체적으로는?"

"저는 잡초라고 하네요."

"의미를 모르겠답니다?"

"참고로 아빌리아 씨는 잡초에 꼬이는 해충이라고 하더군요."

"과연, 저 여자가 우리의 적이라는 사실만큼은 잘 알겠답니다."

뽀로통하게 뺨을 부풀리며 상자를 끌어안는 아빌리아 씨.

"…………."

저는 그런 그녀를 무시한 채, 여전히 미스티 씨 쪽을 바라보고 있었습니다.

결코 그녀를 적시해서 노려보고 있는 것이 아닙니다. 하물며 그녀가 신경 쓰이는 것도 아닙니다.

제가 보고 있는 것은 그녀가 접객 중인 손님 쪽이었습니다.

"헤헤…… 미스티, 정말로 귀여워……."

사사건건 그렇게 중얼거리는 시원찮은 남성. 그런 그에게 미스티 씨는 "어머나♥ 부끄러워요~"라며 애교를 부리고 있었습니다만.

그녀가 음식을 가지러 주방으로 돌아간 잠깐 사이에, 남자는 주머니 속에 있던 지갑에서 가루를 꺼내 자신의 옷에 문질렀습니다.

향수 종류로는 도저히 보이지 않았습니다. 가루니까요.

좀 더 다른 무언가일 테지요.

"……? 어라? 어쩐지 아주 좋은 냄새가 나……."

덤으로 주방에서 돌아온 미스티 씨는 한층 더 요염한 목소리를 내는 지경이었습니다.

마치 개다래나무에 취한 고양이처럼.

○

"그런 연유로 그 손님에게 회수한 개다래나무가 이겁니다."

그날의 일을 마친 후에 저는 아빌리아 씨를 숙소까지 불러내, 봉투에 담긴 가루를 테이블에 꺼내놓았습니다.

제 맞은편에 앉은 그녀는 갑작스러운 호출에도, 방으로 부른 것에도 놀랐습니다. 하지만 그 이상으로.

"이건……" 눈을 동그랗게 뜨고 "……대체 어느 틈에 회수한 건가요?" 하고 몹시 의심스러워하면서 가루를 바라보았습니다.

"계산할 때 이야기를 했고, 그때 넘겨받았습니다."

"뭐라고 하고 넘겨받았나요?"

"평범하게 넘겨받았는데요?"

"……이런 위험한 가루를, 그냥 넘겨줄 리가 없다고 생각한답니다……."

뭐, 그건 그렇다고 치고.

경위에 관해서는 일단 제쳐두죠.

"그나저나 이 가루, 대체 어떻게 만드는 걸까요? 고양이족만 푹 빠지게 만드는 가루라니, 그렇게 간단히 찾을 수 있을 만한 물건이라고는 생각되지 않는데요."

가루를 들어 올리며 저는 고개를 갸웃거렸습니다.

"어디서 누가 무얼 목적으로 이걸 뿌려대고 있는 걸까요?"

"……누가 배포하는지는 모르겠지만, 사는 손님들의 목적은 안답니다."

오호?

"어째서죠?"

의미심장하군요.

"저, 상자 안에 틀어박혀서 이것저것 가게 안을 관찰했답니다."

그녀는 제 손에 있는 가루를 만지며 말했습니다.

"이 가루를 쓰는 손님은 전부, 미스티 씨의 고객이랍니다."

"…………."

"저도 이 가루는 그 가게에서 일할 때 몇 번인가 발견했는데, 미스티 씨의 손님 말고는 이 가루를 쓰는 사람은 없었답니다."

제가 평범하게 일하며 순위를 올리고 있는 사이에 그녀는 순위권 밖에서 가게를 지켜보고 있었던 모양입니다.

그녀는 말했습니다.

"이상한 가루였고, 손님들 상태도 이상해서 잘 기억하고 있답니다. 어느 손님이나, 미스티 씨가 눈을 뗀 틈을 노리고 가루를 옷과 몸에 뿌렸답니다."

"……과연."

그건 그야말로 제가 오늘 보았던 광경과 일치합니다.

아무것도 안 하는 것처럼 보이던, 그저 상자에 틀어박혀 있던 것처럼 보이던 그녀는 그녀 나름대로 자신의 일을 하고 있었던 것입니다.

"즉, 생각할 수 있는 건 한 가지랍니다."

그리고 아빌리아 씨는 "아마도 이 약을 배포하는 건, 미스티 씨에게 원한이 있는 사람이랍니다. 분명 괴롭힐 목적으로 미스티 씨의 마음을 현혹하는 약을 팔고 있는 거랍니다"라는 추리를 했습니다.

요약하자면 그 이야기는 즉.

"……여러 손님에게 반하게 해서, 그녀의 순위를 떨어뜨리려 한다, 라는 건가요?"

그러한 것이 되겠습니다만.

"그런 거랍니다."

아빌리아 씨는 자신만만하게 고개를 끄덕였습니다.

만년 1위 미스티 씨를 순위에서 떨어뜨리기 위해서는 그녀를 가게에서 내보내는 것이 가장 빠른 방법일 터입니다. 그러기 위해 그녀의 손님들에게 "이걸 쓰면 미스티 씨는 당신에게 반할 겁니다" 하고 부추기며 가루를 건넨다. 받은 가루 때문에 미스티 씨는 손님에게 반한다. 손님이 많으면 많을수록 미스티 씨는 업무 시간 동안 가루에 푹 빠지는 시간이 늘어난다. 푹 빠지는 시간이 늘어나면 늘어날수록 그녀의 몸은 망가진다. 언젠가 중독 증상이 나타날지도 모릅니다. 손님들끼리 그녀를 두고 다투다가 단골손님이 떨어져 나갈지도 모릅니다. 어찌 되었든 가루에 계속 빠져 지내다 보면 그녀는 가게를 그만두게 될 겁니다.

추측으로는 나쁘지 않다고 생각합니다.

그러나.

"……그럴까요?"

저는 그 억측에 고개를 갸우뚱거릴 수밖에 없었습니다.

"그야 당연하답니다!"

아빌리아 씨는 의기양양하게 일어섰습니다.

"그런고로, 일레이나 씨. 내일부터는 일과 함께 이 가루의 출처를 찾는 거예요! 그 여자는 왠지 싫은 여자지만, 자신의 욕망을 위해 비열한 수를 쓰는 여자는 더욱 용서할 수 없답니다!"

그녀의 추리에 따르면 범인은 가게 내부의 고양이족. 그리고 아마도 3위 이하인 누군가라는 것이 되겠지요.

"…………."

그러나 저는 어찌해도 납득이 되지 않았습니다.

그녀의 추리에는 구멍이 없는 듯 보였고, 이 가루의 효과가 그야말로 진짜이고, 미스티 씨가 남자들 혹은 순위권 하위의 고양이족들에 의해 파멸로 내몰리고 있다고 한다면 당장에라도 막지 않으면 안 됩니다.

하지만.

"그 추리가 맞는지 어떤지 확인하기 전에, 하나만 더 확인해보고 싶은 게 있는데, 괜찮을까요?"

○

그다음 날도 미스티 씨는 평소대로 순위 1위답게 당당한 모습으로 애교를 부리며 손님들의 상대를 하고 있었습니다.

"손님~. 외로웠어요~♥"

평소와 같은 그녀가 그곳에는 있었습니다.

"……아, 응."

그러나 손님의 모습으로 말할 것 같으면, 조금 묘한 것이 평소 그녀의 손님답지 않았고, 온몸에서 곤란함이 배어 나오고 있었습니다. 듣기 좋게 말하자면, 데면데면했습니다.

"자, 손님. 제 특제 오믈렛, 드세요♥"

평소 미스티 씨는 숟가락을 들어 손님의 입에 직접 오믈렛을 넣어준다고 하는, 저로서는 평생 불가능할 엄청난 행위를 간단히 해내는지 오늘도 그녀는 그 실력을 유감없이 발휘했습니다.

"아니…… 됐어. 오늘은 내가 먹을게."

데면데면한 손님은 그녀를 거부. 대체 무슨 일이 있었던 것일까요?

"손님…… 어째서 그렇게 차가운 거예요? 저 슬퍼요…….."

몹시 풀죽은 미스티 씨. 귀와 꼬리가 축 힘없이 처졌습니다.

"아니, 뭐라고 할까……."

그러나 손님은 그런 그녀에게서 무자비하게 고개를 돌렸습니다.

"……부끄러워서."

어머나, 이 무슨 소녀 같은 말씀이신가요?

어제까지 다른 사람의 시선을 개의치 않고 미스티 씨와 러브러브했었으면서, 대체 무엇이 원인이 되어 정상적인 수치심이 싹트게 된 것일까요?

실로 지극히 제대로 된 말을 하게 된 손님은. 이어서.

"……저기, 세 사람에게 접객을 받는 건 거북한데……."

그렇다고 합니다.

"…………." "…………."

미스티 씨의 양옆에 있던 우리를 향해서, 말했습니다.

어머 어머. 우리는 서로의 얼굴을 마주 보았습니다.

"아뇨 아뇨, 저희는 부디 신경 쓰지 말아주세요" 악마 같은 제 미소와 "평소처럼 둘이 알콩달콩하셔도 된답니다" 천사 같은 아빌리아 씨의 미소였습니다.

"…………."

이즈음에서야 겨우 미스티 씨도 우리에게 시선을 보냈습니다. 접객 중에는 손님만 보는 것이 그녀의 방침인지, 저희를 한동안 없는 사람 취급하며 무시했습니다만, 아무래도 한계였던 모양입니다.

"잠시만 기다려주세요."

그녀는 손님에게 그렇게 말하며 고개를 숙이고, 우리의 메이드 복을 잡아 가게 안쪽으로 끌고 갔습니다. 그 모습은 그야말로 어미 고양이에게 목덜미를 잡혀가는 아기 고양이.

그리고 안쪽 사무실로 우리를 데려간 미스티 씨는.

"무슨 생각이야?"

무슨 생각이냐고 물으신들.

"저희는 당신이 일하는 모습을 보고 공부하고 있을 뿐입니다."

"랍니다."

"방해되거든."

"저희는 신경 쓰지 마세요. 그냥 물건이라고 생각해주세요."

"랍니다."

"……흐응."

그 순간 그녀는 무언가를 떠올린 모양이었습니다.

"혹시 어제 내가 말한 걸, 마음에 두고 있는 거야? 나한테 빈정

댈 셈? 날 방해해서, 순위에서 밀어내려는 거지?"

아뇨, 아뇨 설마요.

"그럴 리가 없지 않습니까. 그렇죠?" "그렇죠?"

"…………."

그저 한결같이 깐죽거리는 저희를 그녀는 노려보았습니다.

"이 이상 방해를 한다면, 나도 화낼 거야."

이미 화내고 계신 게 아닌지?

그렇게 생각했지만 말하지는 않았습니다.

그저 우리는 얼굴을 마주하고서 "자자, 그렇게 화내지 마세요" "랍니다. 랍니다" 하고 말했고, 그녀에게 바짝 다가가 몹시 화가 난 그녀를 더욱 부채질했습니다.

그런데 아까부터 아빌리아 씨는 제대로 된 말을 하지 않는군요.

"잠깐!" 뭐야? 하고 미스티 씨는 매달리는 우리를 향해 진심으로 민폐라는 듯이 얼굴을 찌푸렸습니다.

"장난은 적당히 해! 목적이 뭐야?!"

이런, 예쁜 얼굴이 아무 소용 없어지지 않습니까.

"목적이요? 후후후…… 알고 싶으신가요?"

덥석, 그녀의 팔에 매달리는 저.

"랍니다."

그리고 아빌리아 씨.

그런데 당신은 '랍니다' 말고는 할 말이 없는 겁니까?

"크윽…… 이……! 떨어져!"

우리를 떼어내기 위해 미스티 씨는 확 하고 우리의 머리를 밀었습니다.

그러나 우리는 멈추지 않았습니다.

쭉쭉, 그녀와의 거리를 좁히고 찰싹찰싹, 그녀에게 달라붙었습니다.

"그나저나 저희랑 같이 있으면서, 뭔가 느껴지는 게 없나요?"
"랍니다."

"……!"

미스티 씨의 얼굴에서 핏기가 사라졌습니다.

"당신들, 설마 그런 취미가――."

"아니그건아닙니다." "하지만 일레이나 씨 신나 보이는데요?"
"당신 한 대 맞고 싶은 겁니까?"

랍니다 말고도 제대로 말할 수 있지 않습니까. 어떻게 된 겁니까?

애초에 우리가 그녀에게 달라붙어 있는 이유는, 그녀의 일을 방해하려는 목적도 아니고, 저희가 그러한 취미를 갖고 있기 때문도 아니었습니다.

모든 것은 이유가 있었습니다.

지금까지 그녀와 접촉해본 결과, 증거도 필요한 만큼 충분히 모인 것 같으니, 슬슬 사실을 밝히도록 하지요.

"실례했습니다. 미스티 씨. 시험해보고 싶은 게 좀 있었던지라, 당신 옆에 붙어 있었습니다."

"……시험했다고?"

노려보았습니다.

"나보다 낮은 순위의 2인조가, 나를 시험했다고? 오만하네. 대체 너희가 뭔데?"

"아, 죄송합니다. 오해를 하셨네요── 저희가 시험한 건, 당신이 아니에요."

"뭐? 무슨 소리를──."

"이거, 뭔지 아시겠어요?"

그녀의 말을 자르고 저는 주머니에서 봉투를 꺼냈습니다.

어제, 손님에게서 회수한 개다래나무가 그곳에는 있었습니다만, 이미 사용한 상태였습니다. 거의 다 쓰였습니다. 이제 안에는 남아 있는 게 거의 없었습니다.

"이건 개다래나무입니다. 아무래도 고양이족에게서 평상심을 빼앗는 가루인 모양인데, 이걸 쓰면 고양이족 아이들은 모두 주정뱅이처럼 되어버린다고 하더군요."

"…………."

봉투가 눈에 익은 것인지, 아닌지, 그녀는 가루가 담긴 봉투를 가만히 바라보며 "……그게 뭐 어쨌다는 건데" 하고 애매하게 말을 흘렸습니다.

그런 그녀의 어깨에 손을 올리며.

"그런데, 저희가 오늘 이 개다래나무를 묻히고 일을 했거든요?"

그리고 그녀의 고양이 귀에 입을 가져다 대며 말했습니다.

"당신, 어째서 평정을 유지한 채 있을 수 있는 건가요?"

○

제가 가루를 회수했을 때의 이야기를 해보죠.

"어라? 손님. 그 가루는 대체 뭔가요?"

저는 남자가 계산을 하려고 꺼낸 지갑 속에 있던 가루가 담긴 봉투를 빼앗았습니다.

"앗…… 잠깐! 너, 무슨 짓을——."

"이거, 개다래나무인가요?"

"……!"

아무래도 미스티 씨를 지명했던 손님은 거짓말이 상당히 서툰 분인 모양이었습니다.

"모, 몰라…… 그게 뭔데?"

"손님…… 그러고 보니 이 가루, 조금 전 미스티 씨와 함께 있을 때 쓰셨죠?"

"안 썼……는데요?"

"거짓말은 좋지 않습니다……."

저는 과장되게 한숨을 내쉬고 말했습니다.

"좋지 않아요……. 이 사실을 위에 보고하면…… 당신 어떻게 될까요?"

"……!"

"애처로운 여자아이를 상대로 이런 가루를 썼다고 알려지면…… 비열한 수법을 써서 여자아이를 손에 넣으려 한 인간이라는 게 알려진다면, 어떻게 될까요? 당연히 체포되고 말겠죠…… 직업을 잃어버리게 될 수도 있겠죠……?"

"그, 그것만은! 봐주세요……! 뭐든 할게요! 그러니까 부디——."

"뭐든 해주는 건가요?"

오호라, 그렇습니까?

"그럼 이 가루를 주세요."

"네?"

"이 가루, 주세요."

"……네?"

예상조차 하지 못했던 요청에 눈을 동그랗게 뜨는 손님. 물론 그에게 거부권은 없습니다. 저는 곧바로 주머니에 가루를 넣고, 이어서 그의 어깨에 손을 올렸습니다.

"그런데, 이 가루는 어디서 구한 건가요?"

"…………."

"잠시 점장님을 불러오겠습니다."

"자, 잠깐! 말할게! 말할 테니까!"

처음부터 그에게 거부권은 없었습니다.

이윽고 그는 떨떠름한 기색으로 가르쳐주었습니다.

"얼마 전에 길을 걷고 있는데, 수상한 여자가 이 가루를 줬어——."

말하길, 그것은 후드를 깊게 뒤집어쓴 그야말로 수상한 느낌의 여성이었다고 합니다. 수상함 그 자체인 여성에게 갑자기 건네받은 것이 이 가루였다고 합니다.

후드를 뒤집어쓴 여성은 가루를 건네주면서.

"이 가루는 개다래나무라고 하죠. 고양이족 여자아이에게 냄새를 맡게 하면 반하는 효과가 있답니다……."

그런 말을 덧붙였다고 합니다.

"아아, 하지만 평범한 고양이족에게는 효과가 없죠. 순결하고, 더럽혀지지 않은 혈통의 고양이족 아이에게만 효과가 있답니다……. 그렇지. 그러고 보니 이 근처에 코코의 고양이 귀 메이드 카페라는 가게가 있잖아요? 그 가게의 미스티라는 아이가 바로 그 특징에 딱 맞아요!"

그는 코코의 고양이 귀 메이드 카페 같은 건 알지도 못했다고 합니다. 하지만 그 수상한 여자에게 유도당한 그는, 그대로 가게에 드나들게 되었다고 합니다.

게다가, 가루를 쓰면 반한다고 하는 미스티 씨는 상당한 미인. 실제로 가루를 써보니 미스티 씨는 손님에게 홀딱 반했습니다.

그는 순식간에 가게의 단골손님이 되었다고 합니다.

미스티 씨의 어장 속 한 명이 되었다고 합니다.

"……그래서 나는, 멈출 수가 없어서…… 이 가게에 드나들게……."

"오호라, 과연, 그렇군요."

뭐. 그런 과정을 거쳐, 저는 자백을 받아냈습니다.

요약하면 단순한 이야기였습니다. 가게의 하위권 순위 여자아이가 미스티 씨를 끌어내리려고 일부러 에두른 방법을 쓴 것도, 단골손님들이 미스티 씨의 마음을 현혹하려 했던 것도 아니었습니다.

길가에서 수상한 가루를 건네받은 남자들이 미스티 씨에게 푹 빠졌었던 것뿐입니다. 평범한 행인이 그녀의 팬이 되고, 단골손님이 되고, 그녀의 인기를 높여주었던 것입니다.

즉.

개다래나무에 마음을 빼앗겼던 것은 그녀가 아니라, 손님들 쪽이었던 것입니다.

○

나쁜 짓을 한 인간이 아니라 고양이족이 어찌 될지는 정해져 있었고, 저와 아빌리아 씨에 의해 신고된 미스티 씨는 허무하게 마법 총괄 협회 지부로 연행되어 가게 되었습니다.

"자, 잠깐 기다려주세요! 제가 무슨 나쁜 짓을 했다는 건가요? 증거는? 근거는? 저는 평범하게 일했을 뿐, 개다래나무라니 대체 어찌 된 건지——."

당사자인 그녀로 말할 것 같으면, 어디까지나 모르는 일이라고 주장하려는 모양이었습니다만, 그러나 그녀가 남자들에게 뿌리고 다녔던 수수께끼의 가루인 개다래나무를 증거로 제출했고, 사건의 전말도 하나부터 열까지 보고해두었습니다.

그녀가 연행된 며칠 후에는 협회 지부에서 "자백했다"는 소식을 전달받았습니다.

참고로 개다래나무는 사실 밀가루였다고 합니다. 안타깝게도 마약이라고 속이지도, 압수한 만큼의 보수를 받지도 못했습니다.

이 사건으로 다른 누구보다도 대미지를 받은 것은 아마도 고양이 귀 메이드 카페의 점장인 코코 씨일 테지요.

"설마 그 아이가 그런 짓을……."

다른 어떤 메이드보다도 손님을 많이 모으던 중심인물의 악행이 밝혀진 탓에, 가게에 돈을 뿌리러 오던 열광적인 미스티 씨의 팬이 전부 떨어져 나가고 말았던 것입니다.

"유감이야……. 가장 돈벌이가 되던 아이였는데……."

풀썩, 코코 씨는 어깨를 축 늘어뜨렸습니다. 고식적인 수를 썼다고는 해도, 미스티 씨가 빠진 구멍을 메우기는 쉽지 않을 테지요.

"뭐 저는 지금의 가게 쪽이 차분한 분위기가 있어서 좋은데요."

얼마 전까지 늘 만석이었던 가게 안에는, 여기저기 빈자리가 보이게 되었습니다. 시끄럽지 않은 차분한 분위기가 그곳에 자리하고 있었고, 가게에서 일하는 메이드분들도 모두 빠짐없이 손님에게 애교를 떠는 것이 아니라, 가게 한쪽에서 메이드들끼리 담소를 나누고 있는 모습도 보였습니다.

본래 카페란 이래야 하는 것이 아닐까 하는 생각을 하지 않을 수 없었습니다.

그러니 딱히, 미스티 씨가 없어도 이 가게는 괜찮으리라고 생각합니다만——.

"1위가 없어졌어도…… 그래도, 2위가 있어……!"

그러나 제 예상과는 달리, 코코 씨는 일어섰습니다.

그리고 제 어깨를 꽉 움켜쥐었습니다.

"일레이나 씨! 앞으로 이 가게의 희망은 너야! 앞으로는 네가 넘버원!"

"아, 죄송합니다. 오늘부로 그만두겠습니다."

"…………."

"그만두겠습니다."

아마도 제가 없어도 괜찮을 겁니다.

"결국 돈은 별로 못 받았답니다."

"그러게요……."

고양이 귀 메이드 카페라는 뭐가 뭔지 알 수 없는 콘셉트의 카페를 함께 벗어난 우리는 평범한 찻집이 그리워졌고, 둘이서 근처 찻집으로 걸음을 옮기게 되었습니다.

마법 총괄 협회의 악의 조직 박멸 캠페인은 결국 악의 조직을 박멸하기 위한 것이었고, 악인 한 사람을 잡은 정도로는 대단한 돈은 받을 수 없었습니다.

아빌리아 씨가 불만을 터뜨리는 것도 당연했습니다. 솔직히 말해 고양이 카페에서 번 돈이 더 많았을 정도였습니다.

……어쩌면 악의 조직 박멸 캠페인이니 어쩌니 말해놓고, 실제로는 악의 조직을 괴멸시켜도 이러한 생떼를 부려 제대로 된 돈도 받지 못하는 것은 아닐까, 하는 생각까지 들었습니다.

어쩌면 진정한 악의 조직은 바로 마법 총괄 협회인 게 아닐까요……?

"실패했답니다. 평범하게 악의 조직을 섬멸하러 가는 편이 벌이가 나았겠어요."

크게 한숨을 내쉬며 아빌리아 씨는 신문지를 테이블 위에 올려놓았습니다.

『큰 공을 세우다! 악의 조직을 괴멸시킨 두 명의 마법사』

그러한 타이틀이 붙은 신문에는 두 명의 마법사가 어딘가의 찻집 안에서 이쪽을 향해 자신 있게 포즈를 취한 모습이 실려 있었습니다.

한 명은 푸른 머리카락의 마녀……처럼 보이는 사람. 왠지 매우 뽐내는 표정을 짓고 있었습니다.

또 한 명은 갈색 머리카락의 마도사. 하드보일드와는 거리가 몹시 멀어 보이는 포즈를 취하고 있었습니다.

"…………."

어디를 어떻게 보아도 어디선가 만난 적이 있는 두 사람이 신문 속에 있었습니다. 아무래도 모르는 새에 제가 모르는 곳에서 제가 아는 두 사람이 서로 아는 사이가 된 모양이었습니다.

"일레이나 씨, 왜 그러세요? 왠지 매우 미묘한 표정을 짓고 있는데요?"

"아뇨, 딱히…… 아무것도 아닙니다."

이 두 사람이 대체 어떻게 악의 조직을 괴멸시켰는지 매우 신경이 쓰이기는 했습니다. 덧붙여서 말하자면 이 두 사람에게 완벽하게 지고 만 우리 두 사람의 한심함에 눈물이 날 것만 같았습니다.

"그나저나, 일레이나 씨."

아빌리아 씨는 저를 바라보며 말했습니다.

"지금 이 나라에는 언니도 있답니다. 함께 여행을 하고 있으니까 당연한 얘기지만——."

"……그러네요."

아빌리아 씨와 암네시아 씨는 새로운 고향을 찾아서 둘이 함께 여행을 하고 있으니, 나라 안에서는 따로 행동하고 있다고는 해도, 숙소로 돌아가면 아마 당연하게도 암네시아 씨도 있을 테죠.

이번에는 한 번도 만나지 않았지만 말이죠.

"만날래요? 혹시 괜찮다면, 내일이라도, 데려올 수 있답니다……."

어차피 언니는 일레이나 씨가 있다는 걸 알면 당장 뛰어올 테죠──하고 자그맣게 중얼거리며 아빌리아 씨는 창밖으로 시선을 돌렸습니다.

보기에 따라서는 토라진 듯도 질투하는 듯도 보였습니다.

"…………."

저는 그런 그녀가 재미있어서 살짝 웃고 말았습니다.

"아뇨, 됐습니다──."

그리고 천천히 고개를 젓고, 저는 그녀에게 말했습니다.

"다시 한번 만나고 싶다고 생각되는 사람과의 거리감은, 만나고 싶어도 만나지 못하는 정도가 딱 좋답니다."

언제든 만날 수 있는 거리에 있다면, 어쩌면 저도 개다래나무에 마음을 빼앗겼던 손님들과 똑같아지고 말지도 모르니까요.

그러니 지금은, 다시 만날 날을 기대하며, 그저 느긋한 시간을 보내는 겁니다.

©Azure

제 6 장

옛날, 어느 유복한 가정에, 건강한 여자아이 쌍둥이가 태어났습니다.

태어난 아이를 보고 부모는 기뻐했고, 동시에 복잡한 심경을 느꼈다고 합니다.

그 나라에서는 쌍둥이를 불길한 아이라고 여겨왔던 것입니다. 똑같은 얼굴, 똑같은 목소리. 인간은 누구나 한 명 한 명 다르기에 특별하다고 여기는 나라에서, 마치 거울에 비친 것처럼 똑같은 얼굴이 나란히 있는 것은 기분 나쁜 일일 뿐이었습니다.

쌍둥이가 같은 인간이라느니 하는 사고방식은 매우 난폭하고 구시대적인 발상이라고 말하지 않을 수 없습니다만, 두 사람은 안타깝게도 그러한 시대착오적인 나라에서 태어나고 말았던 것입니다.

그 나라에서는 쌍둥이가 태어나면, 많은 부모가 그중 한쪽을 나라 밖으로 쫓아냅니다.

쌍둥이는 불길한 아이니 함께 키울 수 없었던 것입니다. 그러한 인식이 나라 사람들 속에 뿌리 깊게 자리하고 있었습니다.

그러나 그 부모는, 한쪽만을 고를 수 없었습니다. 부모에게 있어 두 자매는 같은 인간처럼은 보이지 않았던 것입니다.

주변 사람들은 쌍둥이 자매를 혐오했습니다. 기분 나쁘다고 분명하게 직접 말한 사람도 있었습니다. 어서 두 사람 다 쫓아내라며 부모에게 압박을 주는 사람도 있었습니다.

그래도 부모는 두 사람을 키웠습니다. 같은 인간이 둘 있는 것이 아니라, 이 아이들은 전혀 다른 각각의 인간입니다—— 그렇게 말하며, 주변의 반대를 무릅쓰고 키웠습니다.

두 사람이 비슷한 인간이 되지 않도록, 부모는 철저하게 두 사람을 구별했습니다.

"같은 옷을 입으면 안 돼." "같은 책을 읽으면 안 돼." "같은 머리 모양을 하면 안 돼." "같은 곳에서 놀면 안 돼."

그런 식으로 엄격하게 가르치면서.

두 사람은 성장할수록, 일부러 외모를 차별화할 필요가 없을 만큼 전혀 다른 성격의 여자아이가 되어갔습니다.

여동생은 매우 우수하고 상냥하고, 많은 사람에게 사랑받는 멋진 여자아이로 성장했습니다.

반면 언니는 집에 틀어박혀 언제나 인형 놀이만 하는 어두운 아이로 성장했습니다.

생김새는 똑 닮았어도, 두 사람의 표정은 전혀 달랐습니다.

두 사람은 어떤 의미에서, 부모의 이상대로, 각각의 인간이 되었습니다.

그러나.

그것은 마치, 한 인간의 빛과 그림자가 그저 거울에 비친 것처럼도 보였습니다.

상냥한 여동생의 이름은 루나리크.

마음이 병든 언니는 프레데리카.

그리고 그녀들은 열다섯 살 무렵의 일을 마지막으로, 떨어져

살게 되었습니다. 프레데리카 씨는 상냥한 여동생의 마음에 깊디 깊은 상처를 내고 말았던 것입니다.

결국, 그 나라의 지극히 평범한 쌍둥이처럼, 그녀들도 떨어져서 사는 결말을 맞이하게 되었습니다. 그리하지 않을 수 없는 사정이 있었던 것입니다.

"일레이나 씨."

저에게 모든 것을 밝힌 그녀는, 제게 물었습니다.

"지금의 루나리크는, 지금의 나를 보면, 용서해줄까?"

○

머리카락은 잿빛, 눈동자는 유리색. 검은 로브를 걸치고 삼각 모자를 쓴 마녀가 한 명, 고급 숙소에 딸린 조용한 레스토랑에서 저녁 식사를 하고 있었습니다.

4인용 테이블석에는 소박한 빵이 몇 개 놓여 있을 뿐. 한창 클 때인 소녀의 저녁 식사로서는 지나치게 소박합니다. 이런 것만 먹었다간 영양이 불균형해지고 클 것도 안 크는 게 아닐까 싶었습니다만, 그러나 그녀가 이러한 눈물겨운 저녁 식사를 하고 있는 데에는 이유가 있었습니다.

"돈이…… 없어……."

그렇습니다. 돈이 쪼들립니다.

마녀인 그녀는 여행자이기도 합니다만, 그러나 계획성이 다소 부족한 면이 있어, 하루하루의 생활을 보내던 중에 "후훗. 돈은 무얼 위해 있는 줄 아십니까? 그렇습니다. 쓰기 위해서입니다"라며 신이 나서 그다지 필요도 없는 물건을 사거나 하는 천성인 탓에, 돈이 떨어지는 일은 이제 그녀의 여행에 늘 있는 일이 되어가고 있는 듯도 싶었습니다.

"크윽…… 어째서 빵을 살 정도의 돈밖에 없는 겁니까……!"

탕, 하고 테이블을 내리치는 마녀.

어째서냐고 한들 그건 어찌 생각해도 지갑에 남은 돈도 확인하지 않고 길을 돌아다니며 이것저것 사 먹고 마음 내키는 대로 고급 숙소에 묵어버렸기 때문입니다만, 왠지 다른 무언가에 원인을 떠넘기고 싶은 기분이었습니다. 그냥 괜한 분풀이입니다만.

아무튼.

그런 식으로 고급 숙소에서 가난뱅이 모습을 유감없이 발휘하고 있는 마녀란, 누구인가.

그렇습니다. 저입니다.

"망할 자식."

참고로 이건 자기 자신에게 내뱉는 독설입니다. 일단 여기서 1박을 마치면 서둘러 돈벌이를 하기로 하죠. 그렇게 하죠.

저녁 식사 테이블에 빵밖에 놓여 있지 않은 제 자리는 다른 자리에 앉은 우아한 여행자 혹은 관광객의 눈에는 상당히 기괴하게 보였는지, 조금 전부터 힐끔힐끔 이쪽을 곁눈질하는 사람의 모습도 보였습니다.

그때마다 저는 견디기 힘든 굴욕을, 빵과 함께 삼켜야 했습니다.

아, 맛있다······.

"············."

결국, 저는 그대로 혼자 쓸쓸하게 저녁 식사 시간을 보냈습니다.

역시 장소에 어울리지 않는 가난뱅이의 저녁 식사는 부자분들에게 상당히 이상하게 보였던 것일까요?

어디선가 누군가가 저를 보고 있는 기척이, 식사하는 내내 느껴졌습니다.

레스토랑에서 방으로 돌아온 저는 이 근처 지방의 지도를 바라보며 멍하니 다음에는 어느 나라로 갈까 생각했습니다.

이 주변은 나라 수가 그다지 많지 않은지, 여기서 가장 가까운 나라도 거리는 상당히 멀었습니다. 꼬박 하루를 빗자루로 날아야만 도착할 수 있는 곳에, 저편의 파라스트메일라라는 나라가 있을 뿐이었습니다.

아마도 노숙을 하게 되겠지요.

머리를 감싸 쥐었습니다. 이 상황은 그다지 좋지 않습니다. 거리도 돈도 문제밖에 없습니다.

머릿속에서 돈벌이를 시뮬레이션해 보도록 하지요.

"성냥······ 성냥은 안 필요하신가요······?" 어린 여자아이의 모습으로 변해서 성냥팔이를 하는 저.

"에헤헤······ 이 정도면 충분하겠네요." 귀여운 여자아이에게 획획 남자가 낚인 결과, 돈이 많아지는 저.

"자, 이런 나라와는 얼른 끝내버리죠." 서둘러 이 나라를 떠나는 저.

"다음 나라까지 꽤 거리가 머네요……." 노숙하는 저.

"네? 사기 용의로…… 연행? 아니, 잠깐 기다려주세요──." 제 소행을 눈치채고 쫓아온 이 나라의 마법사들에 의해 연행되는 저.

"…………."

노숙해야만 한다는 것은, 이 나라를 나간 후 도망칠 곳이 없다는 뜻이기도 했습니다.

그렇다고 한다면, 악랄한 장사에 손을 대는 것은 조금 위험하겠군요. 그렇다고 해서 성실하게 일하는 것은 시간이 걸리는 데다, 애초에 일할 곳을 찾는 사이에 길바닥에서 죽고 말지도 모릅니다.

"으으음……."

어떻게 하면 좋을까요?

그렇게.

제가 침대에 걸터앉아 고민하고 있을 때였습니다.

똑, 똑──하고, 방문을 두 번, 조심스럽게 두드리는 소리가 들렸습니다.

룸서비스를 부탁한 기억은 없습니다만? 그렇다면 방문객일까요? 이 숙소에서 친구 같은 걸 만든 기억은 없습니다만── 그럼 대체 누구신지?

별다른 의심도 없이 문을 연 저를 기다리고 있던 것은, 한 명의 아름다운 여성이었습니다.

나이는 저와 같거나 조금 위로 보였습니다.

머리카락은 금색. 굵은 웨이브의 울프 컷으로, 가슴께까지 오는 길이였습니다. 눈동자는 맑은 파랑. 한쪽 눈을 다쳤는지, 왼쪽 눈은 비스듬하게 감긴 붕대로 가려져 있었습니다.

눈앞의 그녀도 여행자라는 사실은 겉모습으로 짐작할 수 있었습니다.

검은 망토를 걸쳤고, 그 아래에는 검은 조끼와 하얀 블라우스. 검은 롱스커트 아래에는 롱 부츠가 있었습니다.

허리에는 총과 단검이 하나씩. 자기방어를 위한 최소한의 준비일 테지요.

"안녕."

싱긋 웃음 지으며 그녀는 말했습니다.

"당신, 조금 전에 레스토랑에서 혼자 빵을 먹었던 마녀님 맞지? 쭉 보고 있었어."

"네? 스토커……?"

저는 반쯤 열었던 문을 빠르게 닫으려 했습니다.

"아니야. 실례네. 나는 아까 레스토랑에서 당신을 쭉 보고 있었을 뿐이야. 때를 살펴서 나중에 방문을 노크했을 뿐이라고."

"역시 스토커잖아요?"

닫아버릴까요?

"아니야. 실례네."

다시 같은 말을 내뱉으며 그녀는 약간 불만스러운 듯이 뺨을 뾰로통하게 부풀렸습니다.

"나는 당신한테 부탁할 게 있어서 왔을 뿐이야."

"거절합니다."

"당신, 돈이 필요하지?"

".............."

줄곧 레스토랑에서 저를 보고 있었다는 것은 돈이 없다느니 하는 한심한 말을 내뱉던 모습도 보았다는 뜻일까요? 아니 애초에 테이블에 빵밖에 없는 초라한 저녁 식사를 하고 있는 인간이 유복할 리가 없습니다. 돈에 곤란한 상황이라는 것은 분명 불을 보듯 뻔했습니다.

"저기, 괜찮다면 내 부탁을 들어주지 않을래?"

그리고 그녀의 제안이, 요컨대 제가 돈을 마련하는 데 일조하리라는 것도 불을 보는 것보다 뻔한 듯 여겨졌습니다.

"……뭔가요?"

돈 냄새에 냉큼 낚여서 저는 닫던 문을 멈추었습니다.

그녀는 제게 슬쩍 웃어 보였습니다.

"저기 있지, 나를 이웃 나라까지 데려다줬으면 해."

그리고 그렇게, 단적으로 대답했습니다. 자세한 건 제 대답에 따라서, 라는 것이겠지요.

그래서 저는 문을 열었습니다.

"당신, 이름은?"

그리고 그녀는 다시 단적으로 대답했습니다.

"프레데리카."

○

제가 묵고 있는 싱글 룸에는 편히 쉴 수 있는 소파 같은 건 없었기 때문에, 프레데리카 씨에게는 비치된 의자에 앉게 했습니다.

"불편하네. 내가 묵는 스위트룸에는 응접용 소파도 있는데."

원망하려거든 고급 숙소인 주제에 가구도 제대로 갖추지 못한 이 숙소를 원망하면 된다고 봅니다.

"커피는 아까 마셨으니 이걸 드시죠."

저는 방에 놓여 있던 홍차를 적당히 두 잔 끓여서 그중 하나를 그녀에게 건넸습니다.

"고마워. 이 홍차 좋아해."

"그냥 어메니티입니다."

"그래서 좋은 거야. 언제 어디서 마셔도 맛이 달라지지 않잖아?"

"말씀하시는 의미를 잘 모르겠네요."

"옛날엔 설탕을 잔뜩 넣지 않으면 써서 마시지 못했어. 하지만 어른이 될수록 설탕을 넣지 않아도 마실 수 있게 됐지. 맛은 줄곧 달라지지 않았는데, 마시는 내가 달라졌다는 걸 깨닫게 되니까, 이 쓴맛을 받아들일 수 있게 됐다는 걸 깨닫게 되니까, 그래서 좋아."

"말씀하시는 의미를 잘 모르겠습니다."

"뭐, 어린아이한텐 아직 이른 얘기였나 보네."

힐끔 시선을 내리는 프레데리카 씨.

"죽고 싶은 겁니까?"

그렇게 내뱉는 제 모습에 프레데리카 씨는 키득 웃었습니다.

"그래서, 의뢰 건 말인데."

홍차를 내려놓을 곳을 찾아 시선을 이리저리 돌리다 결국 무릎 위에 살짝 올려두고 "나를 여기에서 가까운 나라까지 데려다줬으면 해"라고 말했습니다.

저는 고급 숙소의 높다란 테이블을 드르르륵 하고 끌고 와서 그녀와 제 사이에 놓았습니다.

그녀와 마주하듯 저는 침대에 앉았습니다. 테이블에는 조금 전까지 제가 보고 있던 주변 지역의 지도가 있었습니다.

"어디까지요?"

프레데리카 씨는 홍차를 지도 옆에 내려놓았습니다.

"저편의 파라스트메일라."

가리킨 곳은 여기에서 가장 가까운 곳에 있는 나라였습니다.

"누구랑 만날 약속을 했어."

"그렇군요."

가깝다고는 해도 저 혼자서 빗자루를 타고 꼬박 하루. 노숙은 피할 수 없습니다. 본 바로는 눈앞의 프레데리카 씨는 마법을 쓰지 못하는 분 같았고, 걸어서 이동한다면 얼마나 시간이 걸릴지는 생각하는 것만으로도 아득해질 것 같았습니다.

그러나.

"당신을 데려다주는 건 딱히 상관없습니다만—— 하지만, 어째서죠?"

"어째서냐니, 뭐가?"

"당신은, 돈에 부족함이 없잖아요?"

이런 비싼 숙소의 스위트룸에 묵고 있는 모양이니, 돈에 여유가 있는 것은 분명했습니다.

"마차든 뭐든, 이 나라에서 저편의 파라스트메일라에 가기 위한 수단 같은 건 얼마든지 있을 텐데요?"

"있지. 정기적으로 마차가 운행되고 있다나 봐."

"그렇다면 그걸 이용하면 되지 않나요?"

"마차로 느릿느릿 가면 시간이 상당히 걸리잖아? 가능하면 서두르고 싶어."

"과연."

요컨대 성격이 급한 분이시라는 거군요.

뭐, 딱히 저도 여성 한 명을 근처 나라까지 데려다주는 것에는 아무런 저항도 느끼지 않았습니다. 노골적으로 거절할 이유도 없을 테죠. 솔직히, 돈 문제로 고민하고 있는 지금의 저로서는 그녀의 요청만큼 감사한 이야기는 없기도 했습니다.

그럼, 여기서부터는 조금 세속적인 이야기를 하도록 하지요.

"그러면, 보수 말입니다만. 얼마 정도 준비할 수 있으신지요?"

우후훗, 저는 부드러운 미소를 지어 보였습니다.

"그러네—— 반대로 묻고 싶은데, 얼마면 나를 태워줄 거야?"

"대략 금화 서른 닢 정도일까요? 그 정도 준비해준다면, 상당히 빠르게 빗자루를 날게 하겠습니다만."

"상당히 터무니없네……. 보통 속도로 가면 어떻게 되는데?"

"대략 금화 서른 닢 정도일까요?"

"똑같잖아!"

"속도를 늦추면 늦출수록 프레데리카 씨가 제 빗자루를 타고 있는 시간이 연장되니까 어쩔 수 없습니다."

"개 같은 가격 설정이네."

"네. 몹시 싸지요."

"…………."

그건 뭐, 농담이라 치고.

어흠, 하고 부자연스럽게 헛기침을 한 다음, 저는 "뭐, 성의 표시 정도만 받으면 충분합니다"라고만 말했습니다.

어차피 저편의 파라스트메일라에는 저도 갈 예정이었으니까요. 뒤에 실을 짐이 하나 늘었다고 생각하면 별것 아닙니다.

……어차피 프레데리카 씨는 돈에 여유가 있는 모양이었으니, 성의 표시 정도라고 말해두면 나름대로의 보수를 기대할 수 있지 않을까 하는 쓰레기 같은 판단을 바탕으로 저는 그렇게 말했습니다.

"그럼 동화 한 닢이면 될까?"

"당신 스위트룸에 묵는 주제에 구두쇠군요."

결국 바득바득 조른 결과, 금화 다섯 닢으로 합의하게 되었습니다.

○

황야가 펼쳐져 있었습니다. 스쳐 가는 풍경에는 아주 조금의 초록이 군데군데 보일 뿐, 그러나 시야에 들어오는 대부분이 말라 있었습니다.

마치 초록을 잃어버린 것처럼.

"이런 경험, 처음이야."

저편의 파라스트메일라로 향하는 도중에 프레데리카 씨가 그렇게 말하는 목소리가 바람 소리에 섞여 들려왔습니다.

저는 뒤를 돌아보며.

"빗자루 뒤에 타는 거 말인가요? 그거 잘됐네요. 승차감은 어떠신가요?" 하고 미소 지었습니다.

그런 저에게, 그녀는 어딘가 먼 곳을 바라보며 답했습니다.

"그러네…… 승차감은 쾌적해. 꼴은 최악이지만."

제 빗자루――의 뒤에 매단 상자 안에서 대답했습니다. 둥실둥실 마법으로 띄워서 날고 있는 상자 안에서 무릎을 끌어안고 앉아 있는 프레데리카 씨에게서는 묘한 애수가 감돌고 있었습니다.

덤으로 불만스레 뺨을 부풀리고 있었습니다.

"보통, 이럴 때는 빗자루에 함께 나란히 앉아서 날지 않아? 어째서 나는 상자 안에 앉아 있는 건데……?"

"만약을 위해섭니다."

"내가 당신을 덮치기라도 할 거라는 말이야? 할 리가 없잖아. 그런 짓."

"그리고, 제 빗자루는 낯선 사람을 간단히 태우는 쉬운 빗자루가 아닙니다."

"미안무슨말을하는지잘모르겠어."

"하지만 승차감이 좋죠?"

"슬플 정도로 좋아."

실제로 익숙하지 않은 사람이 빗자루를 오래 타면 피로가 쌓이기 쉽습니다. 하루 종일 빗자루를 타고 날아도 다음 나라에는 도착할 수 없고, 노숙을 하는 것이 정해져 있는 지금, 그녀를 저와 나란히 앉힐 수는 없습니다. 그녀는 아무래도 마법을 쓸 수 없는 모양이니까요.

뭐, 그런 은혜를 베푸는 듯한 말은 절대 입 밖으로 내지 않을 거지만요.

게다가.

"처음 경험하는 일만큼 마음이 끌리는 일은 없잖아요?"

"…………."

같은 여행자라면 이해하리라 생각합니다.

"백문이 불여일견이라는 말이 있잖아요? 말보다 증거라고도 말하잖아요? 아무리 지식을 쌓아도, 아무리 책을 읽어도, 실제로 보고, 접하는 경험만 못 하죠. 아무리 지식이 있어도 실제로 접할 때까지 그것은 모르는 것이나 마찬가지예요."

"상자에 태워지는 경험이 나한테 필요했는지 어땠는지는 의문이지만 말이지."

어이없다는 듯이 한숨을 내쉬는 프레데리카 씨.

그나저나.

"프레데리카 씨."

"응?"

직전까지 드러내놓고 기분 나빠하던 그녀는, 태연하게 고개를 갸웃거리며 저를 바라보았습니다.

저는 그녀를 바라보면서.

"당신, 지금까지 여행자로서 얼마나 살아왔나요?"

고개를 갸우뚱했습니다.

"음."

시선을 새파란 하늘 쪽으로 던지며 그녀는 말했습니다.

"대략 4년 정도……려나."

"……그럭저럭 기네요."

저와 비슷한 정도일까요?

"그러게…… 깨닫고 보니 열아홉 살이 됐네."

그렇다는 것은 즉, 열다섯 살 무렵부터 여행을 했다는 것일까요?

"지금까지 쭉 긴 여행을 하셨다면── 그렇다면, 지금까지는 다른 나라로 이동할 때 어떻게 하셨나요?"

"말로 이동했는데?"

"아, 말."

상당히 와일드하군요.

"그래서, 그 말은 지금 어디에?"

"지금쯤 야생의 말이 되어 느긋하게 살아가고 있겠지……."

먼눈을 하는 프레데리카 씨.

"도망쳤군요……."

"그래. 뭐……."

한숨과 함께 고개를 끄덕여 보인 프레데리카 씨는 저를 바라보았습니다.

"말을 잃은 끝에 상자에 담겨 있기까지 하니까. 엎친 데 덮친 격이라고 할 수 있겠네……."

"하지만 승차감이 좋죠?"

"슬플 정도로 좋아."

다시 어이없어하며 그녀는 뒤를 돌아 지금까지 지나온 길을 바라보았습니다.

오늘 아침까지 있던 나라는 이미, 거의 보이지 않았습니다.

"상당히 멀리까지 왔네."

시원한 바람을 받아 그녀의 머리카락이 흩날렸습니다.

"피곤하진 않은가요?"

"덕분에."

저를 향해 다시 고개를 돌린 그녀는 한 손을 머리카락에 대고 웃음을 지어 보였습니다.

그 눈은 어딘가 슬픔에 젖어 있는 듯도, 보였습니다.

○

밤이 찾아왔습니다.

낮의 따뜻함을 잊고, 쌀쌀한 바람이 불어오는 들판의 풍경 속에서 저는 마법으로 텐트를 치고 마법으로 모닥불을 피웠습니다. 타닥타닥 불 속에서 나뭇가지가 튀고 있었습니다. 쓸데없는 수고를 전부 없애주는 마법의 은혜를 느끼며 저는 흔들리는 불꽃 앞에 앉았습니다.

"그러고 보니, 이제 곧 혜성의 계절이네."

맞은편에서는 프레데리카 씨가 모닥불에 가지를 던져 넣으며 하늘을 올려다보고 있었습니다.

이 지역 사람들은 모두 이 시기가 되면 들뜬다고 합니다.

앞으로 열흘 정도면 혜성이 하늘에 나타나기 때문입니다. 지난번의 도래로부터 22년 만의 출현입니다. 22년 만에, 매우 아름답고 고독한 별이 하늘에 불쑥 나타났다가 사라진다고 합니다.

이 지역 사람들은 이 혜성과의 재회를 기대하고 있다던가요?

그녀도 아마도 그러할 테지요.

그녀의 시선을 따라 저는 어둠 속의 하늘을 보았습니다.

별이 반짝이는 아름다운 밤.

할 줄기 빛이 그곳을 흘러간 것은 바로 그때였습니다.

별똥별입니다.

"앗——."

제 앞에서, 그녀가 어린아이처럼 순진무구한 목소리를 내는 기척이 느껴졌습니다.

"일레이나 씨, 알아? 별똥별이 떨어지는 순간에 소원을 마음속으로 세 번 빌면 소원이 이뤄진대."

그 목소리는 희미하게 고양되어 있었습니다.

"상당히 로맨틱한 말을 하시는군요."

저는 하늘을 계속 바라보며 대꾸했습니다.

"무슨 소원을 빌었나요?"

"…………."

그녀는 여전히 하늘을 올려다본 채로, 입을 다물었습니다.

제 말이 들리지 않았던 것도, 혹은 이루고 싶은 소원이 이상한 것도 아니라, 그녀는 그저 입을 여는 것을 주저하는 것처럼 보였습니다.

타닥타닥, 우리 사이에서 불길이 일렁일렁 흔들렸고, 이제 막 넣은 가지가 형태를 잃어가기 시작했을 무렵에, 그녀는 겨우 이쪽으로 시선을 돌렸습니다.

그리고, 말했습니다.

"4년 전의 일을, 없었던 일로 하고 싶다——라고 빌었어."

그렇게, 그저 그 말만을 했습니다.

"…………."

4년 전이라고 하면, 마침 프레데리카 씨가 여행을 시작한 시기와 일치합니다만.

"무슨 일이 있었던 건가요?"

"무슨 일이 있었기 때문에 지금 이렇게 여행을 하고 있는 거야. 일레이나 씨."

4년 전의 일만 없었다면, 나는 분명 고향에서 조용히 지내고 있었을 테지——하고 그녀는 어깨를 움츠렸습니다.

"……무슨 일이 있었던 건가요?"

제 말에 그녀는 잠시 사이를 두고서, 붕대를 감아둔 눈을 누르며 입을 열었습니다.

"아주아주 슬픈 일이 있지, 있었어."

그리고 그녀는 이야기했습니다.

©Azure

그녀의 4년에 걸친 후회이자, 기원이자, 별똥별에 매달리고 싶을 만큼 어찌할 도리도 없는, 어린 시절의 기억이기도 한.

그녀가 여행자 프레데리카가 된 경위를.

○

두 사람이 태어난 지 얼마 안 되었을 무렵의 이야기였습니다.

생김새가 똑같은 두 자매에게는 분명한 차이가 있다는 사실을, 마법사 일족으로서 어릴 때부터 마법을 배워왔던 부모님은 눈치챘습니다.

언니인 프레데리카 씨에게는 보기 드문 마법의 재능이 있었던 반면, 여동생인 루나리크 씨는 아무리 가르쳐도 그다지 실력이 늘지 않았던 것입니다.

어릴 때의 루나리크 씨는 조금 손이 가는 여자아이였던 모양입니다. 당연하게도 부모님은 프레데리카 씨보다도 루나리크 씨 쪽에게만 신경을 쓰게 되었습니다. 마법을 쓰지 못하는 여동생이 제대로 된 마법사가 될 수 있도록, 부모님은 루나리크 씨에게 공을 들였습니다.

옆에서 보기에 그것은 여동생 루나리크 씨에게만 애정을 쏟는 것처럼도 보였습니다.

방치된 프레데리카 씨는, 그러나 불만을 말하는 일도 없이 묵묵히 마법 공부만 하며 시간을 보내게 되었습니다. 마법 공부를 하면, 더욱 고도의 마법을 쓸 수 있게 되면, 부모님은 여동생에게 하듯 칭찬해줄 거라고.

그렇게 생각하며.

그러나 마법 실력이 좋아지면 좋아질수록, 프레데리카 씨를 보는 부모님의 시선은 이상과 멀어져갔습니다.

"이 애는 손 갈 일이 없으니까."

그래서 더더욱, 루나리크 씨에게만 신경을 쓰게 되었습니다.

부모님으로서도, 두 사람에게 커다란 차이가 있다는 사실은 기쁜 일이었습니다. 두 사람에게 차이가 있으면 있을수록, 두 사람이 쌍둥이가 아니라, 그저 자매로서 여겨지라고 생각했기 때문입니다.

어느샌가 부모님 안에서 프레데리카 씨는 잘하는 것이 당연한 여자아이가 되었습니다.

부모님과 프레데리카 씨 사이에는 분명한 골이, 어릴 때부터 만들어졌던 것입니다.

두 사람이 학교에 다니게 되었을 무렵부터는, 그 골은 눈에 띌 정도로 깊어져 갔습니다.

"이 성적은 뭐니? 프레데리카."

학교에서 돌아온 어느 날의 일이었습니다. 프레데리카 씨 혼자만 부모님께 불려가, 시험 성적을 두고 혼이 났습니다.

결코 나쁜 점수가 아니었습니다. 지극히 평균적인 점수일 뿐이었습니다. 그러나 부모님이 보기에, 잘하는 것이 당연한 프레데리카 씨가 대단치 않은 점수를 받아왔다는 사실이 이해되지 않았던 것입니다.

"이 점수, 루나리크보다 나쁘잖아. 너, 최근 마음이 해이해진 거 아니니?"

이 무렵에는, 루나리크 씨와 프레데리카 씨를 대하는 부모님의 태도는 크게 달라져 있었습니다.

무얼 해도 대개 칭찬을 받는 것은 루나리크 씨. 반면 부모님은 프레데리카 씨에게는 엄격하게 대했습니다.

"더 열심히 공부하면, 더 우수해지면, 두 분은 나도 칭찬해줄 거야."

그렇게 걱정 없이 키워진 루나리크 씨 옆에서, 프레데리카 씨는 무언가에 홀린 것처럼 공부만 하는 나날을 보냈습니다.

아직 열 살도 되지 않았던 때의 일이었습니다.

이윽고 그녀의 노력은 열매 맺었고, 프레데리카 씨는 학년의 누구보다도 우수해졌습니다. 마법도, 공부도, 아무도 따라잡을 수 없을 만큼 우수해졌습니다.

그러나.

"장하구나. 루나리크. 또 성적이 올랐네." "빗자루로 날 수 있게 되었다니, 대단한걸. 그럼 이번에는 엄마가 새로운 마법을 가르쳐줄게."

부모님은 프레데리카 씨에게는 시선도 주지 않았습니다.

누구보다 우수해졌어도, 결국 평소와 다름없이, 귀엽고도 귀여운 여동생 루나리크를 칭찬할 뿐.

루나리크 씨의 머리를 다정하게 쓰다듬는 아버지와 어머니.

그 다정함이 프레데리카 씨에게 보내지는 일은 단 한 번도 없었습니다.

"내가 훨씬 잘하는데."

프레데리카 씨는 부모님의 뒤에서 중얼거렸습니다.

"내가 공부도 더 잘하는데."

만점을 받은 시험 답안지를 움켜쥐었습니다.

"어째서 루나리크만 칭찬해주는데?"

미움이 솟구쳤습니다.

사랑받는 여동생에게.

"아빠, 엄마. 어째서 나를 봐주지 않는 거야?"

열두 살을 맞이했을 무렵에는, 자매의 입장이 완전히 뒤바뀌어 있었습니다.

천천히 여러 가지 것들을 배워온 루나리크 씨는, 사람들에게 사랑받는 상냥한 여자아이가 되었습니다. 공부 성적도 마법 실력도 우수하여 장래가 기대되었습니다.

누구보다도 앞서 나아가던 프레데리카 씨는, 방에 틀어박혀 사람들과 제대로 대화도 하지 않는 어두운 성격이 되었습니다. 예전에는 그렇게나 우수했는데── 그런 마음에도 없는 말을 들을 때마다 그녀의 존재는 비참해져 갔습니다.

"하지만 괜찮아. 나한테는 너 말고 다른 친구 같은 건 필요 없는걸."

방에 틀어박혀서는 직접 만든 인형에 마법을 걸어 움직이게 하며, 마치 친구처럼 대화를 하게 되었습니다. 매일 밤, 인형과 대화를 나누며 쓸쓸함을 달랬습니다.

거실에서 가족 셋이 담소를 나누는 목소리가 들려와도 그녀는 들리지 않는 척을 했습니다.

마음에 부족함이 없는 척을 했습니다. 괴롭지 않은 척을 했습니다.

"이 성적은 뭐냐? 프레데리카."

성적 악화로 잔소리를 듣는 일도 많아졌습니다.

"옛날엔 훨씬 잘하는 애였잖아."

부모님의 설교는 언제나 같은 말을 반복할 뿐이었습니다.

"언제부터 이런 애가 되어버린 거니?"

지난 몇 년 동안 줄곧 같은 말로 비난을 당했습니다.

"알겠니? 우리는 너한테 기대를 하고 말하는 거야."

그녀는 입을 다물고만 있었습니다.

좀 더 나를 봐줬으면 좋겠어, 좀 더 나를 칭찬해줬으면 좋겠어. 그러나 노력을 해도, 부모님은 그녀를 봐주지 않습니다.

사실은 어리광을 부리고 싶은데, 그렇게 하도록 해주지 않는 부모님의 모습에 그녀는 아주 슬펐습니다.

그러나 설교를 들을 때만큼은, 부모님은 프레데리카 씨를 봐주었습니다.

그것은 아주 조금 기뻤습니다.

그래서 그녀는 설교가 조금이라도 길어지도록, 그저 침묵하고 있었습니다.

이윽고 아버지는, 그런 그녀에게 화를 감출 수 없게 되었습니다.

"적당히 해!"

열세 살이 되었을 무렵에는, 설교에 폭력이 더해지게 되었습니다. 입을 다물고만 있는 그녀의 뺨을, 아버지는 때렸습니다.

의자에서 굴러떨어져 바닥에 쓰러진 프레데리카 씨. 어머니가 아버지를 달래어 설교는 끝났습니다. 프레데리카 씨의 일상은, 그런 식으로, 서서히 망가져갔습니다.

벌써 몇 년이나 여동생 루나리크 씨와는 대화를 나누지 않았습니다. 식사 중에도, 복도에서 지나칠 때도, 설교를 듣는 중에 눈이 마주쳐도. 맞아서 바닥에 쓰러진 프레데리카 씨를 복도 구석에서 보고 있을 때도.

결코 루나리크 씨는 프레데리카 씨를 도와주려 하지 않았습니다.

말을 거는 일도, 없었습니다.

"저기, 들어봐. 오늘은 아빠랑 엄마가 나한테 말을 걸어줬어—— 맞았지만, 오랜만에 말을 걸어줘서, 기뻤어."

마법을 걸어 움직이게 한 인형은 그녀의 붉어진 뺨을 다정하게 쓰다듬어주었습니다. 그녀의 의식 일부가 깃든 인형은 그녀가 바라는 대로 움직여주었습니다.

그녀의 마음속에서는, 어두운 감정이 커지고 있었습니다.

열네 살을 맞이했을 무렵에는, 부모에게 설교를 듣는 일은 거의 없어졌습니다. 이제 포기한 것일 테지요.

"루나리크, 대단하구나. 이번에도 마법 시험에서 학년 1위였다며?"

아버지는 기분 좋게 말했습니다.

"너는 우리의 자랑이야."

어머니는 기분 좋게 웃었습니다.

"아빠도 엄마도 과장이 심하잖아. 이번에는 그냥 운이 좋았을 뿐이야."

여동생은 난처하다는 듯 겸손하게 말했습니다.

행복한 가족의 모습이 그곳에는 있었습니다만, 그러나 그저 조용히 식사하는 언니는 마치 존재하지 않는 것처럼 부모는 행동했습니다.

공부를 하든 하지 않든, 이제 아무도 프레데리카 씨에게 관심을 두지 않았습니다.

눈앞에서 펼쳐지는 행복한 가족상을, 프레데리카 씨는 진심으로 혐오했습니다.

자기 자신이 루나리크였다면 얼마나 좋았을까요.

이 집에 사는 여자아이가 자신뿐이었다면, 얼마나 행복했을까요.

사실은 누구보다도 사랑받고 싶건만, 그러나 아무도 사랑해주지 않았습니다.

"그래서 있지——."

대화 도중에 때때로 루나리크 씨는 힐끔 프레데리카 씨를 살피기도 했습니다. 그러나 프레데리카 씨에게 말을 거는 일도 없었고, 대화에 끼워주는 일도 없이 그저 가족 단란한 모습을 보였습니다.

바보 취급한다고 느껴졌습니다.

──네 탓에 나는 이렇게 되어버렸는데.

──너만 없으면, 나는 아빠랑 엄마한테 사랑받았을 텐데.

──너만 없으면, 거기에 있는 건 나였을 텐데.

"너만 없으면, 전부 다 좋았을 텐데."

프레데리카 씨 안에서 자라난 어두운 감정은, 그렇게 넘쳐흘렀습니다.

줄곧 옆에서 위로해주었던 인형은, 솜이 튀어나오고, 여기저기가 떨어지고, 나이프에 찔려, 더는 원형을 유지하지 못했습니다.

열다섯 살이 되었을 무렵.

그녀들의 집 거실은 피로 넘쳐났습니다. 온통 피투성이가 되어 있었습니다.

그것이 누구의 피인지는, 프레데리카 씨로서는 알 수 없었습니다.

적어도 그녀의 시야 전부가 피로 가득했습니다.

"너는! 너는 네가 무슨 짓을 했는지 아는 거냐! 이──."

바닥에 쓰러진 프레데리카 씨 위에 올라타 멱살을 잡고, 아버지는 몇 번이고 몇 번이고 그녀의 얼굴을 때렸습니다.

오열이 새어 나왔습니다. 그래도 아버지는 멈추지 않았습니다.

뺨이 붉게 부어올랐습니다. 그래도 아버지는 멈추지 않았습니다.

코피가 났습니다. 그래도 아버지는 멈추지 않았습니다.

왼쪽 눈이 뭉개졌습니다. 그래도 아버지는 멈추지 않았습니다.

아버지의 손이 피범벅이 되었습니다. 그래도 아버지를 말리는 사람은 없었습니다.

프레데리카 씨는 맞는 사이에 줄곧 웃고 있었습니다.

"아아…… 이게 무슨…… 어떻게 이런 짓을……!"

그 옆에서 어머니는 말리지도 않고, 탓하지도 않고, 그저 눈물을 흘리고 있었습니다. 허둥대고 있었습니다.

"괜찮니? 루나리크, 정신 차려! 지금, 지금 바로 치료해줄 테니까……!"

어머니에게 안기며 루나리크 씨는 "나는 괜찮……아……" 그저 그 말만을 하며 복부를 누르고 있었습니다.

피가 쏟아졌습니다. 예쁜 옷이 핏빛으로 물들었습니다. 붉게 젖은 나이프가 바닥에 굴러다녔습니다.

──여동생만 없으면, 나는 더 행복했을 텐데.

그런 식으로, 언제부턴가 미움을 가슴속에서 키우고 있던 프레데리카 씨는, 루나리크 씨에게 칼을 들이댔던 것입니다. 한 자루의 나이프로, 루나리크 씨의 배를 찌른 것입니다.

그것은 가정 내에서 아슬아슬하게나마 유지되던 균형이 완전히 붕괴한 순간이기도 했습니다.

"너 같은 건 없는 편이 나았어──!"

몇 번이고 몇 번이고, 프레데리카 씨는 맞았습니다.

계속, 계속, 그녀는 맞았습니다.

계속, 계속, 그녀는 웃었습니다.

어머니에 의해 루나리크 씨의 배가 치료되었을 무렵, 프레데리카 씨는 의식을 잃고 말았습니다. 얼굴은 붉게 부어올랐고, 처참했습니다.

"……나가라. 두 번 다시 얼굴을 보이지 마."

흥분한 아버지는 손에 묻은 피를 닦으며 말했습니다.

"너는 이제, 우리 딸이 아니다."

그렇게 그녀는 최소한의 짐만을 들려, 집에서 쫓겨났습니다.

"……어째서?"

나라에서 쫓겨나고, 입국을 금지당하고, 더는 사랑하는 부모님과 만날 수 없다는 사실을 알았을 무렵에, 그녀는 자신의 과오를 깨달았습니다.

그러나, 이미, 그때는 너무 늦고 말았습니다.

이럴 셈이 아니었는데.

그저 사랑받고 싶었는데.

몇 번이고 나라의 문을 두드렸지만, 그녀를 위해 문이 열리는 일은 없으리라는 사실을 깨닫고, 그녀는 엉망이 된 채로 울면서 고향을 떠났습니다.

그리하여 그녀는 여행자 프레데리카가 되었던 것입니다.

○

"나는 4년 동안 있지, 여러 나라를 여행했어. 지난 4년 동안 많은 나라를 방문하고, 많은 세계를 보고, 많은 가치관을 접하고, 우리를 돌아봤어. 어디서부터 잘못된 걸까, 생각했어."

숙소에서 빌려온 어메니티 홍차를 마시고, 한 호흡을 둔 다음.

"우리는 있지, 태어난 나라가 안 좋았던 거야."

그저 그것뿐이야——라고, 별것 아니라는 듯이 그녀는 말했습니다.

태어난 나라만 달랐다면, 분명, 그녀들은 평범한 쌍둥이로서, 지극히 평범하게 자랐을 터입니다.

부모님이 무리해서 두 사람을 각각의 인간으로 보이게 하려고도 하지 않았을 겁니다.

"당신이 태어난 고향이라는 건——."

제가 말을 끝내기도 전에 그녀는 고개를 끄덕였습니다.

"저편의 파라스트메일라야. 나 있지, 내일, 귀향하는 거야."

그렇다면 만날 약속을 한 사람이라는 것도 저절로 알게 되기 마련입니다.

그녀는, 제가 입을 열기 전에, 말했습니다.

"루나리크와 만나기로 약속을 했어."

"…………."

"4년 동안 여행을 하면서, 나는 겨우, 돌아갈 마음이 생긴 거야. 다시 한번 부모님과 그 애를 만나서 이야기가 하고 싶다고 생각하게 되었어. 그래서, 얼마 전부터 가까운 나라에서 편지를 보냈지."

저와 프레데리카 씨가 만난 나라를 말하는 것일 테지요.

지금까지 지나온 여로를 저는 바라보았습니다.

이미 어제까지 있던 나라의 모습은 보이지 않았습니다.

"⋯⋯그래서, 어땠나요?"

그녀를 다시 바라보며 저는 말했습니다.

"몇 번이나 부모님과 편지를 주고받는데, 『루나리크가 너를 용서할 때까지는 만날 수 없다』래. 그래서 그 애와 직접 만날 기회를 받았어. 두 사람은 상당히 꺼리는 것 같지만, 그래도 어제, 일레이나 씨와 만나기 직전에 겨우 만나는 걸 허락해줬어. 일시적으로 입국할 수 있도록 주선해줬어. 루나리크도 나와 만나고 싶어 한대."

그저 이웃 나라에 갈 뿐이건만 묘하게 서두른다 했더니── 과연, 이제야 이해가 되었습니다.

더는 기다릴 수 없었던 거로군요.

"그런데, 하나 물어도 되겠습니까?"

하지만 그렇다면 그것대로 저에게는 신경 쓰이는 점이 하나 있었습니다. 프레데리카 씨의 길고 긴 회상 속에서 은근슬쩍 언급되었습니다만, 그러나 저는 지금의 그녀와 과거의 그녀 사이의 커다란 차이를 놓칠 만큼 어리석지도 않았습니다.

저는 빤히 그녀를 바라보며, 혹은 추궁하는 듯한 시선으로, 말했습니다.

"당신, 마법, 쓸 수 있었군요."

"? 응. 쓸 수 있는데?"

태연하게 대답하는 프레데리카 씨.

"완전히 못 쓰는 줄만 알았습니다."

"딱히 못 쓴다고 말한 기억은 없는데?"

"못 쓰는 것 같은 기색은 내비쳤잖아요?"

"…………."

그녀는 잠시 제게서 시선을 돌렸고, 이윽고, 홍차에 입을 댄 다음 "이유가 있어. 마법이 원인이 돼서 나는 이런 상황이 됐으니까, 그렇다면, 이제 두 번 다시 마법은 쓰지 않는 편이 좋잖아?"

"…………."

언뜻 합리적인 이유라고도 생각되었습니다.

"그 눈을 치료하지 않는 것도, 같은 이유인가요?"

붕대에 감긴 왼쪽 눈.

분명 그녀의 아버지에게 맞은 이후, 다른 상처는 다 나았을 테지만―― 왼쪽 눈만은, 그 기능을 잃은 채일 테지요.

프레데리카 씨는 붕대를 가볍게 만지며 "그러네――" 하고, 조용히 입을 열었습니다.

"솔직히 말하면 있지. 여행을 갓 시작했을 무렵에는, 그 애를 향한 원망을 잊지 않기 위해, 상처를 남겨뒀던 거야."

과연.

"지금은?"

한 호흡을 두고, 그녀는.

"나 자신의 과오를 잊지 않기 위해서야."

그렇게 말한 다음.

"나는 말이야, 그 애와 만나서, 지금까지의 일을 전부 사과하고 싶어. 그리고 다시 시작하고 싶어── 그 애와 서로를 이해하고 싶어. 내 탓에, 그 아이는 몹시, 괴로운 경험을 했을 테니까."

그렇게도 답했습니다.

그 말에 거짓은 없는 듯했습니다.

그러나, 그렇다면.

"이 상자는 이제 필요 없겠네요."

저는 옆에 놓아두었던 상자를, 그녀를 운반하기 위해 준비했던 상자를 들어 모닥불 속에 던져 넣었습니다.

"내일은 제 뒤에 타주세요."

부드럽게 흔들리던 불꽃은 갑자기 쏟아져 내린 커다란 짐에 놀란 것처럼 일렁이고서, 서서히 상자를 감싸고 불타오르기 시작했습니다.

프레데리카 씨는 그 모습을 바라보며.

"상냥하네."

제게 그렇게 말했습니다.

무슨 말씀을.

"바보입니까? 딱히 당신을 위해서 한 게 아닙니다. 그저, 당신이 마법사라면 조심해서 상자에 태워줄 필요도 없을 뿐입니다."

딱히, 프레데리카 씨를 동정해서, 남이라고는 생각할 수 없게 되어서가 아니니까요.

정말입니다.

……정말이라니까요?

뭐가 우스운지 그녀는 그 이후로 키득키득 웃음을 짓기 시작했고, 저도 이끌려 웃음을 흘렸습니다. 그리고 둘이서 모닥불 앞에 둘러앉아 잠시 잡담을 즐겼습니다.

우리가 잠자리에 든 것은 즐거운 시간이 지난 후.

모닥불 불빛이 가라앉고, 우리가 밤의 어둠에 감싸였을 무렵이 되었을 때였습니다. 이윽고, 잠들기 직전이 되었고, 어둠 속에서 그녀는 불안해진 것일까요?

"일레이나 씨."

조용히, 저에게 모든 것을 밝혀준 그녀는, 사라질 것만 같은 목소리로, 저에게 물었습니다.

"지금의 루나리크는, 지금의 나를 보면, 용서해줄까?"

○

저편의 파라스트메일라에 도착한 것은 다음 날 오후였습니다.

높이 솟은 성벽에는 문이 하나. 그 앞에는 문지기 병사님이 서 있었고, "어서 오십시오. 저편의 파라스트메일라에 오신 것을 환영합니다!"라며 경례를 한 번.

우리는 둘이 타고 있던 빗자루에서 나란히 내려서서 형식적으로 함께 경례로 답했습니다.

문지기 병사님은 "그러면 입국을 위해 몇 가지 확인할 것이 있습니다――"라며 종이와 펜을 꺼냈습니다.

그렇게 지극히 평범한 입국 심사가 시작되었습니다. 저도 프레데리카 씨도, 특별히 경계하는 일 없이 "이름은?" "입국 이유는?" "며칠 체재로?" 같은 간단한 질문에 물 흐르듯이 대답했습니다.

입국 심사가 막힘없이 진행되던 중에 문지기 병사님은 "그런데 이쪽 분은 여행자 프레데리카 님이, 틀림없으십니까?" 하고 제 옆에 선 프레데리카 씨를 보며 물었습니다.

"? 그렇습니다만……."

입국을 금지당했던 경위도 있어 조금 긴장한 얼굴로, 고개를 끄덕이는 프레데리카 씨. 그녀에게 문지기 병사님은.

"루나리크 님의 언니분이, 맞으십니까?"

그렇게 거듭 물었습니다.

"……네."

"동생분의 편지를 맡아두었습니다."

프레데리카 씨가 서둘러 올 것을 알고 있던 모양이었습니다. 부모님께 어느 정도 이야기는 전해 들었을 테지요.

봉랍이 된 편지를 프레데리카 씨에게 건넨 병사님은.

"그럼 우리나라를 즐겁게 관광해주십시오."

그리고 다시 한번 경례를 한 다음에 저희 앞에서 물러났습니다.

성벽 안에 있던 나라는, 다른 곳과 다름없이 평온한 거리가 펼쳐져 있을 뿐이었습니다.

"…………."

프레데리카 씨는 제 옆에서, 걷기 시작했습니다.

무겁디무거운 발걸음으로.

『친애하는 프레데리카 님.

건강히 잘 지내나요? 여동생 루나리크입니다.

직접 얼굴을 마주하지 못하고, 이런 편지를 보내는 것을 용서해주세요. 언니가 나를 만나고 싶어 한다는 이야기는 엄마와 아빠께 이미 들었습니다.

나도, 언니와 다시 한번, 만나고 싶습니다.

엄마도 아빠도 몹시 반대했지만, 하지만, 나도 언니와 같은 마음입니다. 이 마음에 거짓은 없습니다. 언니가 다시 한번 만나고 싶다고 한다면, 나는 그 마음에 답하려고 합니다.

생각해보면 4년 전에서 상당히 시간이 흘렀습니다.

서로, 어른이 되었을 테지요.

분명, 지금이라면, 예전과는 다른 자신으로서 얼굴을 마주할 수 있으리라고 믿습니다.

나는 정오에 분수 광장에서 혼자 언니를 기다리겠습니다. 날짜는 지정하지 않겠습니다.

와줄 때까지, 매일 기다리겠습니다. 와주리라 믿고, 기다리겠습니다.』

분수 광장은 저편의 파라스트메일라의 큰길을 나아간 곳에 있었습니다.

"……유감이네. 오늘은 틀렸나 봐."

당장에라도 만나고 싶었던 것일 테지요. 만나서 이야기를 하고 싶었던 것일 테지요.

그러나 분수 광장에, 사람은 보이지 않았습니다. 오늘은 오지 않으리라 여기고 말았던 것일 테지요── 이미 시곗바늘은 오후 세 시를 가리키고 있었습니다.

"내일도 기회는 있습니다. 오늘은 느긋하게 보내는 게 어떨까요?"

긴 여행에 지쳤을 테니까요. 실제로 저도 꽤 지쳤으니까요. 급한 마음도 초조한 마음도 이해하지만, 4년에 비하면 하루 기다리는 일 정도는 별것 아닐 테죠.

"……그러네."

끄덕, 프레데리카 씨는 고개를 끄덕였습니다.

한쪽 눈으로 바람에 일렁이는 수면을 조용히 바라보았습니다. 어중간한 시간인지라 분수는 이미 멈춰 있었고, 분수 광장은 그녀의 마음속처럼 쓸쓸함에 감싸여 있었습니다.

프레데리카 씨는 한숨을 한 번 내쉬고서, 이윽고 결심이 선 듯 한쪽 눈으로 저를 응시했습니다.

"……고마워, 일레이나 씨. 여기까지 나를 데려다줘서."

그것은 작별 인사처럼도 들렸습니다.

분명 이 나라에 도착한 시점에서, 제 역할은 이미 끝났습니다. 저는 그저 안내역이었고, 말하자면 그녀의 다리였을 뿐. 더는 파고들어서는 안 될 테니까요.

"감사 인사 같은 건, 됐습니다."

저는 손을 내밀었습니다.

"아주 짧은 시간이었지만, 당신과 하는 여행, 즐거웠어."

그녀는 웃음 지으며 제 손을 잡았습니다.

"신기해. 당신과 있으면 어쩐지 입이 가벼워져. 내 과거를 그렇게 자세히 남에게 들려준 건 당신이 처음이야."

"……그렇습니까."

"……응."

그나저나.

"좋은 분위기에 몹시 죄송합니다만, 저는 악수가 아니라 요금 청구를 한 겁니다."

"악착스럽네……. 부모 얼굴이 보고 싶을 지경이야……."

어쩐지 기막혀하는 프레데리카 씨였습니다.

"제 본가까지 여행을 연장하시겠습니까? 그렇다면 금액이 껑충 뜁니다만."

"당신이 태어난 고향에는 여행자로서 나름 흥미가 있지만, 됐어—— 내 여행은 여기서 끝날지도 모르는걸."

루나리크 씨와 무사히 만나서, 만약 그녀와 화해하게 된다면, 이제 그녀는 여행자로 있을 이유가 없습니다.

어쩌면 그녀가 자신의 사정을 제게 자세히 들려준 것은, 이것이 마지막이기 때문일지도 모릅니다.

"언젠가 또 만나. 일레이나 씨."

프레데리카 씨는 제 손에 금화를 몇 개 올려두며, 다시 손을 잡고, 그리고 웃었습니다.

"네—— 또 뵙죠."

저는 그녀에게 이끌려 웃었습니다.

이리하여 우리는 매우 평범하게, 특별한 것 없는 이별을 맞이했습니다.

그날 밤은 가까운 숙소에서 묵었습니다만, 전 재산이 금화 다섯 닢이라고 하는 변함없이 지갑 속이 텅 빈 저였기 때문에 안타깝게도 레스토랑이 딸린 그런 고급 숙소에 묵을 수도 없었고, 고급 레스토랑으로 걸음을 옮길 수도 없었습니다.

"일단 셰프 추천 파스타를 주세요."

나라 안에서도 그다지 관광객이 찾아오지 않을 법한 간소한 레스토랑에서 소박한 저녁 식사를 하는 저. 대체로 이런 가게에서는 추천 요리를 부탁하면 실패하지 않습니다.

종업원분은 "주문받았습니다" 하고 고개를 숙이고, 제 테이블에서 메뉴판을 가지고 갔습니다.

할 것도 볼 것도 없어진 저는 잠시 가게의 소란스러운 모습을 바라보았습니다. 이 마을 사람들의 일상이 있었습니다. 저녁 식사를 즐기고 있는 커플, 일을 마치고 돌아가는 길에 친구와 한잔하는 사람, 거의 만석이 된 가게 안에는 다양한 사람의 모습이 있었고, 특별한 것 없는 하루가 흐르고 있었습니다.

평화로운 나라입니다.

여기에 그녀가 정말 돌아올 수 있다면, 분명, 그녀도 행복해질지 모릅니다—— 그런 생각을 멍하니 하고 말 정도로.

이내 종업원분이 돌아왔습니다.

"음료 나왔습니다."

톡, 테이블에 놓인 레드 와인. 주문한 기억은 없습니다.

셰프는 파스타를 추천할 마음이 사라지고 만 것일까요? 의아해하며 미간을 좁히는 저에게 종업원분은 정중하게 카운터석을 손으로 가리키더니.

"저쪽 손님이 보내셨습니다."

그렇게 한마디.

"…………."

그곳에는 여성의 모습이 있었습니다. 나이는 저와 비슷한 정도. 그녀는 잠시 제게 손을 흔들어 보인 다음, 와인 잔을 한 손에 들고 이쪽으로 걸어왔습니다.

그 모습은 눈에 익었습니다.

"안녕."

금색 울프 컷에 검은 옷으로 몸을 감싼 여성.

눈에 익을 수밖에 없었습니다.

"또 스토커입니까?"

저는 그녀에게 웃어 보였습니다.

헤어진 지 얼마 안 된 프레데리카 씨의 모습이 그곳에 있었기 때문입니다.

하지만.

"……무슨 말?"

그녀는 이상하다는 듯이 고개를 갸우뚱거리며 저를 가리켰습니다.

"잿빛 머리카락에, 나와 비슷한 나이의 여성—— 당신, 여행자 일레이나 씨, 맞지?"

그리고 그렇게 물었습니다.

마치 처음 보는 사람처럼.

"…………"

그 순간 저는 깨달았습니다.

눈앞의 그녀가 제가 아는 프레데리카 씨가 아니라는 사실을. 애초에 가려져 있을 터인 왼쪽 눈이, 아주 평범하게 드러나 있다는 사실을.

"조금 이야기를 할 수 있을까?"

그녀는 자신을 루나리크라고 소개했습니다.

○

"아빠랑 엄마한테 언니가 나를 만나고 싶어 한다고 들은 이후로, 나는 안절부절못했어. 나는 매일 분수 광장에 나왔지. 일도 손에 잡히질 않았어."

테이블에는 레드 와인이 담긴 잔 둘과 빈 접시가 하나. 음식을 맛볼 상황이 아니었던지라 빠르게 식사를 마쳤습니다.

"오늘 언니가 입국한 건, 문지기 병사에게 들었어. 언니 옆에 일레이나 씨의 모습이 있었던 것도 포함해서."

"이 나라 병사는 상당히 입이 가볍군요."

혹시 프라이버시라는 개념을 모르시는 겁니까?

"몰랐어? 돈을 좀 건네면 문지기 병사는 이것저것 손을 써주거든. 편지를 언니에게 전달해주거나── 그리고, 언니가 이 나라에 온 것을 알려주거나, 말이야. 나도 부모님과 마찬가지로 지금은 나라에서 일하고 있으니까, 이 정도는 별것 아니야."

"…………"

자매가 하나같이 스토커가 아닙니까 어떻게 된 겁니까, 라고 가볍게 한마디 하고 싶은 기분이었지만, 겉모습만 닮았을 뿐, 그녀는 제가 아는 프레데리카 씨가 아니니, 결국 목에서 나오려던 불만은 한숨이 되어 사라졌습니다.

"어이없겠지. 미안해. 하지만, 내가 이렇게까지 필사적인 데는 이유가 있어."

"알고 있습니다."

그녀가 제게 접촉을 해 온 이유 같은 건 깊이 생각할 것도 없었습니다.

"아마도, 그녀가 당신을 어떻게 생각하고 있는지 알고 싶은 거겠죠?"

"……그래."

끄덕, 그녀는 긍정했습니다.

"용케 알았네."

"당신과 그녀의 이야기는 전부 들었으니까요."

저는 조금 에두른 표현을 섞어가며 말했습니다.

"상당히 심한 짓을 저지르셨던 모양이더군요. 프레데리카 씨."

"……언니한테 당한 일은, 지금까지 한 번도 잊은 적이 없어.

상처는 이미 남아 있지 않지만."

말하면서 그녀는 자신의 배 부근을 살짝 문질렀습니다.

"…………."

무어라 대꾸하는 게 좋을지, 무어라 말하는 게 좋을지 잠시 망설였습니다만, 결국 저는 "그녀는 지금까지의 일을 몹시 후회하고 있었습니다"라고 솔직한 말을 그녀에게 던졌습니다.

그것은 결코 제가 해야 할 말이 아니라는 것은 알고 있었습니다. 그래도 저와 함께 여행을 한 프레데리카 씨가 지금 어떤 사람인지를 그녀는 모릅니다.

만약 그것이 불안해서 재회를 망설이고 있는 거라면, 저는 그것을 불식시키고 싶다고, 그저 단순히 생각했던 것입니다.

눈앞에 있는 루나리크 씨의 진의를 알고 싶다는 이유도 있었습니다.

"…………."

그녀는 고개를 숙이고서 피처럼 붉은 와인을 가만히 바라보았습니다.

그리고, 이윽고.

"나도 있지, 아주아주, 4년 전의 일은 후회하고 있어."

천천히, 이야기했습니다.

"언니와 마찬가지로, 말이야. 만나고 싶은 이유는, 그저 그것뿐이야."

"……그렇습니까."

그녀는 고개를 끄덕이고, 말했습니다.

"그러니까 있지, 아빠랑 엄마가 4년 만에 언니에게 편지를 받았을 때, 나는 두 분의 반대를 무릅쓰고, 반드시 언니와 다시 한 번 만나기로 했어. 아빠와 엄마를 곤란하게 하고 싶지 않았지만, 그 이상으로 언니와 만나고 싶었으니까."

결국 자매는 같은 마음을 갖고 있었다는 것일까요.

……솔직히, 실제로 내일 프레데리카 씨가 정말로 여동생분과 재회할 수 있을지 어떨지 불안해서, 몰래 보러 갈까 생각했던 때가 있었습니다만. 그러나 유감스럽게도 저는 솔직함이 눈곱만큼도 없는 인간인 탓에 프레데리카 씨에게는 비밀로 한 채 그렇게 하자고 생각했던 때가 있었습니다만.

이 모습을 보니 걱정할 필요는 없을 것 같습니다.

자매의 감동적인 재회에 찬물을 끼얹는 건 분위기 파악을 못 하는 짓입니다.

"저기, 일레이나 씨. 만약 내일, 우리 재회에 함께할 생각이라면, 그러지 말아주겠어?"

"…………."

그래서 그녀의 말에는 허를 찔렸고, 놀랐습니다.

"……네, 물론, 그럴 셈입니다만."

"다행이다. 내일은 언니랑 단둘이서 차분하게 이야기를 하고 싶거든."

"……그렇습니까?"

그나저나, 거듭거듭 말씀드립니다만, 저는 솔직함이 눈곱만큼도 없는 인간입니다.

○

   그래서, 다음 날은 몰래 분수 광장으로 걸음을 옮겼습니다.

   낮 열두 시를 알리는 종이 거리에 울려 퍼졌습니다. 광장 중앙
에서 하늘을 향해 물을 뿜어내는 분수 바로 옆에서는, 어제까지
짧은 여행길을 함께했던 프레데리카 씨의 모습이 있었습니다.

   한쪽 눈이 붕대로 가려져 있는 평소와 같은 그녀는, 평소와 같
은 복장을 하고서 그곳에 있었습니다.

   "…………."

   안절부절못하며 연인을 기다리는 여자아이처럼, 침착하지 못
한 모습으로 때때로 머리 모양을 신경 쓰거나 하며, 그녀는 계속
해서 기다렸습니다.

   시선을 좌우로 돌리며, 가끔 뒤를 돌아보기도 하는 그녀 가까
이에서 그녀에게 들키지 않도록 하는 것은 상당히 어려운 일이었
습니다. 그림자 속에서 몰래 상황을 살피는 저도 그녀와 마찬가
지로 분수를 보거나, 그러다 딴청을 피우며 평정을 가장하거나,
그런 식으로 수상쩍은 행동거지를 보이면서, 그녀들의 대면을 기
다렸습니다.

   저는 조금 불안했던 것입니다.

   그녀들이 정말로 화해할 수 있을지 어떨지.

   "…………!"

   이윽고 분수 앞에서 기다리던 프레데리카 씨의 얼굴이 환해졌

습니다.

그녀의 시선 끝에는 닮은 생김새의 여성이 한 명. 천천히 손을 흔들면서 그 여성은 프레데리카 씨 곁으로 다가왔습니다.

"안녕. 언니."

루나리크 씨가, 그곳에 있었습니다.

시간에 맞춰, 딱 열두 시에, 그녀는 분수 광장에 나타났습니다.

울리던 종소리가 잠잠해지고, 이윽고 물소리만이 그녀들 주변에 남게 되었습니다. 생긋 웃음 짓는 루나리크 씨와 달리 프레데리카 씨는 조금 긴장한 모습으로, 살짝 고개를 숙이면서 그녀를 바라보고 있었습니다.

"…………."

이내, 프레데리카 씨는, 천천히 입을 열었습니다.

"루나리크, 저기 있지──."

그리고서 그녀가 한 말은, 지금까지 떨어져 있던 지난 4년간의 추억이었습니다.

여행을 시작했을 무렵에는 너무나도 힘들었던 일. 진심을 말하자면, 심한 처사라며 원망조차 품었던 일.

그러나 여행을 계속하는 사이에 사고방식이 바뀐 일.

다시 한번 함께 살고 싶다고 생각하게 된 일.

그리고.

"지금까지, 정말로, 미안했어──."

그녀는 천천히 고개를 숙이고 그렇게 말했습니다. 그저 조용히 지금의 프레데리카 씨의 이야기에 귀를 기울이던 지금의 루나리크 씨에게.

"…………."

루나리크 씨는 변함없이 웃음을 띠고 있었습니다.

난처한 듯 미간을 모으며 그저 웃고 있었습니다.

"언니. 고개 들어."

"…………."

그리고 천천히 고개를 든 프레데리카 씨에게, 루나리크 씨는 다가가, 끌어안았습니다.

강하게, 그녀를 놓지 않겠다는 듯이.

기우였다고 생각했습니다.

역시 자매의 재회에 찬물을 끼얹는 것은 잘못이었나 봅니다. 이 자리에 제 존재는 필요하지 않았습니다——.

그렇게, 저는 그런 식으로 생각하며 분수에서 등을 돌리고, 걷기 시작했습니다.

분명 지금부터 두 자매는 옛날처럼 함께 살며, 옛날과는 다른 관계성을 쌓아갈 테지요.

그것은 무엇보다도, 아주 행복한 일인 듯 생각되었습니다.

그래서 저는, 그 자리를 떠나려 했습니다.

"언니. ……프레데리카."

그러나 저는 착각을 했던 모양이었습니다.

끌어안으며 루나리크 씨가 거침없이 하는 말에는, 가시가 돋쳐 있었습니다.

"내가 어째서 오늘, 여기에 왔는지, 알아?"

위화감을 깨닫고 돌아보았을 때는, 이미 전부 늦었습니다.

"언니에게 편지를 받았을 때부터, 나는 한시도 가만히 있을 수가 없었어. 나도 있지, 4년 전의 일은 정말로 후회하고 있어."

주르륵, 그 자리에 무너져 내리는 프레데리카 씨의 등에는, 고드름이 꽂혀 있었습니다. 말이 되지 못한 말을 흘리며 쓰러지는 프레데리카 씨를 내려다보며, 변함없이 웃음을 지으며, 루나리크 씨는 말했습니다.

"4년 전에 너를—— **루나리크**를 죽여버릴 걸 그랬다고."

○

전전날, 저와 프레데리카 씨가 노숙을 하던 때. 그녀는 제게 자신의 과거를 들려주었습니다.

어릴 때부터 부모의 애정에 굶주렸던 것.

부모님은 여동생인 루나리크만 신경 쓰고, 언니인 프레데리카 씨에게는 관심도 두지 않았던 것. 쌍둥이인 두 사람이 태어난 후로 부모님은 여러 사람들에게 미움을 받고, 기피당하고, 그 결과 한층 더 프레데리카 씨와 루나리크 씨를 구별 짓게 되어갔던 것.

결과적으로 프레데리카 씨는 해서는 안 될 짓을 저지르게 되고 말았던 것.

——그러나.

"사실은 있지, 내가 루나리크고, 고향에서 기다리고 있는 쪽이,

프레데리카야.”

두 사람이, 뒤바뀌었다는 것을.

“내가 프레데리카가 된 건, 4년 전의 일이야. 4년 전에, 프레데리카가 루나리크를 찌른 날부터, 나는 프레데리카가 되었어.”

그녀는 덤덤하게 이야기했습니다.

4년 전의 어느 날.

진짜 프레데리카 씨는 여동생 루나리크 씨에게 하나의 마법을 걸었습니다.

의식 복제입니다.

고도의 마법을, 프레데리카 씨는 여동생에게 걸었던 것입니다.

진짜 프레데리카 씨 속에 있는 여동생에 대한 증오를, 그녀는 여동생에게 옮겼던 것입니다. 의식과 그리고 기억을, 여동생의 머릿속에 집어넣은 것입니다.

깊은 증오와 절망에 사로잡힌 루나리크 씨는 그 후, 자신과 같은 모습을 한 언니에게 칼을 들이댔습니다.

자기 자신을 프레데리카라고 믿고서.

눈앞의 소녀를 여동생 루나리크라고 믿고서.

계획대로 루나리크 씨는 프레데리카 씨를 찌르고, 결국 집에서 쫓겨나게 되었습니다. 프레데리카 씨는 불쌍한 피해자인 여동생을 연기하며 집에 남았습니다.

“그 애는, 인형 놀이가 특기였으니까.”

모든 것은 본래의 프레데리카 씨가 원하는 대로, 루나리크 씨는 그야말로 인형처럼 조종당했던 것입니다.

본래의 프레데리카 씨를 찌른 루나리크 씨는 그 후, 부모님에게 의절을 당하고 집에서 쫓겨났습니다. 그리고 여행자 프레데리카가 되었습니다.

한편 진짜 루나리크 씨에 의해 상처를 입은 프레데리카 씨는 그 후, 마음 따뜻하고 그러면서 불쌍한 루나리크로서 가족과 함께 살게 되었습니다. 이전과 비교해 성적은 조금 떨어졌지만, 사연이 있는 인간이 되었으니 아무런 문제는 없었습니다. 이전처럼 훌륭한 루나리크 씨일 필요는 없었습니다.

비정한 언니 프레데리카 씨에 의해, 루나리크 씨는 마음의 상처를 입었으니까.

이전과 성격이 다소 바뀌었다고 해도 아무도 신경 쓰지 않을 테지요.

이 두 자매는, 뒤바뀌었던 것입니다.

"여행을 시작한 후 1년 정도는, 자신이 프레데리카라고 믿고 있었어."

여행을 시작했을 때의 그녀는 복수에 사로잡혀 있었다고 합니다. 온종일, 눈의 아픔을 참으며 나라에서 나라로 이동하고, 그사이에도 줄곧 미운 여동생에 관해서만 생각하며, 지냈다고 합니다.

그러나.

"하지만 있지, 알았어. 지식과 경험은 별개라는 걸."

1년이 지났을 때. 고향에서 상당히 멀리 떨어졌을 때, 지금의 프레데리카 씨는 위화감을 깨달았습니다.

처음에는 사소한 위화감이었다고 합니다. 쓸 수 있었을 터인 마법을 어째선지 쓰지 못했고, 쓸 수 없었을 터인 마법을 썼고, 그렇게나 좋아했을 터인 인형에 아무런 감흥도 들지 않고, 사람들 눈을 보며 이야기하지 못했을 터인데, 누구와도 아무렇지 않게 이야기를 할 수 있었습니다.

외로움을 달래기 위해, 예전에는 인형을 상대로 이야기를 했을 터입니다. 그러나, 여행을 하는 프레데리카 씨는 인형에 마법을 걸어도 잘 조종할 수가 없었던 것입니다.

정말로 자신은 프레데리카인 것인가, 그녀는 그 무렵부터 의문으로 여기게 되었다고 말했습니다.

그리고 여행을 계속하는 사이에, 의문은 이윽고 확신으로 변했습니다.

"여행을 계속하며 1년 이상 지났을 때, 내 진짜 기억이 돌아왔어. 가짜 기억이라고 깨달았던 거야."

여행자인 그녀의 진짜 이름은 루나리크.

모두에게 사랑받았던, 마음씨 착한 소녀가 바로, 여행자 프레데리카 씨였던 것입니다.

"프레데리카가 저편의 파라스트메일라에서 살면서 느꼈던 괴로움을 맛보라는 걸까? 그 애는, 그렇게 나와 뒤바뀌어 부모님의 애정을 혼자 독차지하려 했던 거야."

그리고 실제로 그 계획은 성공했을 테지요.

고향에는 지금, 가짜 루나리크 씨가── 마음의 병을 앓던 프레데리카 씨가 남아 있건만, 아무도 두 사람이 뒤바뀌었다는 사실을 눈치채지 못했습니다.

부모조차.

"하지만 있지, 그건 4년이나 전의 이야기야."

프레데리카 씨는 부드럽게 웃었습니다.

"이제, 화해해도 괜찮을 때가 아닐까?"

"⋯⋯⋯⋯⋯."

"언니가 이상해져 버린 건, 내 탓이라는 것도 알았어. 언니의 기억 속에 있는 나, 정말 미운 여자였거든."

진짜 프레데리카 씨에게 불어넣어진 기억은, 프레데리카 씨 속에는 아직도 여전히 남아 있을 테지요.

"좀 더 많이, 이야기 나눌 걸 그랬어. 좀 더 많이 언니를 따를 걸 그랬어. 사실은 내가 언니를 지탱해줄 수도 있었을 텐데——."

그러나 4년 전에, 두 사람은 결별하고 말았습니다.

열다섯 살까지의 프레데리카 씨의 기억과 루나리크 씨의 기억을 둘 다 끌어안고 있는 것이, 지금의 프레데리카 씨였습니다.

두 사람분의 괴로움을 끌어안고서, 그녀는 4년이나 되는 시간 동안 여행을 해온 것입니다.

"나는 4년 전의 그날부터, 앞으로도, 프레데리카여도 괜찮으니까——."

그러니까, 다시 한번, 가족과 함께, 살고 싶어.

그것이 4년 동안, 프레데리카로서 바깥 세계를 여행해온 루나리크 씨의 바람이었습니다.

"분명, 4년이 지난 지금이라면, 화해할 수 있을 거라고 믿어.

언니도, 나와 마찬가지로 달라졌을 거라고, 믿어."

4년의 여행으로 프레데리카 씨는 달라졌으니까.

분명 4년이 지난 지금이라면── 어른이 된 두 사람이라면, 4년 전과는 다른 결론이 나올지도 모르니까.

지금의 프레데리카 씨는 말했습니다.

"그러니까 있지, 부탁해. 일레이나 씨. 내일은 나와 지금의 루나리크, 단둘이서 만나게 해줄래?"

눈앞의 프레데리카 씨의 결의에 찬물을 끼얹는 짓은 하고 싶지 않다고 생각했습니다.

"그러네요. ……그럼, 내일, 그 나라에 도착하면, 거기서 헤어지기로 하죠."

그리고.

오랫동안 이어진 그녀의 과거 이야기는, 4년 동안의 여로를 혼자 자아내 온 그녀의 한마디로, 끝을 고했습니다.

말하길.

"우리는 있지, 태어난 나라가 안 좋았던 거야."

○

4년 만의 재회를 이뤄낸 지금의 프레데리카 씨는, 지금의 루나리크 씨에게 지난 4년간의 일을 사과했습니다.

"4년 전에 당신이 했던 일, 나, 전부 기억났어."

분수 앞에서 지금의 프레데리카 씨가 한 말은, 지금까지 헤어져 있던 4년 동안의 추억이었습니다.

여행을 시작했을 무렵에는 너무나도 힘들었던 일. 진심을 말하자면, 심한 처사라며 원망조차 품었던 일.

그러나 여행을 계속하는 사이에 사고방식이 바뀐 일.

다시 한번 함께 살고 싶다고 생각하게 된 일.

언니를 고독하게 만들었던 것을, 후회한다고.

지금의 프레데리카 씨는 분명하게 말했습니다.

그러나 지금의 루나리크 씨에게 그 말은 닿지 못했습니다.

지면에 쓰러진 프레데리카 씨의 등에는 고드름이 꽂혀 있었습니다. 피가 흘렀고, 프레데리카 씨의 몸은 떨렸습니다.

"어째서—— 어째서 몰라주는 거야……! 언니……. 나, 나는——."

"아빠와 엄마에게 사랑받는 네가, 나는 정말로, 진심으로 원망스러웠어. 미웠어. 사실은 내가 더 뛰어난데."

그리고 지금의 루나리크 씨는, 지면에 쓰러진 여동생의 말을 자르고, 지팡이를 들이댔습니다.

"네가 나와 다시 만나고 싶어 한다고 들었을 때, 정말로 믿을 수 없었어—— 그게, **나**는 아빠와 엄마에게 제멋대로 구는 딸이 아닌걸. 어째서 4년이나 지난 지금, 만나고 싶어 하는 걸까, 정말로 의문스러웠는데—— 그랬구나. 기억이 돌아왔던 거야."

내려다보는 눈동자에는, 가족에 대한 애정 따위는 전혀 남아 있지 않았습니다.

"하지만 있지, 기억이 돌아왔다면 더더욱, 너와 함께 살아갈 수

있을 리가 없잖아? 나는 네가, 진심으로, 지금도 예전에도 변함
없이 정말 싫으니까."

그리고 지팡이를 휘둘렀습니다.

자신의 이름을 가진 여동생에게, 그녀는.

"잘 가. 프레데리카."

작별을 고했던 것입니다.

그러나.

두 사람 사이에 끼어든 한 마녀가 있었습니다. 자매의 4년 만
의 재회에 찬물을 끼얹는 어리석은 자가 그곳에는 있었습니다.

"멈추세요."

제가, 있었습니다.

결국 저는 솔직함은 눈곱만큼도 없는 인간이기에, 진짜이자 가
짜인 프레데리카 씨에게는 오늘 끼어들지 말아 달라는 말을 들었
지만, 따를 수는 없었습니다.

루나리크 씨의 이름을 말하는 프레데리카 씨의 지팡이를 마법
으로 튕겨낸 저는, 그대로 지팡이를 그녀의 목덜미에 들이대고,
멈추었던 것입니다.

"……아아."

공중에 떠올랐던 지팡이는 그대로 지면에 떨어졌고, 그리고,
지금의 루나리크 씨는 차갑게 웃었습니다.

"역시, 당신, 옆에서 보고 있었구나——."

제가 이렇게 끼어들리라는 것을 알고 있었던 것일까요? 지금

의 루나리크 씨는 그다지 놀라지도 않고, 그저 순순히 양손을 들었습니다.

"여기서 마법을 날리는 건 그만둬 줄래? 나는 마녀한테는 이길 수 없고── 게다가 죽고 싶지도 않으니까."

"…………."

잘도 그런 말을, 직전까지 여동생을 죽이려 했던 인간이 잘도 말하는군요.

"저는 제 손을 더럽힐 마음은 없습니다. 그리고 당신은 살아서 속죄해야만 하는 일이 있습니다."

아직 무기를 감추고 있을지도 모르는 일이라, 저는 그대로 지금의 루나리크 씨를 구속했습니다. 마법으로 밧줄을 꺼내 칭칭 감아서 움직임을 봉했습니다.

나름대로 단단히 묶었다고 생각했지만, 그러나 루나리크 씨는 냉정한 표정을 한 채로.

"그런 거 없어."

그저 웃을 뿐이었습니다.

"나는 그저, 자신의 몸을 지켰을 뿐인걸──."

그 말이 의미하는 바를, 그때의 저는, 알지 못했습니다.

○

두 사람의 재회는, 그렇게 끝을 맞이했습니다.

"괜찮나요? 프레데리카 씨."

"…………."

말이 돌아오는 일은 없었습니다만, 제가 아는 프레데리카 씨는
무사했습니다. 의식도 분명했고, 눈동자도 저를 제대로 응시하고
있었습니다.

아주 흐릿하고, 몽롱한, 생기 없는 한쪽 눈이었지만── 프레
데리카 씨는 분명히 숨을 쉬고 있었습니다.

고드름을 제거하고, 치료 마법을 프레데리카 씨에게 건 다음,
루나리크 씨를 나라의 병사에게 인도했습니다.

이미 축 늘어진 프레데리카 씨의 손을 끌며, 저는, 루나리크 씨
를 홱 억지로 연행했습니다. 루나리크 씨도 프레데리카 씨와 마찬
가지로, 저에게 이끌려가는 동안 아무런 말도 하지 않았습니다.

다만, 그러나, 프레데리카 씨와 달리.

"…………."

루나리크 씨는 침묵하면서도, 그저 줄곧 웃고 있었습니다.

나라의 병사에게 루나리크 씨를 인도할 때, 저는 사건의 경위
를 하나부터 열까지 모조리 이야기했습니다.

4년 만에 재회한 두 사람의 이야기를── 결국 화해하지 못했
던 자매의 이야기를, 처음부터, 마지막까지, 빠짐없이.

그러나.

"그러한 말은 믿을 수 없습니다."

병사는 루나리크 씨를 넘겨받으면서도 고개를 저었습니다.

"여동생 루나리크 씨에게, 언니 프레데리카 님이 어떠한 사람

인지는 이미 들었습니다. 이번에 이 저편의 파라스트메일라 입국에 이른 경위도 포함하여, 우리는 이 자매의 관계에 대해서는 이미 알고 있습니다."

"······네?"

무슨 말을 하는 것인지 이해되지 않았습니다.

아연실색한 저를 무시한 채, 병사는.

"프레데리카 님은 이쪽에서 연행해 가도록 하겠습니다."

그렇게 말하며, 프레데리카 씨를 체포했습니다.

"——잠깐, 무슨······!"

저는 흥분하며 프레데리카 씨의 손을 잡으려 했습니다.

그러나 힘을 잃은 프레데리카 씨의 손은 스륵, 제게서 멀어졌고, 결국 병사들에게 연행되어 갔습니다.

모든 것이 처음부터 지금의 루나리크 씨에 의해 조작되어 있었다는 사실을 깨달은 것은, 바로 그때였습니다.

지금의 루나리크 씨에게는, 제가 제지하려 들건 말건, 어느 쪽이든 딱히 상관없었던 것입니다.

4년 전에 여동생을 죽이려 하다 덧없이 나라에서 쫓겨났던 프레데리카 씨. 그녀가 4년 만에 입국했고, 여동생과 재회하려 했고, 갸륵한 여동생은 어리석은 언니의 바람을 이뤄주기 위해 분수 광장으로 향했던 것입니다.

이 나라 사람들 눈에는 그것이야말로 진실이었고, 즉, 제가 아는 프레데리카 씨가 설령 목숨을 잃어버렸다고 해도—— 도중에 저 같은 사람이 제지하기 위해 끼어든다 해도, 그러나 지금의 루나리크 씨를 의심하는 인간은, 이 나라에는 없었던 것입니다.

이 나라에서 루나리크 씨는 누구보다도 훌륭한 마음을 가진 갸륵한 여성이었고.

그리고 프레데리카 씨는 누구보다도 추한 마음을 가진 여성이었기 때문입니다.

분수 광장 앞에 쓰러져 피를 토한 지금의 프레데리카 씨의 모습은—— 그 눈앞에서 지팡이를 들고 있던 지금의 루나리크 씨의 모습은, 주변 사람들의 눈에 어떻게 보였을까요?

한 번이 아니라 두 번이나 여동생의 목숨을 노리려 했던 비정한 언니와 자기 자신을 지키려 한 갸륵한 여동생으로, 보였을 터입니다.

돌아온 프레데리카 씨에게 루나리크 씨가 어떠한 수를 쓰든, 죄를 묻지 않으리라는 사실도 알고 있었을 테지요.

정당방위가 인정된다는 것까지, 그녀는 알고 있었던 것입니다.

"프레데리카를 국외로 추방 처분한다."

그러한 선고가 내려진 것은, 그로부터 며칠이 지났을 무렵의 일이었습니다.

프레데리카 씨는, 저편의 파라스트메일라에서 쫓겨나게 되었습니다. 동행했던 저도, 그녀와 마찬가지로 나라에서 쫓겨났습니다. 입국 금지라고까지는 하지 않았지만—— 의미하는 바는 같았습니다.

저는 이제, 두 번 다시 이 나라에 오는 일은 없을 테니까요.

〇

　닫힌 문을 한쪽 눈으로 올려다보며 프레데리카 씨는 멍하니 서
있었습니다.

　흐르듯이 지나간 며칠은, 그녀 속에서는 마치 꿈처럼 느껴졌을
지도 모릅니다. 그녀는 여전히 무슨 일이 일어났는지 이해하지
못한 듯한, 그런 표정을 지은 채, 그저 굳어져 있었습니다.

　"……프레데리카 씨."

　제 목소리에 정신을 차린 그녀는 이쪽으로 고개를 돌렸습니다.

　웃고 있었습니다.

　매우, 쓸쓸하게.

　"미안해. 일레이나 씨. 내 탓에, 당신까지 쫓겨나게 돼서——."

　"…………."

　이런 때까지도 타인을 걱정하고 마는 프레데리카 씨의 모습이
마음 아파서, 저는 고개를 돌렸습니다.

　"당신 탓이 아닙니다. 당신이 나쁜 게 아닙니다……."

　저는, 그녀의 눈을 볼 수가 없었습니다. 어떤 낯빛을 하고 있는
지도 알지 못한 채, 저는 고개를 숙인 채, 말을 자아냈습니다.

　"저야말로, 죄송합니다. 당신과의 약속, 지키지 못했습니다."

　끼어들지 말아 달라는—— 그 말은 양쪽 프레데리카 씨 모두에
게 들었습니다.

　하지만, 저는 어찌해도, 그녀들을 내버려 둘 수가 없었습니다.
여행자답지 않은 오지랖을 부리고 말았던 것입니다.

어찌해도, 그녀가 죽어가는 모습을 멀뚱히 잠자코 지켜보고 있을 수 없었습니다.

그저 하룻밤 함께했을 뿐인 그녀였지만.

저는, 그녀가 죽지 않길 바랐습니다.

"괜찮아."

그녀는 고개를 젓고, 시선을 떨어뜨리며 말했습니다.

"도와줘서, 오히려 감사 인사를 해야 하는 건 내 쪽이야."

"…………."

"못난 꼴을 보여서, 미안해."

남에게 마음을 쓸 수 있을 만큼의 여유 같은 건, 사실은 없을 터입니다. 제게 사과할 정도의 여유 같은 건 없을 터입니다.

"일레이나 씨는, 이제 어떻게 할 거야? 나는 느긋하게 혼자 다시 여행이라도 할까 하는데."

"……저도 마찬가지입니다."

"그래."

센 척하고 있는 것일까요?

제가 그녀에게 마음을 쓰게 하고 있는 것일까요?

"…………."

"…………."

나라의 문 앞, 우리는 서로 입을 다문 채, 그저 조용히 시간만이 흘러갔습니다.

저희는, 여기에서 정말로 헤어지지 않으면 안 되는 것입니다.

"……뭔가, 제가 할 수 있는 일은 없을까요?"

저는 그저, 그녀에게 할 말을 찾으며, 그렇게, 말했습니다.

고개를 숙이고 있던 그녀는, 그 눈동자를 천천히 제게로 돌렸습니다. 한쪽이 붕대에 덮인 파란색 눈동자는, 빛을 잃은 듯 보였습니다.

그렇게까지 생기를 잃은 눈을, 하고 있었습니다.

"……그럼, 하나, 부탁을 들어줄 수, 있을까?"

입을 열고, 그녀는 살피듯이 고개를 기울였습니다.

"뭔가요?"

저도 마찬가지로 고개를 갸우뚱해 보이자, 그녀는 망설이듯이, 주저하듯이.

"……머리를, 쓰다듬어줬으면 해."

가라앉은 음색 그대로, 말했습니다.

"지금까지 애썼구나, 하고 말해줬으면 해."

그것은 어린아이가 부모에게 하는 듯한, 소소한 부탁처럼 여겨졌습니다.

"줄곧 잘 참았구나, 대단해, 하고 칭찬해줬으면 해."

그저 그 정도의 일을, 그녀는 마지막에 바랐습니다.

"…………."

그래서 저는, 말로 답하는 대신에, 프레데리카 씨의 머리에 손을 올렸습니다.

부스스한 머리카락은 제 손가락에 얽혔습니다. 흐트러진 머리카락을 정리하듯이, 저는, 몇 번이고 몇 번이고, 천천히, 태양처럼 부드럽고 따뜻한 프레데리카 씨의 머리카락을 쓰다듬었습니다.

제 손이 닿을 때마다 그녀의 눈동자는 당황한 듯이 흔들렸고, 입술이 갑자기 떨리기 시작했습니다. 양손의 손끝을 꼼지락거리면서 스커트를 꼭 잡고, 프레데리카 씨는 그저 떨고 있었습니다.

여행자다움도, 어른다움도, 그곳에는 없었습니다.

그저 상처 입은 여자아이가 한 명, 있을 뿐이었습니다.

"…………."

저는, 말했습니다.

그녀가 그렇게 바랐듯이.

"지금까지 애썼구나——."

분명 이것은 **그녀**가 쭉 바라왔던 것일 테지요.

"줄곧 잘 참았구나, 대단해——."

제가 아는 프레데리카 씨 안에 자리 잡은, 원망에 사로잡힌 진짜 프레데리카 씨가, 쭉 바라왔던 것일 테지요.

어린 시절, 이렇게 부모님이——누군가가, 진짜 프레데리카 씨를 인정해주었다면——그저 그 정도의 일이 가능했다면, 분명 이런 일은 벌어지지 않았을 것입니다.

여동생을 죽이려 한 일도.

자기 자신의 기억을 떠넘기고, 루나리크 씨가 되려는 일도.

없었을 겁니다.

그저 그 정도의 일이 가능했다면, 구원받을 수 있었을 텐데.

아무도, 이렇게 하지, 못했던 것입니다.

그저, 태어난 나라가, 안 좋았기 때문에.

"…………."

가슴이 찢어질 것 같았습니다.

이렇게나 상처 입고서도, 이렇게나 심한 꼴을 당하고도, 여전히 자신 안에 있는 언니를 구하려 하는 그녀가, 저는 가슴 아파서, 견딜 수 없었습니다.

자신을 전혀 구하려 하지 않는 그녀가, 슬퍼서 견딜 수 없었습니다.

그래서.

"이제, 자신을 위해 살아도 괜찮아요."

저는 머리에 손을 댄 채로, 비어 있던 손으로 그녀를 끌어안았습니다.

"이 나라 사람들이, 고향의 부모님이 당신을 봐주지 않아도——아무도 지금의 당신을 봐주지 않아도."

"그래도."

"저는, 당신을 보고 있습니다."

지금의 당신을, 저는 알고 있습니다——라고.

"……읏."

떨리는 그녀의 손끝은, 제 로브에 매달렸습니다. 그녀의 따뜻한 눈물의 감촉이, 제 가슴께에 전해졌습니다.

"……조금만 더, 이렇게 있어도, 괜찮을까?"

떨리는 목소리가, 가슴께에서 새어 나왔습니다.

그래서 저는.

"네——."

한층 강하게, 그녀를 꼭 안았습니다.

©Azure

조심스럽고 억누르는 듯한 오열이 이윽고 눈물로 범벅이 된 목소리로 바뀌었어도, 누구의 귀에도 들리지 않도록.

　헤어진 후에도, 제가 그녀를 잊지 않도록.

　그녀가 저를 잊지 않도록.

제 어린 시절의 이야기를 들려드리죠.

아직 아무에게도 한 적 없는, 어린 시절의 추억 이야기를 말씀드리죠.

제가 태어난 고향인 깊은 숲속의 비엘라는 전통과 풍습을 중요하게 여기는 고풍스러운 나라였습니다.

나라 주변 일대가 숲에 둘러싸여 있고, 숲을 개척하여 생긴 마을에는 하얀 벽돌집이 늘어서 있었습니다. 제가 태어났을 당시에도 이미 나라로서는 상당히 오래되었는지, 민가들은 대개가 낡았고, 금이 가 있거나 혹은 덩굴로 뒤덮여 있는 집도 있었습니다.

마치 나라가 숲으로 돌아가려 하고 있는 듯한 그 모습은 그저 낡기만 한 것이 아니라 나라 그 자체가 숲과 함께하는 듯도 보여서 저는 꽤 좋아했습니다.

나라의 풍경 자체는 좋아했습니다.

그러나 이 나라 자체는, 그다지.

"아아, 벌써 열두 시네요——."

휴일의 즐거움인 독서에 푹 빠져 있던 중에 뎅, 뎅, 하고 온 거리에 종소리가 울렸습니다. 이곳에서는 매일 밤 열두 시에 규칙적으로 종이 울립니다.

그것은 하루의 끝을 알린다고 하는 의미도 있다고 생각하지만, 주된 이유는 다른 데 있을 테지요.

이 도시에서는 밤 열두 시가 되면 반드시 해야만 하는 정해진 일이 있었습니다.

"............"

저는 창을 열고, 눈을 감고, 양손을 모아 쥐고 별이 반짝이는 하늘에 기도를 올렸습니다.

눈을 감고 정확하게 30초. 이렇게 기도를 하는 것이 이 도시의 정해진 풍습 중 하나였습니다.

기도하게 되는 것은 다섯 살 생일부터. 그날부터 "종이 울리면 밤하늘을 향해서 기도하는 거야"라고 고아원 언니에게 들었습니다.

당시 아직 고아원에서 멍하니 하루하루를 보내던 저는 "알았어요" 하고 애매하게 고개를 끄덕이고, 밤 열두 시까지 잠들지 않고 고아원의 다른 아이들과 함께 밤하늘을 향해서 기도하는 생활을 보내게 되었습니다.

밤늦게까지 깨어 있는 것은 잘 못 하는 데다, 언제나 잠만 자던 저는 잠에 어린 눈을 문지르며 기도했습니다. 선 채 잠든 적도 몇 번인가 있었습니다. 열두 시를 기다리지 못하고 잠들어버리면 고아원 언니에게 몹시 혼나기도 했습니다.

깊은 숲속의 비엘라에서 기도를 올리는 풍습은 무엇보다 중요한 일이었던 모양입니다.

대체 이런 일에 무슨 의미가 있는지 늘 의문으로 여겼습니다만, 이 나라에서 그런 의문을 품는 것은 저뿐이었을 테지요.

학교 친구에게 물어도, 저를 키워준 고아원 언니에게 물어도, 모두 그 이유를 몰랐고, 심지어.

"그런 거 생각해본 적도 없어."

그리 말하며 고개를 갸우뚱거리는 지경이었습니다.

고아원 언니에 이르러서는 그런 의문을 입에 올린 순간 뒤뜰로 끌고 가 "알겠니? 다른 사람한테는 절대 그 질문을 하면 안 돼"라고 거듭거듭 주의를 주었을 정도였습니다.

그녀는 이렇게도 말했습니다.

"이 풍습은 우리가 태어나기 훨씬 전부터 이어져 온 거야. ——나는 밖에서 이주해 온 사람이라 자세한 건 모르지만, 이 나라에서 행해지는 풍습의 대부분은 이유를 묻는 것도 금지된 종류의 것들이래. 그러니까, 다른 사람한테는 물으면 안 돼."

쉿, 하고 검지를 입술 앞에 가져다 대고서 그녀는 그렇게 말했습니다.

"금기라는 건가요?"

과연, 흐음흐음.

"맞아. 제례에 선택당하고 싶지 않다면 더더욱, 눈에 띄는 짓을 하면 안 돼."

당시 다섯 살이던 저에게 그녀는 그렇게 말하며 제 머리를 쓰다듬었습니다.

그렇게 약 9년의 세월이 흐른 지금도, 역시 당시부터 계속해온 이 풍습에는 의문을 품지 않을 수 없었습니다.

이 나라에서는 매년 봄이 되면 제례라고 불리는 행사가 열립니다.

한해의 풍작을 기원하기 위해, 이 제례에 선택된 여성은 거리

한가운데에 있는 사당에 갇혀 밤새 기도를 계속해야만 합니다. 제례에 선택되는 것은 기본적으로 한 명이지만, 어떤 해에는 두 명이 되거나, 세 명이 되기도 한다고 합니다. 어떠한 기준으로 선발되는지는 모르지만, 그러한 행사를 이 나라에서는 매년 열고 있습니다.

대체 어째서 이러한 행사가 열리는 것인지. 실제로 체험한 사람에게 이야기를 물어보면, 어쩌면 진상을 알 수 있을지도 모른다고 생각했습니다. 그러나 유감스럽게도 열세 살이 된 지금, 그러한 것을 부담 없이 물을 수 있을 만한 사이의 사람이 애초에 없었습니다.

제가 열 살 무렵에 제례에 선택된 고아원 언니도, 그것을 마지막으로 이 나라에서 자취를 감추고 말았으니까요.

저는 그날의 일을 잘 기억하고 있습니다.

어떤 장식도 없는 하얀 의상으로 몸을 감싼 그녀는 얼굴에 예쁘게 화장을 하고, 누구와도 시선을 맞추는 일 없이 공허한 눈을 하고서 지면을 바라보며, 별이 반짝이는 밤에, 사람들에 둘러싸여 사당 안으로 사라져갔습니다.

"이 나라에 선택된 이름도 없는 소녀가 지금, 이 사당에 들어갔습니다——."

제례를 진행하는 이 나라의 수장이 그렇게 말하며 사당을 닫았습니다.

그리고 사당에서 그녀는 밤새 기도를 계속했다고 합니다.

이 나라 다가올 1년 동안의 풍작을 바라며 그저 한결같이 기도 한 모양입니다. 종이 울리고 우리도 기도하고, 그리고 잠에 빠진 사이에도 그녀는 계속 기도했다고 합니다.

다음 날, 저는 아침 일찍 일어나 사당으로 향했습니다. 하지만 그때는 이미 사당이 열려 있었고, 사람들이 드나들고 있었습니다.

그녀의 모습은 그 안에 없었습니다.

마을 사람들은 말했습니다.

"그 아이는 이미, 이 나라에서 나가 버렸어." "이 나라 풍습에 지친 모양이야." "이제 두 번 다시 돌아오지 않을 테지."

그렇게 작별 인사도 하지 못한 채, 홀연히 그녀는 모습을 감추고 말았던 것입니다.

그 후로는 자력으로 이것저것 조사했습니다.

학교에 다니고, 고아원에 돌아와 이 나라의 서적이 모여 있는 대서고로 걸음을 옮기는 나날을 최근 들어 반복하고 있습니다.

제가 고아원 사람이기 때문인지, 아니면 저 자신이 애초에 사람과 얽히고 싶지 않다고 생각하고 있기 때문인지, 학교 친구라고 부를 만한 사람은 단 한 명도 없었습니다.

어쩌면 그런 사정도 있어, 저는 대서고에서의 조사 활동에 빠져들었는지도 모릅니다.

"……이상하네요."

그러나 이 나라의 역사 서적은 놀랄 만큼 적었고, 알아낸 정보로 말하자면 "먼 옛날부터 이 나라에서는 신기한 일이 끊이지 않았다"라든가, "이 나라는 의사를 갖고 있다"라든가, 그런 간단히는 믿기 어려운 미심쩍기 그지없는 전승 혹은 구전 문예 등등.

자료 책에 이르러서는 권수가 빠진 상태이거나, 애초에 다른 나라에 관해 쓰여 있을 터인 페이지는 덧칠해져 읽을 수 없게 되어 있거나, 그런 식으로 자의적이라고 여겨질 만큼 이 나라의 대서고에는 이 나라 이외의 정보가 전혀 없었습니다. 당연히 저조차도 알고 있는 상식이라고 할 만한 것들만 쓰여 있었습니다. 대서고에는 보이는 범위의 상식밖에 놓여 있지 않았습니다.

그럼 보이지 않는 범위의 상식은 대체 어디에 놓여 있는 것일까요?

"저기, 죄송합니다. 이 책 다음 권, 없나요?"

권수가 빠진 상태가 된 책을 몇 권인가 들고 가서, 저는 사서님에게 물었습니다.

사서님은 힐끔 저를 본 다음 "……어째서 읽고 싶은 거니?" 하고 물었습니다.

저는 "조금 흥미 본위로"라고 얼버무렸습니다. 그러나 사서님은 "……안타깝지만, 여기에는 없단다"라며 고개를 저었습니다.

과연, 저는 서적을 찾아보는 것만으로는 한계가 있을 것 같다고 깨달았습니다.

여기까지 오면 호기심은 멈출 줄을 모르게 되는 법, 저는 결국 대서고에서의 조사를 포기하고 다른 수를 쓰기로 했습니다.

"──뭐? 다른 나라에 관한 거?"

깊은 숲속의 비엘라에는 종종 상인이나 여행자가 찾아오는 일이 있었습니다. 당시의 저는 상인과 여행자가 찾아오는 타이밍을 계산해서 나라 밖의 상황을 인터뷰하고 다녔습니다.

"맞아요. 가르쳐주세요."

불쑥, 상인분에게 얼굴을 들이대며 저는 말했습니다.

"저는 다른 나라에 흥미가 있습니다."

"……으음."

상인분은 곤란한 듯 웃으며 시선을 피했습니다.

"……아가씨, 미안해. 이 나라 밖의 일을 말해서는 안 된다고 입국할 때 주의를 단단히 받아서, 말하고 싶어도 말할 수가 없어. 그게 관습이래."

이때 알았습니다. 아무래도 이 나라의 관습은, 다른 나라에서 온 사람들까지 억지로 강제로 끌어들이는 것이라고.

여기까지 감추면 괜히 더 궁금해지는 법입니다. 이 나라는 무엇을 감추고 있는 것일까요? 어쩌면 이 나라 사람들은 무엇을 감추고 있는지조차 모르는 것인지도 모릅니다만.

아무튼 호기심에 불이 붙은 저는 그 후로 여행자와 상인에게 더욱 이야기를 들으러 다녔습니다. 그리고 그 성과를 여기에 기록하도록 하겠습니다.

"흐음. 다른 나라에 관해 알고 싶다, 라. 그런데, 아가씨. 나랑 같이 가──." 나라 밖으로는 꼭 한번 나가 보고 싶다고 생각하고 있지만, 상인분과 함께는 싫습니다. 거절하겠습니다.

"아가씨. 이것 좀 볼래? 이 나비, 상당한 희귀종이거든? 비싼 값에 팔리지. 이 나라 주변의 숲에 서식하고 있는 모양인데, 너는 뭐 아는 거 없니?" 애초에 나라 밖에 나간 적이 없습니다만, 뭐 나비를 발견하면 잡도록 하겠습니다. 상인에게는 넘기지 않겠지만.

"호오. 나라 밖에 관해 알고 싶다, 라⋯⋯. 그럼 좋은 걸 알려주마."

오오, 유익한 정보일 듯한 예감이.

"그런데 그 전에 너, 남자 친구는 있니? 괜찮으면 저기 찻집에서━." 잘 가세요.

"나라 밖에 관한 것보다 나에 관해 알고 싶은 생각은 없니? 아, 없어⋯⋯? 그래, 그렇구나⋯⋯."

그러한 연유로.

요컨대.

여기저기 묻고 다니며 안 것으로 말하자면.

"제대로 된 정보를 전혀 구할 수 없었어요!"

저녁이 되어 다시 대서고로 돌아오자마자 외치는 저.

애초에 대체 뭡니까? 상인과 여행자는 추잡한 생각을 가진 망할 녀석밖에 없는 겁니까? 이 사람이고 저 사람이고 두 마디째에는 귀엽다느니 차 한잔 안 할래? 라느니, 그런 달콤한 말을 속삭일 뿐. 저는 이야기를 듣고 싶을 뿐인데, 모두 알아주지를 않습니다.

그 이전에 열세 살을 진심으로 꾀려 드는 어른밖에 오지 않는 이 나라는 대체 어떻게 되어 먹은 걸까요.

그렇게 제가 부루퉁해져서 책을 펼쳤을 때의 일이었습니다.

"도서관에서는 조용히."

어디선가 맑은 목소리가 울려 퍼졌습니다.

"상식이 없는 거니?"

고개를 좌우로 돌리며 목소리의 주인을 찾고 있으려니, 시야에 여성의 모습이 들어왔습니다.

그것은 예쁜 마법사였습니다.

머리카락은 흰색에 가까운 잿빛. 눈동자는 유리색. 검은 로브에 삼각 모자라는 단조로운 차림. 가슴에는 별을 본뜬 브로치가 있었습니다. 멋을 부린 걸까요? 나이는 스무 살은 되는 듯 보였습니다만, 정확한 나이는 본 것만으로는 알 수 없었습니다. 그럭저럭 나이를 드신 듯도 보였고, 혹은 젊음을 주체하지 못할 만큼 침착할 뿐인 듯도 보였기 때문입니다.

대체 어디에서 나타난 것인지——아니, 어쩌면 줄곧 그곳에 있었을지도 모릅니다만——이쪽을 보고 있던 그녀는, 제게 다가왔습니다. 그리고.

"너, 바깥 세계에 흥미가 있니?"

고개를 갸우뚱거렸습니다. 그녀의 시선은 제 손 근처로 쏟아졌습니다.

이 나라의 자료 책입니다.

"…………!"

고작 한 권의 자료 책을 읽고 있을 뿐인 저를 본 것만으로 거기까지 눈치채다니……! 마법사 대단해……!

저는 그렇게 마음속으로 몰래 흥분했습니다.

부끄럽지만 저는 아직까지 깊은 숲속의 비엘라에서 한 번도 나가 본 적이 없는 데다, 마법사라는 존재와 만나본 적이 없었기 때문에, 마법이란, 마법사란 대체 어떠한 것인가 하는 지식을 전혀 갖고 있지 않았습니다.

그렇기 때문에 눈앞의 그녀가 제가 원하는 것을 단번에 맞추자 경탄보다도 먼저 감동이 밀려들었습니다.

어떻게 안 걸까요?

"마, 마법사님은, 혹시 다른 사람의 머릿속을 엿볼 수 있는 건가요……?"

놀라면서도, 기대하면서도, 저는 그녀에게 되물었습니다. 마음을 읽을 수 있는 사람이 마법사가 되는 거겠죠? 그런 거겠죠?

"아니 평범하게 네가 나라의 문 주변에서 조사하던 걸 봤을 뿐이야."

그러나 제 기대와 달리 간단히 고개를 젓는 마법사님.

"…………하아아아아아."

매우 커다란 한숨이 어디선가 흘러나왔습니다.

"아아…… 그렇군요……."

누가 쉰 한숨인가 했더니 저였습니다.

"노골적으로 낙담하지 말아주겠어……?"

물어보니, 아무래도 이 마법사님은 제가 사람들에게 묻고 다니며 조사를 시작한 것보다도 며칠 정도 전에 입국한 여행자였는지, 자유롭게 마음 내키는 대로 혼자서 여행을 하는 중이라고 합니다. 그녀는 마법사지만, 정확하게는 마녀야, 라고도 말했습니다. 하지만 애초에 마법사와 마녀의 차이를 잘 몰랐고, 마법사가 상상대로의 존재가 아니었다는 사실을 알고 이제는 의외로 어찌되든 상관없었던지라 흘려들었습니다. 요컨대 간단히 정리하자면 그녀는 여행자입니다. 끝.

"하지만, 별일이네. 이 나라 주민 중에도, 이 나라의 관습과 풍습에 의문을 가진 아이가 있다니."

노골적으로 낙담하는 저를 바라보면서 그녀는 그렇게 말했습니다.

"…………."

저는 침묵으로 답한 다음, "……당신도 의문을 갖는 게 이상하다고 말하는 건가요?"라고.

그렇게 대꾸했습니다. 조금 가시 돋친 말투가 되어 있었다는 것을, 저는 그녀의 눈썹이 조금 움직인 것으로 알았습니다.

그녀는 고개를 저었습니다.

"아니. 오히려 반대. 감탄했어."

"…………?"

"이 나라에도 제대로 된 감성을 가진 아이가 있구나 하고, 생각했을 뿐이야."

그녀가 말하는 것은 잘 이해되지 않았습니다.

제가 그런 생각을 하고 있다는 사실을 눈치챘던 것일까요? 역시 마법사는 마음을 읽을 수 있는 것일까요? 그녀는 그 후로도 고개를 갸우뚱하고 있던 저에게 이렇게도 말했습니다.

"룰이나 규칙이라는 건 있지, 그렇게 함으로써 이득을 보는 인간이 존재하기 때문에 생기는 거야. 의문을 품는 것은 좋은 일이야. 자신이 이득을 보는지, 손해를 보는지도 모르는 이 나라의 많은 사람에 비하면, 너는 아주 영리해."

그렇게.

이 나라 사람들의 말을 빌리자면, 혹은 이 나라 사람다운 답을 여기에 준비한다면, 제가 대답해야 할 말은 하나였습니다.

"그런 거, 생각해본 적도 없었어요."

얼빠진 표정을 하고서 그런 말을 하는 제 모습에 마법사님은 웃었습니다.

"뭐, 너는 자신이 영리한지 어떤지를 생각하는 사람은 아닌 것 같네. 조금 넋 나간 얼굴을 하고 있기도 하고."

"……지금 바보 취급당했다는 것만은 알았습니다."

"모르면 어지간한 거지."

어이없어하며 그녀는 탄식했습니다.

어렴풋이, 이 사람이라면 제가 기대하는 말을 답해줄 것만 같은 기분이 들었습니다. 제가 낮에 만났던 변변치 않은 여행자나 상인들과 달리, 그녀라면 제 욕구를 채워줄 것만 같은 기분이 들었습니다.

"……저기."

그래서 저는 그녀를 보고서, 말했습니다.

"마법사님, 바깥 세계에 관해, 가르쳐주실래요?"라고.

아주 조금의 용기를 짜내어 꺼낸 그 말에 그녀는 간단히 고개를 끄덕였습니다.

"좋아."

그러나 그 후 바로 고개를 저었습니다.

"하지만 오늘은 안 돼."

"어째서요?"

"이제 곧 해가 지잖아."

"……어째서요?"

의미를 모르겠습니다.

초조해진 나머지 저는 조금 애가 탔습니다만, 그녀는 그런 저를 달래듯이 어깨에 살며시 손을 올리고서.

"내일은 괜찮아. 하지만 오늘은 안 돼"

같은 말을 반복한 후 웃음을 짓고서, 대서고의 창문 밖으로 시선을 보내며 말했습니다.

"오늘은 있지, 밤하늘이 아주 아름다워지는 날이야."

창밖은 이미 별무리가 떠오를 만큼 새까매져 있었습니다.

아름다워졌는지 어떤지, 여기서는 잘 알 수 없었습니다.

내일 다시 대서고에 오렴. 그러면 여러 가지를 가르쳐줄게.

그녀는 저에게 하루 보류라고 말하고, 대서고에서 사라졌습니다. 그녀가 사라진 후, 잠시 책을 더 읽고 저도 대서고를 뒤로했습니다.

그날은 별하늘이 무척 아름다운 하루였습니다.

하늘에는 구름 한 점 없었고, 반짝반짝 빛나는 별들은 마치 그대로 지상으로 쏟아질 듯이, 어디까지고 한없이 펼쳐져 있었습니다.

아름다운 하늘이 그곳에는 있었고, 마을 사람들도, 거리에 모여 있었습니다.

"…………."

아뇨.

아무래도 마을 사람들이 거리에 모여 있는 것은 저와는 전혀 다른 사정 때문인 모양이었습니다.

"아아, 큰일이야……!" "이게 무슨 일이야……!" "저거 뭐야……! 무서워……!"

사람들의 술렁임은, 별들의 아름다움 따위에는 시선도 주지 않고, 그저 서쪽 하늘로 쏟아지고 있었습니다.

"…………."

그러나 분명 별들의 아름다움 같은 건 어찌 되든 상관없을 정도로 기묘한 것이, 분명히 그곳에는 있었습니다.

밤하늘에 떠서 빛나고 있는 별들. 그것보다도 한층 더 빛나는 커다란 별이, 있었습니다. 마치 하늘 저편에서 어딘가로 향하고 있는 듯 빛나며 반짝이는 꼬리를 그리면서, 기묘한 별은 홀연히 모습을 나타냈던 것입니다.

어제까지는 분명히 없었을 터입니다. 갑자기 나타난 그 별로 인해 거리는 소란스러웠고, 여기저기서 "불길해" "천재지변의 전조야"라며 혼란이 생겨났습니다.

저는 그 묘한 별을 태어나서 처음 보았지만, 이 마을 어른들은 적잖이 본 적이 있는 모양이었습니다.

"22년 전의 죽음의 별이 또 나타났어——."

분명, 그렇게 말했습니다.

"서둘러, 또 제례를 올리지 않으면 늦을 거야——."

분명 그렇게 답했습니다.

제가 태어난 뒤로 열세 번의 봄이 찾아왔단 사실을 깨달은 것은, 바로 그때였습니다.

"——————."

그리고 제 의식이 애매해지기 시작한 것은 그 무렵부터였습니다.

거리의 모습을 살피고 있던 제 입가에, 뒤에서 누군가가 천 조각을 누르고 있었습니다. 숨이 막히고, 무언가 묘한 냄새도 났습니다. 숨을 들이쉬면 그때마다 머리가 어질어질했고, 몸이 잠들 준비에 들어가기 시작했습니다.

몸은 서서히 무거워졌고, 눈꺼풀도 무거워졌고, 이윽고 저는 길 위에서 의식을 잃었습니다.

"——축하해. 너, 올해의 제례에 선택되었어. 이건 영광스러운 일이야."

누군가가 제게 말했습니다.

"——자, 이 옷으로 갈아입으렴. 사당에서 기도하기 위해서는 이 옷으로 갈아입어야만 해."

다른 누군가가 말했습니다.

"——어머나, 멋져라. 아주 딱 맞네."

또 다른 누군가가 손뼉을 치며 기뻐했습니다.

"——준비는 다 됐어. 그럼, 제례를 올리러 갈까?"

그리고 누군가가, 제 손을 끌고 걷기 시작했습니다.

그 후로 며칠의 시간이 흘렀는지를 저는 정확하게 기억하지 못했습니다. 밤 열두 시에 기도하는 관습이 있으니, 그 횟수를 세면 저절로 답이 나올 터였습니다만, 그조차도 불가능할 만큼 제 머리는, 그날부터 줄곧 멍했습니다. 어쩌면 하루도 지나지 않았는지도 모르고, 일주일 정도의 시간이 흘렀는지도 모릅니다.

"…………."

저는 깨닫고 보니 제례에 선택되어 있었습니다. 그러나 의문으로 여기지도 않았습니다. 어째서 의문으로 여기지 않는지조차, 의문으로 여기지 않았습니다. 머리를 쓰려 하면 할수록, 제 머리는 그것을 거부하고, 그저 사당을 향해서 걸음을 옮기려 했습니다.

사당이 열렸을 무렵에, 저는 거부하려고도 했습니다. 그러나 몸은 빨려 들어가듯이 계속 움직였습니다.

안에서는 촛불 몇 개가 흔들리고 있었습니다.

"이 나라에 선택된 이름도 없는 소녀가 지금, 이 사당에 들어갔습니다——."

제 등 뒤에서, 이 나라의 수장이 그렇게 말하는 것이 들렸습니다. 돌아보려 했지만, 그때는 이미 사당 입구는 닫히고 말았습니다.

달빛조차 닿지 않는 어둠 속에는 촛불의 희미한 빛만이 떠 있었습니다.

"…………."

이 사당 안에서 묘한 냄새가 감돌고 있다는 사실을 깨달은 것은 그때였습니다만, 이미 저는 정상적인 판단력을 완전히 상실한 상태였습니다.

저는 사당 안쪽으로 이어지는 좁은 길을 걷기 시작했습니다. 이미 제 몸은, 제 말 따위는 듣지도 않고, 그저 꼭두각시처럼 움직일 뿐이었습니다.

사당 안쪽에는 촛불조차 없었습니다. 어둡고, 축축하고, 어디선가 떠도는 묘한 냄새가 더욱 짙어질 뿐.

이윽고 저는 걸음을 멈추었습니다.

"……아아."

사당 안쪽에는 꽃들이 피어 있었습니다. 하얗고 아름다운 꽃이, 피어 있었습니다.

수많은 뼈 위에, 피어 있었습니다. 지금 제가 몸에 걸치고 있는 옷과 똑같은 옷을 입은 백골 사체 더미 위에, 꽃은 아름답게 활짝 피어 있었습니다.

저는 이때가 되어서 겨우 깨달았습니다.

제게 많은 것을 가르쳐주었던 고아원의 언니가, 이 나라에서 떠난 것이 아니라는 사실을.

제례의 진정한 목적을.

깨달았던 것입니다.

"그런 거, 생각해본 적도 없어요——."

풍습이나 관례에 관해 물어도 이 나라의 여러 사람이 그렇게 대답했던 것은, 아무도 의문으로 여기지 않았기 때문이 아니었습니다.

의문으로 여긴 자는 모두, 사라졌기 때문이었을 테지요.

고아원 언니도 그중 한 사람으로 선택되었을 뿐일 테지요.

이 나라는 제가 생각했던 것 이상으로 정상이 아니었던 것입니다.

"아아, 아아……."

그러나 모든 사실을 깨달았을 때는, 이미 너무 늦었습니다.

"싫어…… 싫어……! 나는 아직, 죽고 싶지…… 않아……!"

달빛조차 닿지 않도록 밀폐된 공간 속에서 제 판단력을 둔하게 만드는 묘한 냄새는 서서히 서서히 강해지고, 짙어져 갔습니다.

밀랍 속에 냄새가 섞여 있는 것일까요? 아니면 눈앞의 꽃에서 피어오르는 냄새인 것일까요?

생각하려고 해도, 도망치려고 해도, 그러나 서서히 저는, 몸의 자유를 빼앗겨 갔습니다.

별이 빛나는 하늘 아래에서, 입이 천으로 가려졌을 때처럼, 저는, 수많은 뼈 위로, 쓰러졌습니다.

숨이 막히고, 호흡도 제대로 되지 않게 되었습니다. 졸음만이, 제 눈꺼풀에 씌워졌습니다.

"어째서, 이런 일이……."

──내일 다시 대서고에 오렴. 그러면 여러 가지를 가르쳐줄게.

그 내일이 이제 두 번 다시 찾아오는 일이 없을 거라는 사실을 알았을 때, 저는 너무나도 슬퍼졌습니다. 모처럼 이야기가 통할 것 같은 사람과 만났건만, 모처럼 즐겁게 대화를 나눌 수 있는 시

간이 생겼건만,

약속도 지키지 못한 채, 저는, 여기서, 목숨을 잃을 테지요.

아아, 이왕이면, 그 마법사님의 이름을, 알아두었으면 좋았을 걸——.

그렇게, 저는, 멍하니 생각하면서 점점 무거워져 가는 눈꺼풀을, 천천히 닫았습니다.

모두가 같은 방향을 바라보고 있는 나라에서, 혼자 한눈을 팔고 있던 탓에, 적이라 여겨지고, 갇히고, 숨도 쉴 수 없게 되었습니다.

눈을 감은 그 짧은 한순간에, 저는 이런저런 풍경을 보았습니다. 주마등이라는 것일까요? 고아원에서 지냈던 날들이, 대서고에서 정신없이 책을 읽던 날들이, 밤의 기도 시간에 늦어 혼났던 기억이, 그리고 제례에 선택된 언니를 그저 바라보기만 했던 어리석은 기억이, 그런 저의 일상이, 저의 머릿속에서 흘러 사라져 갔습니다.

그리고.

이윽고.

저는, 짧은 13년의 생애에, 막을 내렸습니다.

○

이 지역에서는 22년에 한 번 주기로, 그야말로 아주 아름다운 혜성을 볼 수 있다고 합니다.

올봄이 마침 그 시기라 주변 나라들에서는 모두 혜성을 빗댄 상품을 팔거나, 혹은 그러한 종류의 축제를 열거나 하여 관광객을 불러들였습니다.

자유롭게 여행하는 여행자인 저도 물론 그 희생물이 되어 다양한 나라에서 다양한 것을 사게 되었습니다.

예를 들면 그것은 "혜성 빵이에요!"라고 말하는 노점 아주머니의 평범한 빵이거나, 혹은 "이 돌멩이는 말이지, 혜성의 파편으로 된 거야"라고 말하는 고물상 주인의 평범한 돌멩이거나.

아마도 22년에 한 번인 혜성과의 재회에 끓어오른 관광객은 모두 하나같이 머릿속이 꽃밭인 바보들뿐이라고 여기고 있는 것일 테지요. 이런 장난 같은 장사가 문제없이 이뤄지다니 정말이지 화가 납니다!

"흐음흐음."

그런고로, 아무튼, 우물우물 혜성 빵을 먹으며 빗자루를 타고 날고 있는 버릇 나쁜 마녀는, 대체 누구인가.

그렇습니다. 저입니다.

"…………."

어라? 결국 혜성 빵을 샀잖아? 대체 어떻게 된 거야? 하고 묻는 목소리가 어디선가 들려오는 듯한 기분이 듭니다만, 그러나 오해는 말아주셨으면 합니다. 저는 결코 노점 아주머니에게 속아서 빵을 산 것이 아닙니다.

"이 주변에 깊은 숲속의 비엘라라는 나라가 옛날에 있었던 모양인데, 뭔가 아시는 거 없나요?"

그렇습니다. 뇌물입니다. 즉, "당신이 파는 이 빵 하나 사드릴 테니, 유익한 정보를 넘겨주세요, 이 자식아"라고, 저는 부탁드렸던 것입니다.

안타깝게도 제가 지금 가려고 하는 깊은 숲속의 비엘라는, 아주 먼 옛날에 백성들에게 버림받아 폐허가 되어버렸기 때문에 지도에는 실려 있지 않았습니다. 그런고로 아주머니를 매수해서 냉큼 소재지를 불게 하려 했을 따름입니다.

"오호라. 너 깊은 숲속의 비엘라에 가고 싶은 거니? 곤란하네…… 그 나라가 있던 건 이미 한참 전의 일이니까 말이지…… 기억이 나려나……. 기억이 애매하네."

"흐음흐음."

빵을 사는 것만으로는 말하지 않는 겁니까. 그렇습니까. 과연, 그렇군요.

"이거 받으시죠."

뇌물로 금화 한 닢을 증정했습니다.

"깊은 숲속의 비엘라의 위치 말이지. 완벽하게 기억하지. 지도 좀 줘보렴."

간단히 장소를 지도에 표시하는 아줌마. 이 얼마나 쉬운지.

그런고로, 그러한 경위를 통해, 저는 지금, 빗자루를 타고 날아가고 있었습니다. 금화 한 닢을 희생하고 말았지만, 뭐 괜찮겠죠. 필요경비입니다.

"하지만, 너, 그런 나라에 대체 왜 가니? 거기에는 아무것도 없는데?"

지도에 위치를 표시하면서, 노점의 아주머니는 마치 이상한 사람이라도 보는 듯 눈을 가늘게 뜨며 저를 올려다보았습니다.

왜냐고 물으신들. 곤란할 따름입니다.

제가 지금부터 갈 곳에는 아무것도 없습니다. 나라는 제가 태어나기도 전에 백성들에게 버려졌고, 남겨진 거리만이 그저 쓸쓸히 여생을 보내고 계신다고 합니다. 당연히 사람이 없으니, 불빛도 없고, 그리고 어디보다도 조용할 테지요.

"그래서 가는 겁니다."

분명 그곳에서 올려다보는 하늘은, 어느 나라에서 보는 하늘보다도 밝고, 아름다울 테지요.

그러나 이상과 현실은 크게 다른 법이라, 예상이 뒤집히는 경험은 여행을 하다 보면 종종 생깁니다.

깊은 숲속의 비엘라도, 그중 하나였습니다.

"……이게 뭡니까?"

그러나 완전히 이상과 다르다고 해도, 예상을 뒤집었다고 해도, 이 나라에 관해서는 그렇지 않았습니다.

지도에 표시된 곳—— 깊은 숲을 나아간 곳에 있던 나라의 폐허는, 이상한 상황에 휩싸여 있었던 것입니다.

사람이 없어진 것을 호기로 여긴 것인지, 거리에는 녹색이 잠입해 있었습니다. 옛날에는 하얗고, 아름다운 거리였을 테지요. 그러나 길가에 늘어선 민가들에는 덩굴이 타고 오르고, 휘감고 있었습니다.

제가 걷는 큰길도, 과거에는 보도블록이 깔려 있었을 터인 그 틈새에서 잡초가 자라나 색색의 꽃을 피우고 있었습니다.

이제 이 나라의 폐허에는 사람 같은 건 살고 있지 않았습니다.

여기까지는, 예상 범위 내.

예상외였던 것은, 마을 한쪽. 바로 우측에 보이는 집 한 채였습니다.

"자, 그럼 오늘은 노래를 불러볼까? 부르고 싶은 노래는 있니?"

작은 창을 통해 보이는 그 풍경 속에는 아이들을 향해서 환하게 미소 짓는 여성의 모습이 있었습니다.

어라? 사람, 있지 않습니까——하며, 어슬렁어슬렁 다가가 보았습니다. 하지만 아이들과 여성의 모습은 마치 한순간의 환상이었던 것처럼 사라지고 없었습니다.

그 자리에 남은 것은, 이 마을 대부분의 민가와 마찬가지로 낡은 집뿐. 아무래도 고아원이었던 모양입니다만—— 아무리 다가가도, 아무리 눈을 깜빡여도, 여성과 아이들이 다시 제 앞에 모습을 드러내는 일은 없었습니다.

"축하해! 너는 제례에 선택됐어——."

어디선가 누군가가 누군가를 향해서 말했습니다.

"자, 이걸로 갈아입으렴——."

시선을 보내자 장년의 아주머니가 젊은 여성에게 하얀 옷을 건네고 있었습니다.

"불길한 별이 예전에 나타난 후로 22년이 흘렀어——." "주기가 왔어."

잠시 나아가자, 길거리에서 어른들이 이야기를 나누고 있었습니다.

"그렇다면 올봄도, 또 나타나는 걸까?" "아마도 틀림없겠지." "어쩌지? 누구를 제례에 골라?" "……그렇지. 딱 좋은 여자애가 있어."

저는 그들에게 말을 걸어보아야겠다고 생각해 다가갔습니다. 그러나 그들은 제가 아무리 가까이 가도 본 척도 않고, 심각한 표정으로 무언가를 상담할 뿐이었습니다.

이윽고 저는 "저기" 하고 남자들 사이에 끼어들어 보았습니다만.

"그 애는 이 나라의 관습에 의문을 갖고 있는 모양이야." "요즘은 대서고에서 조사를 하고 있대." "사서한테서 밀고가 들어왔으니까 틀림없어."

무시였습니다.

저 같은 건 본 척도 하지 않았습니다. 시험 삼아 "안녕하세요" 하고 남자들 앞에서 손을 흔들어보거나, "건강하십니까" 하고 뛰어보거나, "여행하는 마녀 일레이나라고 합니다만" 하고 머리를 좌우로 흔들어보거나 하기도 했습니다만, 그러나 역시 남자들은 여전히 무시.

이렇게까지 존재를 무시당하니, 아무리 저라고 해도 조금은 울컥하고 화가 났습니다.

"잠깐. 듣고 계십니까──."

저는 남자 중 한 명의 어깨에 손을 대려고 했습니다.

손을 뻗었습니다.

"…………."

그러나 제 손은 남자의 어깨를 그대로 통과했습니다. 힘껏 뻗은 제 손에, 어깨부터 아래를 양단하는 듯한 형태가 되고 말았습니다. 그러나 그 남자로 말할 것 같으면 여전히 심각한 얼굴을 한 채.

"그럼 계획대로, 올해도 사당에 여자아이를 가두도록——."

그렇게 말하면서 거리 저편으로 시선을 돌렸습니다.

"…………."

과연, 아무래도 저는 이 나라에서 환각을 보고 있는 모양이라고 깨달은 것은 그 무렵이 되었을 때였습니다.

남자가 시선을 둔 방향에는 작디작은 건물이 하나, 서 있었습니다.

이 나라 중앙에 있던 사당도 다른 건물들과 마찬가지로 시간의 흐름과 함께 낡고 퇴색된 모양이었습니다. 문에는 봉인하듯 이끼가 자라나 있었습니다.

"…………."

만질 수 없었던 그들이 나누었던 대화가 조금 신경 쓰인 저는 사당 문에 손을 대보았습니다.

만약 그들의 대화가 진실이라면, 이 나라에는 작은 건물 안에 소녀를 가둬두는, 그런 잔인한 풍습이 있었다는 뜻입니다.

왠지 안이 신경 쓰였습니다.

요컨대 흥미 본위였습니다.

"실례합니다……."

이끼가 잔뜩 낀 문은 밀자 끼익 소리를 내며 간단히 열렸습니다. 문밖을 뒤덮고 있던 이끼는 아무래도 안까지 그 손을 뻗고 있었는지, 햇빛이 비쳐드는 사당 안은 녹색으로 뒤덮여 있었습니다.

발을 들이자 끼이 하고 발아래가 삐걱거렸습니다. 사당 안에는 놀랄 만큼 아무것도 없었고, 맥이 풀릴 만큼 평범한 동굴이 펼쳐져 있을 뿐이었습니다.

백성들에게 버림받은 사람 없는 나라. 그 중앙에 조용히 자리한 의미심장한 하나의 사당. 저는 완전히, 그 안에 보물이라도 들어 있으려나 생각했습니다만, 그런 것은 일절 없었고, 안을 몇 걸음 걸어도 있는 것은 그저 이끼뿐.

안쪽까지 나아가도 그것은 마찬가지였습니다.

아무것도 없었습니다. 이런이런, 이건 시시하군요. 하얀 옷을 입은 흑발의 소녀가 혼자 잡초 위에 누워 있었습니다만, 그러나 이것도 어차피 제가 조금 전에 본 것과 같은 환각 중 하나일 테니, 결국 그것은 아무것도 없는 것이나 다름없었습니다.

사람에게 버려진 미스터리어스한 나라에 무언가 재미있는 것이 남아 있을지도——하는 그런 기대야말로, 그야말로 환상에 지나지 않았는지도 모릅니다.

그렇게 제가 기대에 배신당해 낙담하고 있을 때의 일이었습니다. 사당 안쪽으로 걸음을 옮기고 있을 때의 일이었습니다.

물컹.

"으악!"

발아래에서 목소리가 새어 나왔습니다. 이끼를 밟았을 터인 발에서 이상한 감각이 전해져 왔습니다.

"…………."

어차피 검은 머리카락의 소녀도 환각이리라고 여기고, 저는 그녀를 없는 것이라 여기고 걸음을 옮겼습니다만.

대체 어떻게 된 일일까요? 제 발은 그녀의 얼굴을 밟고 있었습니다. 몸을 통과하는 것이 아니라, 확실하게 발아래에서, 저는 그녀에게 닿았던 것입니다.

"…………엑?"

뭔가요? 정말입니까? 몹시 창백해진 저는 제 발을 치우고, 그녀 옆에 웅크려 앉아 손을 뻗었습니다.

뺨을 찔러보았습니다. 말캉말캉 부드러운 감촉이 돌아왔습니다.

"……으으."

검은 머리카락의 소녀가 신음했습니다.

찰싹찰싹, 이번에는 뺨을 때려보았습니다. 명백하게 닿는 감촉이 느껴졌습니다.

"……아파."

명백하게 그녀는 여기에 존재했습니다.

"…………."

저는 잠시 입을 다물었습니다.

과연 그렇군요. 어찌 보아도 이것은 살아 있군요…….

어찌 생각해도 환상이 아니로군요…….

……아니, 그보다.

설마 이런 곳에 살아 있는 인간이 있으리라고 누가 생각할 수 있겠습니까?

●

저는 분명 죽었을 터입니다만, 그런 느낌이 들었습니다. 그러나 눈을 떠보니 밝은 하늘이 펼쳐져 있었습니다.

눈부실 정도로 푸른 하늘이 그곳에는 있었습니다.

눈을 가늘게 뜨고, 시선을 돌리자 책장이 세로로 뻗어 있었습니다. 덩굴이 뒤덮고 있어 도저히 읽을 수 있을 것 같지 않은 책들이, 책장 안에 줄지어 있었습니다.

어딘가 이 풍경은 본 적이 있는 듯도 하고 없는 듯도 한 기묘한 감각이 들었습니다.

보기에는 분명 틀림없는 대서고였습니다. 그러나, 제 기억에 있는 대서고와는 모습이 전혀 다른 듯 보였습니다.

"……여기는?"

대체 어디일까요?

제가 몸을 일으키자, 옆에서 누군가가 "어머" 하고 목소리를 높이는 기척이 느껴졌습니다.

"깨셨나요?"

그 목소리에 이끌리듯이 돌아보자, 잿빛 머리카락을 가진 마법사님이 저를 바라보고 있었습니다.

"죄송합니다. 어떤 경위로 당신이 거기에서 자고 있었는지는 모르지만, 그대로 그곳에 내버려 둘 수 없어서, 이곳으로 옮겨 왔습니다."

"⋯⋯⋯⋯."

저에게는 지금, 자신의 몸에 무슨 일이 일어나고 있는지가 이해되지 않았습니다.

꼬리를 끌며 빛나는 별이 서쪽 하늘에 보인 그 순간부터의 일은, 마치 꿈이나 환상처럼 흐릿하게 제 안에 남아 있었습니다.

저도 모르는 사이에 제례에 선택되고, 깨닫고 보니 몸이 말을 듣지 않게 되어 있었고, 그리고 이 나라에 의해 살해당할 뻔했고, 눈을 뜨니 낯선 대서고에서 낯선 사람과 있었다. 그런 식으로 어지럽게 기억을 더듬었고, 어디서부터 어디까지가 현실인지, 혹시 전부 꿈이었던 것은 아닌지 잘 알 수 없을 정도였습니다.

어쩌면, 사당 안에서 맡은 냄새 때문에 머리가 아직 멍한 것인지도 모릅니다.

"⋯⋯⋯⋯."

그저 애매하기만 한 제 기억 속에서, 무엇보다 선명하게 남아 있던 공포가, 제 가슴에서 사라지지 않았습니다.

저는 무서웠습니다. 모두가 같은 방향을 바라보고 있는 이 나라가. 아무도 의문을 품지 않는 것에 의문을 품고 만 제가. 흥미를 드러내자 목숨이 위험해진 일이. 제게 친절하게 대해주었던 사람이 이미 오래전에 죽어버렸다는 사실이.

무서워서 견딜 수 없었습니다.

"……아, 으……으."

따뜻한 감촉이 뺨을 타고 전해졌습니다. 시야가 흐릿해지고, 입가가 떨렸을 때, 저는 눈물이 흐르고 있다는 사실을 깨달았습니다. 눈물 같은 건 흘리지 않겠다고 입을 꾹 다물고 참으려 했습니다만, 쓸데없는 저항을 하면 할수록 눈물은 제어되지 않았습니다.

제가 상상했던 것보다 훨씬 더, 저는 공포를 느끼고 있었던 것입니다.

갑자기 울음을 터뜨린 저를 보고 눈앞의 마법사님은 곤란한 듯 웃었습니다.

"무서운 꿈이라도 꿨나요?"

그리고 다정하게, 머리를 쓰다듬어주었습니다.

머리를 쓰다듬는 그 손의, 꿈도 환상도 아닌 온기에 저는 더욱 눈물을 흘렸습니다.

○

너무나도 갑자기 그녀는 울기 시작했고, 저는 그만 저도 모르는 사이에 해서는 안 될 일이라도 해버린 것인가 싶어 내심 매우 당황했습니다만, 울음을 그친 그녀가 띄엄띄엄한 이야기는, 저와는 아무런 관계가 없는 이 나라의 이야기였습니다.

혹은 한 소녀가 겪은 불행한 사건의 전말. 그저 호기심이 있었을 뿐인데 목숨이 위험해지고만 불행한 소녀의 이야기였습니다.

©Azure

그러나 그녀의 이야기가 사실이라고 한다면, 그녀가 체험해온 것이 꿈도 환상도 아니라고 한다면.

"……즉, 당신은 상당히 옛날── 아마도 22년 이상의 과거에서 온 사람, 이라는 겁니까?"

혜성은 22년에 한 번 볼 수 있으니, 눈앞의 그녀가 짧아도 22년, 혹은 그 배 이상 전의 인간이라는 것이 됩니다.

"간단히는 믿기 어려운 이야기입니다만……."

애초에 대체 어떻게 22년도 넘는 과거에서──라는 생각도 들었습니다만, 그러나 잘 생각해보면 이 나라의 문을 지난 후부터 이상한 현상들만 목격했습니다.

아마도 평범한 폐허일 터인 이 나라 자체에 어떠한 이변이 생긴 것일 테지요. 그녀도, 저도, 제가 목격했던 환상들도, 분명 그 이변 중 하나에 지나지 않을 터입니다.

그러나 굳이 말하자면 저보다도 그녀 쪽이, 자신이 놓인 상황에 당황을 감추지 못할 테지요. 갇히고, 눈을 떠보니 22년 이상 시간이 흐르고 말았다니, 의미불명에도 정도가 있습니다.

저와 대화를 나누면서 이 나라가 이미 멸망했다는 사실을 안 그녀는.

"…………."

자신이 앉아 있는 대서고의 의자에서 천장을 올려다보며 "……그럼, 저는 지금, 미래에 있는 건가요?" 하고 중얼거렸습니다.

냉정한 듯 보였던 그녀였지만.

"……이건…… 혹시, 꿈?"

자신의 뺨을 힘껏 꼬집고 "아파……"라며 눈물을 글썽이는 점에서 미루어보아 그다지 냉정하지는 않은 모양입니다. 그러다 볼 떨어집니다. 괜찮은 겁니까?

"이상해요…… 아파……."

꼬집은 데에서 그치지 않고, 그때부터 따귀를 때리기 시작하는 그녀. 마조히스트인 겁니까? 괜찮지 않아 보입니다.

"그만두세요. 예쁜 얼굴이 엉망이 됩니다."

그렇게 제가 그녀를 말렸을 때는 이미 뺨이 붉게 부어 있었습니다.

"…………."

그러자 울상인 그녀가 우으으 하고 신음하며 주변을 둘러보고, "……이건, 진짜인가요?" 하고 한마디.

"보시는 대로 진짜입니다."

저는 고개를 끄덕였습니다.

"당신이 있던 시대보다 상당히 평화로워졌죠."

"……망했을 뿐이잖아요."

그러네요.

"그러니까 말했잖아요."

혹시 눈앞의 검은 머리카락 그녀와 저는 비슷한 부분이 있을지도 모릅니다.

한번 호기심에 불이 붙으면 아무리 해도 제동이 걸리지 않는, 요컨대 신경이 쓰이기 시작하면 신경이 쓰여 견딜 수가 없는 것입니다.

이 나라에 대해서도 그렇습니다.

멸망한 이유를 확인해야겠다고 생각했던 것입니다. 이유를 알아내기 위해 대서고라는 장소는 최적이었기 때문에, 일단은 책을 모조리 책장에서 꺼내서, 녹색으로 휘감긴 테이블에 늘어놓고서, 저는 하나하나 읽어나갔습니다.

멸망한 이유를 알면, 어쩌면 그녀를 원래의 시간으로 돌려보낼 단서를 찾을 수 있을지도 모른다고 생각했기 때문입니다.

"네? 저 딱히, 원래 시간으로 돌아가고 싶지는 않은데요."

"…………."

당신, 어차피 한가하잖아요? 한가하면 제가 하는 조사를 도와주지 않겠어요? 저는 그녀의 손을 빌리려 했습니다만, 그녀는 "네? 어째서 그런 일을 해야 하죠?"라며 고개를 갸우뚱거릴 뿐이었습니다.

이상하군요…… 회상 중에는 조금 더 성실한 아이였을 터입니다만…….

"아뇨, 그건 달리 신경 쓰이는 일이 있었기 때문에 그렇게 조사했을 뿐이지, 저 자신은 딱히 그렇게까지 성실한 사람이 아닙니다."

대수롭지 않다는 듯이 고개를 젓는 그녀. 아무래도 이쪽이 진짜 그녀인 모양입니다.

"오히려 어느 쪽인가 하면, 하루 종일 자고 싶은데요."

과연, 아무래도 상당히 게으른 성격인 모양입니다.

게다가 그녀는.

"그런데 마법사님. 부탁이 있는데요."

그렇게 말하며 불쑥 제게 얼굴을 가져다 댔습니다. 푸르고 아름다운 눈동자가 저를 들여다보았습니다.

그리고 한숨이 닿을 정도의 거리에서, 강한 의지를 담은 눈으로 그녀는 저를 향해 말했습니다.

"마법, 가르쳐주실래요?"라고.

"네? 싫습니다." 즉답했습니다.

보시는 바와 같이 저는 현재 조사를 하느라 바쁩니다.

"안 돼요. 가르쳐주세요." 안 된다니, 무슨 말입니까?

어차피 한가하잖아요? 어차피 한가하잖아요? 한가하면 저에게 마법을 가르쳐줘도 괜찮잖아요? 하고 그녀는 살짝 뾰로통해지며 말했습니다.

"…………."

역시 저와 그녀는 비슷한 점이 있는 모양입니다.

저는 결국, "가르쳐주세요" "싫습니다" "가르쳐달라니까요" "싫다고 말했잖습니까" "가르쳐주지 않으면 당신이 저를 유괴했다고 퍼뜨리고 다닐 거예요" "……아니여기아무도없거든요" "아무튼 가르쳐주세요" "…………" 그러한 별 볼 일 없는 대화를 거친 후.

"……제가 조사하는 걸 도와준다면, 좋아요. 답례로 마법을 가르쳐줄게요."

꺾였습니다.

그녀가 과거에서 왔다는 사실에 관해서도, 여기가 멸망한 이유에 관해서도, 솔직히 말해 모르는 것들뿐입니다만, 그러나 그녀가 과거로 돌아갈 가능성을 생각할 경우, 아마도 여기서 마법을 가르쳐주는 것은 의미 없는 일이 되지는 않을 테지요.

저는 그녀에게 손을 내밀었습니다.

"그러고 보니 이름을 아직 밝히지 않았네요——."

뭐, 그녀가 마법을 쓸 수 있는 인간일지 어떨지는 모르지만 말이죠.

마법을 쓸 수 없다고 한다면, 얌전히 제 조사를 돕게 하도록 하지요. 그녀가 여기에 온 이유도, 과거로 돌아갈 방법도, 가능하면 그때까지는 발견할 수 있었으면 합니다.

"저는 재의 마녀 일레이나. 여행자입니다."

"……고맙습니다."

제가 뻗은 그 손을 그녀는 살포시 잡고, 조금 부끄러운 듯이 웃었습니다.

그리고.

"제 이름은——."

그녀는, 제게 말했습니다.

마법을 쓸 수 있는 인간인지, 어째서 과거에서 오게 되었는지, 저와 그녀는 닮았다든지, 그런 것이 사소한 문제로 여겨질 정도로, 믿을 수 없는 이름을 그녀는 말했습니다.

어깨에 닿을 정도의 검은 머리카락에, 푸르고 아름다운 눈동자의 그녀는, 말했습니다.

말하길.

"프랑입니다."

그저, 프랑입니다. 라고. 그녀는, 그렇게 웃었습니다.

○

이 시점에서 판명된 것은 몇 가지 있었습니다. 제 스승으로서 여러 가지를 가르쳐준 게으른 마녀인 별무리의 마녀 프랑은 실은 과거에 저와 만난 적이 있고, 아무래도 그녀는 그 사실을 지금까지 줄곧 제게 비밀로 했다는 것과 그리고 눈앞의 그녀가 아무래도 언젠가 과거로 돌아가지 않으면 안 된다는 것으로, 아니, 그 이전에, 그나저나 보면 볼수록 분명히 눈앞의 그녀는 제 스승님인 프랑 선생님 그 자체로 옛날에는 이런 얼굴을 하고 있었군요 옛날부터 변함없이 미인이었군요 헤에에에 하고 저는 생각할 뿐 요컨대 저는 이 시점에서 상당히 심각하게 혼란을 느끼고 있어서 이제 뭐가 뭔지.

"일레이나 씨. 저기, 슬슬 손을 놓아주셨으면 하는데요……. 그리고 그렇게 빤히 보시면, 그, 조금……."

조금 부끄러운 듯 꼬물꼬물하는 프랑 씨. 보면 볼수록 그녀는 그녀였고.

"…………."

요컨대 그녀에게 일레이나 씨라고 불리면 묘하게 근질거린다고 할까, 뭐라고 할까, 무척 복잡한 감정이 제 가슴속에서 솟아올랐습니다.

"……어흠!"

저는 시끄러운 사고를 떨쳐냈습니다. 손을 놓아주며 저는 말했습니다.

"알겠나요? 지금부터 저는 당신의 스승이 되는 것이니, 앞으로는 저를 선생님이라고 부르도록 하세요."

"알았습니다. 선생님."

순순히 고개를 끄덕이는 프랑 씨.

"…………."

프랑 선생님이 저를 선생님이라고 부르고 있습니다…….

"선생님, 왜 그러시나요? 상당히 복잡한 표정을 하고 계신데요?"

"타고난 겁니다."

"아, 네…… 상당히 복잡한 내력이로군요…….."

그 부분은 제쳐두고.

"일단 앞으로의 일정을 정하죠. 조사와 마법 공부를 양립해야 하니, 나름대로 바빠질 겁니다——."

마법을 가르쳐주는 동시에 조사를 하기란 어려울 테고, 애초에 귀찮습니다.

여기는 시간을 둘로 확실히 나누어 쓰는 편이 적절하겠죠.

"일단 아침부터 점심까지 조사. 점심부터 저녁까지는 계속해서 마법 공부, 라는 건 어떨까요?"

"……그렇게 되면 저는 마법 공부만 하게 되는데, 괜찮은가요?"

"잠깐만요어째서늦잠자는걸전제로생각하는겁니까? 장난하자는 겁니까?"

"일찍 일어나는 걸 잘 못 해서……."

"압니다."

"? 저, 일찍 잘 못 일어난다고, 선생님께 말했던가요?"

"…………."

말하지 않아도 미래의 당신이 그러니 당연히 어릴 때부터 그랬을 거라고 생각했습니다, 라고는 말하기 어려웠습니다.

"……아뇨, 왠지 모르게 그럴 거라고 생각했을 뿐입니다…….
일단 제가 일어난 시점에서 당신을 두들겨 깨울 셈이니 그렇게 알고 있으세요."

수행 시절부터 제가 프랑 선생님을 깨우는 것이 일과였으니까요.

그 정도는 고생도 아닙니다.

"그럼, 지금은 이미 오후니까, 이제부터 마법을 가르쳐준다, 라는 인식이면 괜찮을까요?"

고개를 갸웃거리는 프랑 씨.

"네. 그럴 셈입니다."

저도 고개를 끄덕였습니다.

"알겠습니까? 저는 마법을 가르친다고 하면 확실하게 가르칠 겁니다."

"잘 부탁드립니다."

"어떤 분과 달리 저는 성실하게 가르칠 거니까요. 각오해주세요."

거듭 다짐해두는 저였습니다.

"……누구를 두고 말씀하시는 건가요?"

"……제 스승님 이야기입니다."

"선생님의 선생님은 제대로 마법을 가르쳐주지 않았나요?"

"네…… 뭐……."

"과연. 그건 쓰레기로군요."

"…………."

흐음흐음 하고 연달아 고개를 끄덕이는 프랑 씨와 침묵하는 저의 모습이 그곳에는 있었습니다.

"선생님의 선생님은 쓰레기 같은 녀석이었던 거로군요."

"…………."

당신 지금, 미래의 자신에게 침을 뱉고 있습니다, 라고는 입이 찢어져도 말할 수 없었습니다.

저와 그녀의 불가사의한 일상은 그렇게 막을 올렸습니다.

미래에서 제 스승님을 할 정도였으니, 역시 당연하게도 그녀에게는 마법의 재능이 어느 정도── 아니, 상상 이상으로 갖춰져 있었습니다.

"우선은 마법 조작 훈련을 하죠. 여기 병에 담긴 물이 있죠? 손을 대지 않고 이 병에서 물을 빼내 주세요."

"이런 느낌일까요?"

"…………."

제게 빌린 지팡이로 간단히 병에서 물을 빼낸 프랑 씨. 공중에 물이 둥실둥실 떠 있었습니다.

처음 쥔 지팡이로 간단히 마법을 다루다니, 대체 어떻게 된 것인지……? 하고 생각했습니다만, 왠지 분했던지라 잠자코 있었습니다.

"……그럼 다음은 그 물을 깔끔한 구체로."

"이렇게요?"

공중에서 간단히 물을 구체로 만들어 보인 프랑 씨.

"…………."

처음이라고는 전혀 생각할 수 없을 정도로 그녀는 마법에 사랑받는 모양이었습니다. 다소는 고생할 거라고 생각했습니다만…….

"그럼 다음은 바람 마법을 써보죠."

저는 병을 그녀에게서 멀찍이 두고서 말했습니다.

"여기로 바람을 보내서, 이 병을 쓰러뜨려 주세요."

"이런 느낌인가요?"

"…………."

채앵! 하고 병이 날아갔습니다.

"……당신, 마법을 다뤄본 경험이 있는 건가요?"

"……? 아뇨, 없는데요……."

아무래도 타고난 천재인 모양입니다. 호오호오. 과연. 제가 노력해온 날들이 바보 같을 만큼 재능을 갖고 있는 모양입니다.

"저기, 선생님. 혹시 저는 좀 마법에 재능이 있는 게……."

어느 정도 지팡이를 다뤄본 그녀는 흐음흐음 하고 생각에 잠기며 그렇게 말했습니다.

"네? 무슨 말을 하는 겁니까 이 정도는 보통이에요. 우쭐대지 말아 주세요."

그녀가 세상 물정을 모르는 것을 기회로 삼아 말도 안 되는 말을 주입하는 나쁜 마녀가 그곳에는 있었습니다.

실제로 그녀는 조금은커녕 달리 예를 찾기 힘들 정도의 재능을 갖고 있었습니다.

"…………"

하지만 뭐, 이 상태라면 그녀가 과거로 돌아갔을 때 도움이 되도록 마법을 모조리 가르치는 것도 가능하겠군요.

우리는 그날부터 대서고에서 숙박을 하게 되었습니다. 잠을 자려고 해도 이 나라에 있는 대부분의 집은 집 안까지 이끼니 뭐니 하는 것들이 침입해 있어서인지 곰팡내가 나서 도저히 잘 수가 없었습니다.

그런고로 할 수 없이 대서고에서 자기로 했습니다. 주변 민가에서 회수해 온 침대를 마법으로 간단히 수리한 다음, 저와 프랑 씨의 침대를 두 개 나란히 놓았습니다.

"대서고에서 자다니 이것 참…… 좋네요…… 로망이 있어요……."

프랑 씨는 침대 안에서 밤하늘을 바라보며, 아주 조금 기쁜 듯 뺨을 누그러뜨렸습니다.

저는 그녀의 그런 모습을 바라보며 "기뻐해 주니 영광입니다" 하고 답하고, 책상 앞에 앉았습니다.

"선생님은 아직 안 주무시나요?"

"저는 이 나라에 관해 조사해야 할 게 있어서요."

"……대서고에는 제대로 된 게 놓여 있지 않아요. 이 나라의 상식밖에 없어요."

저는 그녀에게 대답했습니다.

"저에게 이 나라의 상식은 상식이 아니랍니다. 먼저 자도록 하세요."

"…………."

그녀가 잠시 둔 침묵에는 고민하는 듯한, 사양하는 듯한, 그런 기척이 담겨 있는 듯 느껴졌습니다. 그러나 분명 그녀도 지쳤을 테지요.

"……그럼 말씀하신 대로 먼저 잘게요."

이윽고 그녀에게서 그 말이 돌아온 후, 잠든 숨소리가 조용히 대서고 안에 울렸습니다.

제가 아는 프랑 선생님은 천성이 게으른 성격이었습니다. 그리고 아무래도 이 시대부터 그 편린을 드러냈는지, 다음 날 아침에 대서고에서 눈을 뜬 제 옆에서는, 포근한 이불 속에서 조용히 잠든 숨소리를 내는 그녀의 모습이 보였습니다.

"일어나세요. 아침입니다."

"5분만 더……."

"안 됩니다. 어서 일어나세요——."

"으응."

꼬물꼬물 이불 속으로 기어드는 프랑 씨.

"…………."

아무래도 일어날 마음이 전혀 없는 모양입니다.

……뭐, 어제는 처음 마법을 다루었고, 게다가 그녀는 과거에서 괴로운 경험을 한 참이니──조금은 늦잠을 자게 해주어도 벌을 받는 일은 없지 않을까요?

그런 식으로 자신에게 변명을 해가며 이불을 퐁 가볍게 두드렸습니다.

"……그럼 오늘은 저 혼자서 탐색을 하죠."

결국 그런 식으로 포기하고 만 저는 분명 그녀에게 무른 것일 테지요.

그녀── 프랑 씨가 들려준 회상 속에서 한 가지 분명하게 알 수 있었던 것이 있다고 한다면, 그것은 이 나라의 대서고를 아무리 조사해본들 아무것도 발견하지 못하리라는 사실이었습니다.

검열이라도 한 것인지, 이 나라에 불리한 정보라고 여겨지는 것은 바깥에 보관되지 않은 모양이었습니다.

그렇다고 한다면── 그렇다면, 대서고 탐색은 뒤로 미루는 편이 좋을 테지요.

그보다는 나라 안을 돌아다녀 보는 편이 훨씬 유의미하다고도 말할 수 있겠습니다.

"그렇다고 해도 애초에 형편 좋게 이 나라가 멸망한 이유가 밝혀지리라고는 생각하지 않지만 말이죠……."

혼자 중얼거리며 저는 거리를 걸었습니다.

이 나라에서 갑자기 나타난 환상은 제가 이 나라를 방문한 어제부터, 시간도 타이밍도 상관없이, 계속되고 있었습니다.

밤에 잠들기 전에도, 대서고 안에서 책을 읽을 때 낯선 타인의 모습이 몇 번이나 나타났습니다.

"자자, 어서 오세요! 쌉니다, 싸요!" "오늘 저녁밥은 뭐가 좋을까……." "죄송합니다. 저 오늘 여기로 이사해 온 사람입니다만, 고아원은 어느 쪽에──."

게다가 지금도 이렇게 폐허를 걷고 있는 것만으로도 환상이 끊임없이 물거품처럼 떠올랐다가 사라지고 있습니다.

이내 저는 이 나라의 문에 다다랐습니다.

어제 지났던 길이기는 했습니다만, 어제는 눈치채지 못했던 것이 딱 하나, 있었습니다── 어린 시절의 프랑 선생님 이야기에 따르면, 이 나라는 밖과의 교역을 그다지 좋아하지 않는 경향이 있는 나라였을 터입니다. 즉, 당연하게도 나라에는 문이 있고, 평소 닫혀 있지 않았다면 이상합니다.

그러나 저는 아무런 불편도 없이, 평범하게 이 나라로 들어올 수 있었습니다.

"…………."

문이 부서져 있었습니다. 아주 커다란 구멍이, 문 한가운데에 뚫려 있었습니다.

"아아, 이게 무슨 일이야…… 우리나라의 문이……."

어디선가 누군가가 말했습니다. 모습을 찾았을 때는 이미 환상은 사라지고 없었습니다만.

즉, 이것은 누군가가 이 나라의 문에 구멍을 냈다──라는 것일 테지요.

그렇다면 대체 누가 이런 짓을 한 것일까요——.

"…………."

저는 그 후로 한동안 문 앞에 멍하니 서 있어보았습니다만, 그러나 이러한 때만큼은, 정작 찾고 있을 때만큼은, 환상이 나타나지 않았습니다.

그렇게 우리 두 사람의 일상은 자아져 나갔습니다.

아침에 일어나 프랑 씨의 몸을 흔들며 "아침입니다" 하고 속삭이고, "5분만 더" 하는 영원히 찾아오는 일 없는 시간을 제시하고, "네네. 그럼 또 혼자서 갈 거예요" 하고 부루퉁해져서 혼자 탐색. 점심 무렵이 되어 프랑 씨가 깨어나서 "그럼, 마법 가르쳐주세요!" 하고 조르면, 저는 몹시 내키지 않는 척을 하며 "그럼 내일은 일찍 일어나주세요"라며 영원히 이루어지지 않을 약속을 하고, 그녀에게 마법을 가르쳤습니다.

과거로 돌아가도 괜찮도록.

아마도, 그것이 지금의 제게 주어진 사명인 기분이 들었습니다.

그녀의 미래에서 제게 마법을 가르쳐주는 어엿한 마법사가 될 수 있도록, 저는 열심히 마법을 가르쳤습니다.

솔직히 말하자면, 저는 나라의 탐색보다도—— 이 나라가 멸망한 이유보다도, 프랑 씨에게 마법을 가르치는 시간 쪽이 훨씬 유의미하다고 느꼈습니다.

아무리 찾아도 발견되지 않는 탐색을 하기보다도, 가르치는 만큼 마법을 익혀주는 그녀에게 충족감을 느꼈던 것인지도 모릅니다.

"…………."

아니, 분명 이유는 그것만이 아닐 테죠.

분명 이것은 길고 긴 은혜 갚기입니다.

제 과거에서 마법을 가르쳐준 그녀는, 그 정도로 제게 커다란 존재였으니까요.

그녀의 과거에서 마법을 가르쳐준 제가, 그 정도의 존재일지 어떨지는 알 수 없지만요.

●

선생님에게 마법을 배우게 된 지 엿새가 지났습니다만, 변함없이 잠들어도 깨도 저는 미래에 있었습니다.

그날은 밤에 잠이 깼는데, 역시 제 모습은 낡은 대서고 안에 있었습니다.

대체 언제가 되어야 돌아갈 수 있을까── 잠들 때마다 제 안에 자리했습니다.

저는 결국, 여전히 과거에서 경험한 괴로운 기억에서 완전히 회복하지 못하고 있었습니다. 겉으로는 태연하게 지냈어도, 역시 싫은 기억은 여전히 치유되지 못하고 있는 것일 테지요. 밤늦게까지 대서고의 책을 읽고 조사를 하는 선생님을 향해 "그럼, 먼저 자겠습니다" 하고 제가 이불 속으로 들어가는 것도 분명 그러한 이유 때문이리라고 생각하고 싶습니다.

제 속마음을 알아챈 것인지, 선생님도 선생님대로 제게 마을 탐색을 강요하거나 하지 않고, 오전 중에는 혼자서 탐색을 하러 갔습니다.

아침에 일어나 선생님의 모습이 보이지 않는 것에 저는 사실 조금 쓸쓸함을 느꼈습니다만, 그런 말을 해버리면 분명 선생님을 더욱 곤란하게 만들 테지요.

여전히 미래의 이 시간에서 눈을 뜬 사실에 기쁨을 느끼는 것 역시, 분명 말해버리면 선생님을 곤란하게 하리라는 것도 잘 알고 있었습니다. 그래서 저는 잠들어서도 깨서도 빈둥빈둥 지낼 뿐이었습니다.

"⋯⋯⋯⋯."

아직 날은 밝지 않았고, 올려다본 하늘에 별이 반짝이고 있었습니다.

불길하고 불길한 꼬리가 달린 별의 모습은 보이지 않았습니다. 그저 밤하늘이 펼쳐져 있을 뿐.

이 하늘은 제가 있던 시대의 몇 년 후의 하늘인 것일까요——.

"——손님, 정말 죄송합니다만, 여기를 지나가실 수는⋯⋯."

제가 생각에 잠겨 있을 때의 일이었습니다. 어디선가 곤란한 듯한, 당혹스러운 듯한 목소리가 울렸습니다.

저는 이불에서 기어 나와 그 모습을 찾았습니다만, 찾을 것도 없이, 이미 오래전에 망했을 터인 이 대서고에 환상이 나타났습니다.

"자자, 그런 말씀 마시고. 이 앞에 뭔가 숨겨둔 거지? 그런 거지?"

기운차게 사서님을 압박하는 마법사님이 한 명.

"아뇨, 그러니까 감추고 있다든가 감추지 않았다든가 하기 이전에 이 안쪽은 외부인 출입 금지거든요…….."

그리고 난처해하면서도 절대 마법사님을 들여보내 주지 않는 사서님이 한 명.

양쪽 모두 눈에 익은 모습이었습니다.

과거에서 제가 대화를 나누었던 적이 있는 두 사람이, 그곳에는 있었습니다.

"…………."

분명, 듣고 보니, 이상한 이야기로, 제가 읽은 이 나라의 자료는 전부 빈 부분이 있거나, 혹은 누구나가 알고 있는 상식밖에 쓰여 있지 않았던 것입니다. 불리한 내용을 자의적으로 배제한 것은 명백했고, 즉, 이 나라에 있어 불리한 내용은 버리거나, 혹은 어딘가에 감춰두지 않았다고 한다면 말이 되지 않았습니다.

"이 나라에 있어 불리한 내용이 대서고에는 전혀 놓여 있지 않았어. 뒤에 있는 거지?"

그렇다면 대서고 안쪽에 감춰져 있으리라고, 마법사님은 판단한 것일 테지요. 마법사님은 한층 더 바싹 다가섰습니다.

"그런 건 없다고 생각합니다만……."

그러나 사서님은 곤혹스러운 모습으로 그렇게 대답할 뿐이었습니다. 무언가 곤란한 걸 감추고 있다기보다, 그 말투는 정말로 아무것도 모르는 듯이 보였습니다.

몹시 난처해하는 사서님을 빤히 노려보듯 눈을 가늘게 뜨던 마법사님은 결국 "……뭐, 됐어. 또 올게"라고만 말하고 발길을 돌렸습니다.

지난 과거였다면 대서고 안쪽은 사서님이 가로막고 있어 제대로 조사할 수 없었을 테지요.

"…………."

그러나 지금이라면 빈집이나 다름없습니다. 조사 같은 건 식은 죽 먹기입니다.

선생님에게 이 사실을 급히 알리려 했습니다만, 그러나 돌아보니 선생님은 여전히 기분 좋게 잠들어 있을 뿐, 깨어날 낌새는 전혀 없었습니다.

깨워야 할까요? 깨워버릴까요? 제가 언제 과거로 돌아갈지 모르는 지금, 이 사실은 서둘러 전해야 하지 않을까요?

저는 이리저리 생각한 끝에, 결국, 선생님의 어깨를 흔들며 "선생님, 선생님" 하고 잠들어 있는 그녀를 불렀습니다.

그러나.

"……으응."

선생님은 약한 숨을 내쉰 다음, "……5분만 더" 같은, 무슨 소리인지 알 수 없는 말을 했습니다.

일어나지 않았습니다. 전혀 일어나지 않았습니다.

어떻게 된 것일까요? 이렇게 되면 때려서라도 깨워야 할까요?

"선생님——."

제가 다시 그녀의 어깨를 흔들 때였습니다.

툭, 하고 그녀의 옷에서 한 권의 책이 떨어졌습니다. 선생님의 개인 소지품인 것일까요? 예쁜 정장의 책을 주워 들고 호기심에 이끌려 팔랑팔랑 넘겨보니, 예쁜 손글씨로 쓰인 글자가 가득 채워져 있었습니다.

"…………."

그것은 일기였습니다. 이미 몇 권이나 쓴 모양인지, 아쉽게도 여행을 시작한 무렵의 기술은 없었습니다. 하지만 최근의 일들이 적혀 있었습니다.

거리에서 빵을 샀더니 맛있었다, 같은 별것 아닌 일상부터, 혹은 누군가와의 만남과 이별 이야기가 그곳에는 있었습니다.

그것은 불사신 마법사님과 만난 이야기이거나, 혹은 어떤 나라에서 친구와 만난 이야기이기도 했습니다. 또는 노예를 해방시키고 다닌 모험가의 이야기가 그녀의 일기에는, 있었습니다.

제가 애타게 찾던 바깥세상이, 자아져 있었던 것입니다.

최근 며칠간의 이야기도 그곳에는 있었습니다. 즉, 저와 만난 후의 날들을 적은 것입니다만——멋대로 제가 읽어도 될 것은 아니었지만——이미 페이지를 넘기던 손은 멈출 줄을 몰랐고, 저는 마지막까지, 읽어버리고 말았습니다.

그녀의 일기에 쓰여 있길.

××월 ××일

그녀에게 마법을 가르치는 일은 제게 주어진 사명일 테지요. 그

런 느낌이 듭니다.

가능하다면 제가 아는 지식을 전부 그녀에게 주입하고 싶은 바이지만, 애석하게도 우리에게 시간이 얼마나 남아 있는지를 알 수 없습니다. 여유로운 시간을 보내는 것은 나중으로 미루고, 당장 그녀에게 마법을 가르치는 것을 최우선으로 생각하기로 하겠습니다.

이 나라에 관한 것은 언제든 조사할 수 있지만, 지금의 그녀와 함께할 수 있는 시간은, 그리 길지 않을 테니까요.

참고로 나라 탐색은 전혀 진척이 없습니다.

××월 ××일

오늘도 그녀는 아무리 시간이 지나도 일어나지 않았습니다. 잠꾸러기를 고치는 마법 같은 건 없을까요?

역시 그녀는 마법에 관해서는 다시 보기 힘들 정도의 재능을 갖고 있습니다. 아마도 잠재능력은 저보다 훨씬 뛰어날 테지요. 제가 가르친 마법을 너무나도 간단하게 다루고 마는 그녀에게는 일말의 질투심도 솟구쳤고, 동시에 "어머나 혹시 나는 마법을 가르치는 데 재능이 있는 거 아냐?" 하고 재인식할 정도이기까지 했습니다.

나라의 탐색에 관해서는, 이 나라에서 볼 수 있는 환상에는 일반적인 법칙성이 없다는 것이 이틀 지난 지금이 되어 명백해졌습니다.

제가 거리에서 발견했던 환상은 시대도 다른 모든 것도 제각각이라, 그저 이 나라가 과거를 떠올리듯 나타났다가 사라질 뿐. 대체 무엇이 이 나라에 환각을 보여주고 있는 것일까요?

××월 ××일

사흘째가 된 오늘에서야 지금까지 조금 어두웠던 그녀의 표정에 밝은 빛이 엿보이게 되었습니다. 언제까지고 과거에 사로잡혀 있기만 한 것은 아닌가 봅니다. 좋은 일입니다. 변함없이 마법 재능이 너무나도 뛰어나서 조금 화가 납니다만, 아침에 너무 약해서 짜증이 납니다만, 뭐 그건 일단 제쳐두고, 사흘이나 마법을 가르쳐주었으니 과거로 돌아가 평범한 인간을 상대하게 된다며 최소한 싸울 수 있을 수준은 되었을 테지요.

그렇다고는 해도, 이런 건 그녀 앞에서는 절대로 말하지 않을 테지만요.

마을 탐색은 변함없이 진전 없음.

그녀가 과거로 돌아갈 방법 등도 여전히 알지 못하는 상태입니다.

××월 ××일

나흘째가 되었습니다.

변함없이 그녀와 저의 하루하루는 이어지고 있습니다.

아직 더 이어지기를 기도하며, 오늘 일기를 마무리하려고 합니다.

오늘은 거리 탐색을 쉬었습니다.

××월 ××일

닷새째가 되었습니다.
오늘도 아침에 눈을 떠보니 그녀의 모습이 있었습니다. 아직 과거로는 돌아가지 못한 모양입니다.
밤이 되어, 마을 탐색을 하지 않았다는 사실을 떠올렸습니다.

××월 ××일

엿새째가 되었습니다만, 그녀는 아직 대서고에 있습니다.
내일도 같은 날이 올까요?
마음 한편으로, 저는 내일도 같은 날이 오기를 바라고 있습니다.

"…………."
선생님은 거짓말쟁이입니다.
밤늦게까지 잠도 안 자고 조사를 하고 있다고 말했지만, 전혀 그렇지 않았습니다.
책상 위에 엎드려 잠든 그녀의 옆에는 마법 자료가 산처럼 쌓여 있었습니다. 잠자는 시간도 아까워하며 공부하고 계신 것일 테지요. 저에게 가능한 한 많은 마법을 가르쳐주려 하고 있는 것일 테지요. 은혜를 베푼다는 투의 말을 하고 싶지 않은 것인지, 결국 그녀는 그렇게 거짓말을 하면서, 제가 제대로 마법을 다룰 수 있게 해주고 있었던 것입니다.

"……고맙습니다. 선생님."

저는 그녀의 머리카락을 만지며 그렇게 말했습니다.

어쩌면 잠든 사이에만 이러한 말을 하는 저도, 그녀와 닮은 것인지도 모릅니다.

신기하게도 나쁘지 않은 기분이었습니다.

○

다음 날은 드물게도 프랑 씨 쪽이 먼저 일어나 있었습니다.

그녀의 그 기묘한 행동에는, 어라? 뭔가요? 천재지변의 전조입니까? 같은 생각을 했을 정도였고.

"어라? 뭔가요? 천재지변의 전조입니까?"

심지어 말로도 했습니다. 그만큼 그녀가 일찍 일어나는 일은 드물었던 것입니다.

"후후후…… 선생님. 저는 선생님에게 어리광만 부리는 제가 아니랍니다……."

대담하게 웃는 그녀. 그나저나 어리광을 받아준 기억 같은 건 없습니다만?

"오늘은 선생님에 대한 감사의 마음을 담아서, 저, 조금, 힘내봤어요."

의아하게 여기는 제게 그녀는 싱긋 웃어 보이고 "이거 드세요" 하고, 테이블에 하나, 무언가 새카만 걸 올려두었습니다.

접시 위에 담긴 새카만 무언가는 풀풀 탁한 색의 연기를 피워

올리고 있었습니다. 제대로 직시할 수 없는 수수께끼의 물체가 그곳에는 있었습니다.

"······저기, 이건 뭔가요?"

제가 테이블에서 그녀에게로 시선을 돌리자, 그녀는 생긋 웃으며 답했습니다.

"요리를 만들어봤어요."

"············."

네? 괴롭히는 건가요?

"소재의 맛을 살려봤어요."

에헴, 하고 자랑하듯 가슴을 펴는 프랑 씨. 소재를 그대로 쓰레기통에 던져넣는 편이 맛이 더 나으리라고 생각했습니다.

"대체 어떻게 요리를 하면 이런 게······."

"에헤헤······."

아, 지금 칭찬한 거 아닌데요······.

저는 명백하고 분명하게 얼굴을 찡그려 보였습니다만, 그녀에게는 아무래도 제 기분이 전혀 전해지지 않은 모양인지 "진심을 담아서 만들었어요······"라며 어쩐지 기쁜 듯이 이야기할 뿐이었습니다. 진심이란 이렇게 새카맸던 겁니까······ 처음 알았습니다······.

"자, 드셔보세요."

그리고 그녀는 재촉하듯이 접시를 제 앞으로 쭉 밀어놓았습니다.

"오늘은 아침부터 나라 탐색을 저도 도울 예정이니까, 얼른 식사하세요."

"⋯⋯⋯⋯."

그것참, 매우 기특한 마음가짐입니다만.

"무슨 일이 있었나요? 오늘은 묘하게 일찍 일어났네요?"

"저도 성장한답니다. 선생님."

"아아, 성장인가요."

저는 눈앞에 놓여 있는 접시를 보았습니다.

⋯⋯⋯⋯.

요리 실력은⋯⋯ 미래에 이를 때까지 성장하지 않은 거군
요⋯⋯.

"선생님, 왜 그러시나요? 표정이 상당히 어두운 것 같은데
요⋯⋯."

"⋯⋯아뇨, 딱히⋯⋯."

"아무튼 얼른 드세요. 시간이 없어요. 저, 어젯밤에 깼는데요.
이 마을에 일어난 이번의 단서를 잡은 느낌이 들거든요."

"? 무슨 말이죠?"

제가 고개를 갸웃거리자 그녀는 어젯밤에 보았다고 하는 환상
에 관해 막힘없이 이야기했습니다.

그것은 이 나라에 우연히 찾아온 마법사가 대서고 안쪽에 들어
가게 해달라며 사서를 압박하던 평범한 한 장면이었습니다
만── 그러나, 그렇군요. 대서고 안의 눈에 띄는 범위에는 당연
하게도 검열된 책들만 놓여 있었습니다만, 안쪽에라면 뭔가가 감
춰져 있을지도 모른다, 라는 것일 테지요.

하지만.

"혹시 당신이 본 마법사님은, 하얀빛이 도는 잿빛 머리카락에 검은 로브와 삼각 모자를 걸친 마녀님을 말하는 건가요?"

"……!"

그녀는 눈을 크게 뜨며 놀랐습니다.

"여, 역시 마법사님은 다른 사람의 머릿속을 들여다볼 수 있는 건가요……?"

"……아뇨."

저는 고개를 젓고 대답했습니다.

"애초에 보이고 있거든요."

제가 가리킨 대서고 안쪽. 혼자서 "후후후…… 불법 침입 성공……"이라며 수상쩍은 미소를 짓고 있는 마법사가 한 명 있었습니다.

"…………하아아아아아아."

매우 커다란 한숨이 어디선가 들려왔습니다.

"아아…… 그랬군요…….."

누군가 했더니 그녀였습니다.

아무래도 낙담시킨 모양입니다.

그나저나.

"환상이 지금 나왔다는 건, 서두르는 편이 좋을지도 모르겠네요──."

언제 사라져 없어질지 모르니까요.

"앗, 하지만, 식사가……."

"그건 나중에 저 혼자서 몰래 먹겠습니다. 소중하고 소중한 첫 제자가 만들어준 요리니까 말이죠. 소중하게 먹고 싶어요."

저는 짐을 정리하면서 조금 빠르게 그녀에게 말했습니다.

"선생님……."

프랑 씨는 매우 기뻐 보였습니다.

"그럼, 가죠."

환상이 나온 것을 기회로 삼아 그녀가 만들어낸 수수께끼의 검은 물질은 내버려 두고, 우리는 예의 하얀 머리카락의 마녀를 뒤쫓았습니다.

"그나저나 저 사람, 선생님과 닮지 않았나요?"

"안 닮았습니다."

"아니, 하지만."

"안 닮았습니다."

○

대체 어떻게 하얀 머리카락의 마녀가 대서고 안쪽까지 침입했는가, 하는 의문에 관해서는 그녀의 환상이 스스로 그 답을 보여 주었습니다.

"후후후……."

대담한 미소를 지으며 대서고 안쪽에서 자신에게 마법을 거는 그녀.

직후에 그 모습은 자그마한 쥐가 되었습니다.

과연, 쥐 모습이 되면 잠입도 쉬우리라 생각한 것일 테지요. 실제로 쥐 모습이 된 그녀를 눈치챈 사람은 없었던 모양인지, 대서고 안쪽을 종횡무진 뛰어다니는 자그마한 쥐가 그곳에는 있었습니다. 미래에서 보면 일목요연할 정도로 빤히 보였습니다만.

"찍찍."

흐음흐음, 그렇군요. 아무래도 이것저것 감추고 있는 모양이네——라고 말하고 싶은 듯이 쥐는 대서고 안쪽으로 안쪽으로 나아갔습니다.

"찍찍."

어라? 이 문은 뭐지? ……척 보기에도 수상한걸——이라고 말하고 싶은 듯이 쥐는, 그리고 인간의 모습으로 돌아왔습니다.

"……수상해."

마녀는 문으로 손을 뻗었습니다만, 굳게 닫혀 있는지 열리지 않았습니다. 문의 손잡이 부분에는 커다란 자물쇠가 달려 있었습니다. 밀어도 당겨도 열리지 않았습니다.

하지만 자물쇠 따위는 마녀 앞에서 아무런 의미도 없습니다.

"으라차."

아무렇지 않게 자물쇠를 마법으로 때려 부수고, 그녀는 문을 열었습니다.

환상은 거기서 끝났습니다.

"…………."

"…………."

그 자리에 남겨진 우리 앞에는 활짝 열린 문이 있을 뿐이었습니다.

마녀가 찾아왔던 22년 전부터, 줄곧 이곳은 열린 채로 있었던 것일까요? 우리는 특별히 주저하지도 않고 그 안으로 들어갔습니다.

하지만.

"……아무것도 없네요."

프랑 씨는 안을 둘러보며 고개를 저었습니다.

"……없네요."

저는 수긍했습니다.

텅 비어 있었습니다.

커다란 방에는 책장이 늘어서 있을 뿐, 그 안에는 책이 단 한 권도 꽂혀 있지 않았던 것입니다.

저는 완전히, 이 안에 나라의 비밀이 채워져 있으리라고 생각했습니다만──.

허탕일까요?

"과연."

멍하니 선 우리의 옆에서, 누군가의 목소리가 울렸습니다.

조금 전의 마법사님의 것이었습니다. 환상은 아무래도 계속되고 있던 모양입니다.

"……이 나라는 상당한 양의 책을 감춰뒀군."

그리고 아무래도, 우리가 보고 있는 것과 그녀가 보고 있는 광경은 다른 듯했습니다.

그녀가 책장으로 손을 뻗자 그 손에는 한 권의 책이 들려 있었습니다.

미래에 있는 우리의 시선 같은 건 개의치 않고, 마녀님은 책장에 등을 기대고서 그대로 독서를 시작했습니다.

"…………."

"…………."

우리는 서로를 마주 보았습니다.

지금 여기에 아무것도 없다고 한다면, 우리가 이 나라의 과거를 알 방법은 단 하나밖에 없었습니다. 우리는 아무런 말도 없이, 서로, 마녀님의 양옆으로 냉큼 다가가 섰습니다.

엿봤습니다.

"그나저나 이 사람, 선생님과 닮았다고 생——."

"안 닮았습니다."

휙휙, 천천히 페이지를 넘기는 마녀님의 손가를 저희는 가만히 바라보았습니다.

그녀의 손안에서는, 이 나라의 역사가 흘러가고 있었습니다.

이 나라의 역사는 길었습니다. 천년 정도 전에 하늘에서 이 숲으로 돌이 떨어진 데서 유래되었다고 합니다. 하늘에서 떨어진 돌에 의해 숲의 일부가 파였고, 지면이 드러났습니다.

이 숲에 살던 사람들은 갑자기 나타난 이 돌을 신의 뜻이라 여기며, 그 주변에 집을 짓게 되었습니다.

어느샌가 그 민가의 집단은 깊은 숲속의 비엘라라고 불리게 되었습니다.

이 나라에 사는 사람들은 22년마다, 기묘한 것을 하늘에서 보았다고 합니다.

당시의 기술에는 이렇게 쓰여 있었습니다.

『22년에 한 번, 밤하늘에 낯선 별이 하나 늘어났다.』

혜성이었습니다.

옛날 사람들에게는, 혜성에 관한 지식이 없었던 것입니다——초창기의 이 나라 사람들은, 하늘에 나타난 별을 무척이나 불길하다고 생각한 모양입니다.

어째서 나타났는지도, 어째서 22년에 한 번밖에 나타나지 않는지도, 사람들은 이해할 수 없었습니다.

이 나라는 무언가 신기한 일이 많은 나라였던 모양입니다.

그것은 예를 들면 주민이 갑자기 사라져 없어지거나, 혹은 갑자기 사람의 몸에 불이 붙거나, 본 적도 없는 꽃이 피거나, 본 적도 없는 생물이 나타나거나.

당시 깊은 숲속의 비엘라에 살던 사람들은 이 기이한 현상이 무슨 이유로 일어나는지 몰랐다고 합니다. 다만, 분명 신이 노한 것이라고, 그렇게 생각했다고 합니다.

그런 연유로 당시의 사람들은 신의 분노를 달래기 위해 봄이 되면 밤마다 기도를 올리게 되었습니다. 그래도 일정 간격을 두고서 기이한 현상은 계속해서 일어났습니다.

마을 사람들은 분명 산 제물을 바치면 괜찮을 거라고 생각했습니다. 신은 산 제물을 원하고 있다고, 그렇게 생각한 것일 테지요. 그래서 마을 사람들은 마을 중앙에 사당을 만들고, 혜성이 나타날 무렵에 산 제물을 바치게 되었습니다.

산 제물로 선택된 것은 언제나 어리고 순결한 소녀였습니다. 소녀를 하얀 꽃으로 만들어진 약으로 잠재우고 사당에 가두어 산 제물로 바쳤던 것입니다.

당시는 그렇게 화를 면했던 것입니다. 산 제물을 바치게 된 후로는 기묘한 일은 일어나지 않게 되었습니다.

대신에, 산 제물이 된 소녀는 언제나 죽고 말았습니다.

처음에는 그저 신의 분노를 달래기 위한 풍습일 뿐이었습니다.

산 제물을 바치는 풍습이 이상해지기 시작한 것은 이 마을이 번영을 이루었을 때부터였습니다.

이 마을이 생겼던 당시의 일을 모르는 사람 일부가, "이런 풍습은 이상하다"라고 목소리를 높이게 되었던 것입니다.

이 나라가 생긴 당시를 모르는 젊은이들로서는, 사람의 목숨을 헛되이 할 뿐인 행사로 여겨졌을 테지요.

당시를 모르면, 그러한 의문을 갖는 것은 당연했습니다.

그러나 마을의 어른들은 의문을 가진 목소리에 대해 침묵을 강요했습니다. 마을의 풍습은 옳았고, 22년에 한 번 산 제물을 바치지 않으면 피해는 더욱 커지리라 생각했던 것입니다.

이래서는 마을의 관례에 의문을 가진 아이들은 끊이지 않을 것입니다.

이윽고 마을 어른들은 강경책을 쓰기로 했습니다.

"산 제물을 매년 올리면 돼. 의문을 가진 목소리가 나오면, 그자를 다음 해 봄에 산 제물로서 사당에 가두고, 입을 다물게 하면 되는 거야."

이 나라에서 풍습과 관례에 의문을 가진 목소리가 나오면, 그것은 이상한 일이라고 여겨지게 한 것입니다. 마을 사람들은 불리한 자료를 전부 대서고 안쪽에 숨겨두고, 그래도 마을의 관례에 의문을 가진 자는 사당 속에서 죽였습니다.

그렇게 시간이 흘러갔습니다. 관례와 풍습만이 남아, 시대는 흘러갔습니다. 이윽고, 이 나라의 풍습이 생긴 이유를 아는 자는 아무도 없게 되었습니다.

불리한 의문을 가진 자를 죽이는 끔찍한 풍습만이 면면히 이어졌고, 사람들의 삶은 계속되어 갔습니다.

그래도, 풍습에 의문을 가진 사람은, 많지 않았습니다.

의문을 가지면 살해당하기 때문입니다.

밤하늘에 뜬 혜성은 변함없이 22년에 한 번, 계속해서 나타났습니다.

"……과연."

탁, 하고 자료를 덮은 마녀님은 그대로 팔짱을 끼고 생각에 잠긴 듯한 모습을 보이더니 사라졌습니다.

환상은 끝났고, 멸망한 나라에 저와 프랑 씨만이 남았습니다.

"…………."

"…………."

우리는 서로 입을 다물고 있었습니다.

즉, 프랑 씨는 22년 전에 이 나라의 풍습에 휘말려 산 제물로 선택되었고, 사당에 갇혀 죽을 운명이었던 것일 테지요.

그러나 지금, 여기에 있는 것은―― 분명 22년에 한 번 나타나는 기묘한 현상에, 그녀가 말려들었기 때문.

인체가 갑자기 불타거나, 혹은 갑자기 하얀 꽃이 피어나거나, 묘한 생물이 나타나거나, 그러한 돌연변이를 일으키는 일에 그녀가 말려들었기 때문일 테지요.

"선생님, 혜성이 나타나는 건, 언젠지 아시나요?"

만약 프랑 씨가 과거로 돌아간다고 한다면, 그것은, 혜성이 다시 이 밤하늘에 나타나는 순간뿐이리라고, 그녀는 생각한 것일 테지요.

저도 같은 생각을 했습니다.

"이제 곧 작별인가 보네요――."

먼 옛날과 달리, 지금은 혜성이 나타나는 타이밍도 대략 파악을 하고 있습니다. 명확한 날짜도, 예측하고 있습니다.

그렇기에 이웃 나라는 이 시기에 끓어오르는 것입니다.

"오늘 밤입니다."

저는 말했습니다.

"오늘 밤, 혜성은 밤하늘에 나타납니다."

우리의 작별은, 바로 앞까지 찾아왔습니다.

○

우리는 그 후로 해가 질 때까지, 줄곧 마법 훈련을 했습니다.

시간이 허락하는 한, 저는 제가 아는 마법을 전부 가르쳤습니다.

아니, 그렇다기보다는 과거 수행 시절에 프랑 선생님에게 배웠던 마법을 전부 그녀에게 쏟아부었을 뿐이지만요.

"선생님은 정말로 여러 가지 마법을 아시네요."

그녀는 수행 중에 그런 식으로 말했습니다.

"마녀님이 되면 그 정도는 할 수 있는 게 보통인가요?"

글쎄요. 그건 어떨까요?

"마녀에도 여러 가지가 있으니까, 저보다도 마법을 못 쓰는 사람도 당연히 있을 테죠."

"······혹시 지금 살짝 자랑하신 건가요?"

"아뇨, 아뇨. 그럴 리가요."

저는 빈틈없이 겸손을 떨었습니다.

"제가 이렇게 마법을 많이 쓸 수 있는 건, 제 스승님이 훌륭했기 때문이랍니다."

"선생님의 선생님은 어떤 사람이었나요?"

"그러네요······."

잠시 머뭇거린 후에 저는 대답했습니다.

"저보다도 훨씬 얼이 빠져 있고, 수행을 땡땡이치고서는 나비를 쫓아다니고, 낮에는 기본적으로 자고 있는 사람이에요. 수행을 막 시작했을 무렵에는 제대로 마법을 가르쳐주지 않았죠."

"그렇군요."

"그리고 요리를 어마어마하게 못 했어요."

"그건 쓰레기네요."

"…………."

"선생님의 선생님은 역시 몇 번을 들어도 쓰레기 같은 사람이네요."

"네, 뭐……."

부정은 할 수 없습니다. 하지만.

"그래도, 멋진 선생님이었어요."

이것만은 틀림없이 단언할 수 있습니다.

"분명 그 사람이 없었다면 지금의 저는 없을 거예요——."

그렇게, 해가 저물 때까지 우리의 수행은 계속되었습니다.

"이제 당신에게 가르칠 건 아무것도 없습니다——라고는 말하지 않겠어요. 고작 며칠로는 가르칠 수 있는 마법에 한계가 있으니까요."

해가 저물기 시작했을 땐 저도 그녀도 지팡이를 들고 있지 않았습니다. 서로, 누구 할 것 없이, 더는 마법 수행을 할 마음이 들지 않았던 것인지도 모릅니다.

마지막 정도는 느긋하게 보내고 싶었습니다.

대서고에서 석양을 바라보며, 우리는 나란히 자리에 앉아 있었습니다.

"과거로 돌아가면 뭘 할 거죠?"

제가 고개를 갸우뚱하자, 그녀는 "으음" 하고 신음했습니다.

"일단 이 나라를 떠날 거예요. 그다지 좋은 추억은 없고, 그리고——."

여행자라는 존재를, 동경하니까요.

그녀는 가볍게 그런 식으로 말했습니다.

"상당히 기쁜 말을 해주네요."

"선생님을 일단 기쁘게 해두면 작별 선물로 뭔가 줄 거라고 생각했거든요."

"상당히 뻔뻔한 말을 하는군요……."

한숨을 내쉬며 저는 지팡이를 손에 들었습니다. 그 직후에, "에 잇" 지팡이를 휘둘러 마법을 하나.

그러자 허공에 삼각 모자가 떠올랐습니다. 새까만 삼각 모자는, 제가 평소 쓰고 있는 것과 비슷하면서도 조금 다른 디자인이었습니다.

단적으로 말하자면 이게 바로 작별 선물이었습니다.

"당신에게 잘 어울릴 거라고 생각해서, 만들어뒀어요."

푹, 저는 그녀의 머리에 모자를 씌우며 말했습니다.

"과거로 돌아가도 이걸 쓰고 열심히 해주세요."

"…………."

사실은 제가 무언가를 주리라고는 생각하지 않았던 것일까요? 그녀는 조금 놀란 듯, 부끄러운 듯, 미묘하게 머뭇머뭇하는 분위기를 자아내면서 "고, 고맙, 습니다……"라며 삼각 모자의 감촉을 확인하듯이 손으로 잡았습니다.

"선생님."

이윽고 그녀는, 멀리, 어두워져 가는 하늘을 멍하니 바라보며 말했습니다.

"제가 어른이 되면, 또, 만나러 갈게요."

그래서 저는, 담담하게 대답했습니다.

"언젠가 또 만나요. 그때까지, 안녕."

언젠가 선생님에게 들었던 말을, 그대로, 돌려주었습니다.

그리고 그녀의 모습은, 미소를 남진 채로 사라졌습니다.

●

과거로 돌아온 저를 맞이해준 것은 언제나와 같은 나라의 모습
이었습니다.

사람이 있고, 거리는 낡고 허름한 곳 없는, 평소와 같은 제가
아는 거리로 돌아왔습니다.

평소와 유일하게 다른 것은 저를 맞이해준 사람들의 모습일 테
지요.

마을 사람들은 갑자기 사당에서 나온 저를 보고── 죽었을 터
인 저를 목격하고 놀랐습니다.

하지만 적의를 드러내는 일은 없었습니다.

"오오……! 이 무슨 일이……! 살아 있었다니……!" "아아……!
다행이야! 정말 다행이야……!"

마을 사람들은 저를 둘러싸고, 그대로 눈물을 흘리며 기뻐했습
니다.

사당으로 들여보낼 때와는 달리, 대환영입니다.

"……?"

어라? 이건 대체 어찌 된 일인지?

저는 혹시 깊은 숲속의 비엘라가 아닌 다른 나라에라도 와버린 것일까요? 그런 생각을 하며 고개를 갸웃거릴 정도의 사태에 처한 듯한 기분이 들었습니다.

대체 제가 미래에 가 있는 사이에 무슨 일이 있었던 것일까요?

"…………."

그 의문에 대한 답은 하늘에 있었습니다.

팔랑팔랑, 하늘에서 수많은 종이가 흩날리며 쏟아졌습니다. 그 중 하나가 제 손으로 떨어져 내렸습니다.

그것은 이 나라의 감춰진 진실—— 미래에서 저와 선생님이 봤던 자료 중 하나였습니다.

이 나라의 대서고 뒤에 오랫동안 감추어져 있었을 터인 것이, 하늘에서 쏟아져 내리고 있었던 것입니다.

"대체 어떻게……."

의문을 떠올린 직후에, 저는 사정을 깨달았습니다. 미래의 이 나라 대서고 안쪽에는 자료 같은 건 하나도 존재하지 않았고, 그리고 이 시대에 있던 마녀님이 그것을 읽는 데 열중했었습니다.

그것은 즉, 요컨대, 그녀는 이 나라 깊숙이 감추어져 있던 자료를, 제가 없는 사이에 훔쳤던 것일 테지요.

이 나라 사람들에게 보여주었던 것일 테지요.

"눈을 떠, 이 멍청이들아! 이 나라의 역사는, 당신들이 생각하는 것보다도 훨씬 잔인하고 야만스러워."

그녀는 상공에서 목소리를 높이고 있었습니다.

"의문을 가졌을 뿐인 평범한 어린아이를 희생해서, 당신들은 그렇게까지 해서 이 나라를 지키고 싶은 거야? 이런 풍습, 이미 옛날에 썩어버렸다는 걸 어째서 모르는 거야?"

상공의 그녀에게 부추김당한 마을 사람들은 지면에 떨어진 종이를 주워 들고, 혹은 허공에서 낚아채, 오래전에 잊힌 이 나라의 진실을 목격했습니다.

이 나라에서 아주 중요하게 지켜온 풍습 따위에는 아무런 의미도 없다고 말하듯이, 상공에서 마녀는 종이를 찢어서 버렸습니다.

"마녀님――."

중얼, 저는 하늘을 올려다보며 그녀를 보고 있었습니다.

제게 마법을 가르쳐준 선생님과 똑 닮은 그녀를.

"…………"

제가 내뱉은 자그마한 중얼거림이 그녀의 귀에 닿은 것일까요? 그녀는 한순간 저와 눈이 마주쳤고, 그 직후에 조금 놀란 듯한 표정을 지은 다음.

"――다행이야."

살아 있었구나――라고.

기뻐하며 웃었습니다.

그리고 그녀는, 그러나 그 이상은 아무 말도 하지 않고, 빗자루를 빙글 돌려서 제게 등 보이고서 날아가 버렸습니다.

――내일 다시 대서고에 오렴. 그러면 여러 가지를 가르쳐줄게.

그녀가 했던 말을 떠올린 것은 그때였습니다.

그래서 저는.

손에 든 종이를 버리고 그녀의 빗자루를 쫓았습니다.

그렇게, 제 여행이 시작되었습니다.

○

혼자가 되었습니다.

사실은, 아무도 없는 곳에서 혜성을 혼자 멍하니 바라볼 셈이었습니다. 그편이 별하늘이 아름답게 보일 테니까요.

그편이 차분하게 조용히 볼 수 있을 테니까요.

그러나 저는 이 나라에 와서 처음으로 혼자가 되었습니다. 지금까지는 줄곧 옆에 그녀가 있었으니까——라는 이유 때문인지 쓸쓸함이 솟아올랐고, 그녀가 있던 흔적만이 그저 신경 쓰였습니다.

환상도 어느샌가 보이지 않게 되었습니다.

혼자서, 멸망한 나라에 남겨진 저는 쓸쓸히 하늘을 올려다볼 뿐이었습니다.

밤하늘에는 별들이 떠 있었지만, 혜성의 모습은 보이지 않았습니다.

마치 밤하늘에도 버림받은 것처럼, 저는 그저, 그저, 고독했습니다.

"쓸쓸하네요——."

조용히 중얼거린 말은 허공 속으로 사라졌습니다.

그럴 터였습니다.

"그런가요? 제가 있는데?"

그러나, 제 혼잣말에 답하는 목소리가 하나 있었습니다.

저는 깜짝 놀라 뒤를 돌아보았습니다.

"…………."

언제부터 있었던 것일까요? 검고 윤기가 흐르는 머리카락을 길게 기른 마녀가 그곳에 서 있었습니다.

그리운 얼굴이, 그곳에는 있었습니다.

"프랑 선생님……."

그녀의 모습이, 분명 그곳에는 있었습니다.

꿈도 환상도 아닌 그녀가 분명히, 그곳에 있었습니다.

"제가 어른이 되면, 또, 만나러 갈게요——라고 말하지 않았던 가요? 일레이나."

옆에 앉아도 될까요? 라고, 그녀는 말하자마자 그대로 제 옆에 앉았습니다. 아직 앉아도 된다고 말하지 않았습니다만……?

대체 어째서 이 나라에 있는 것이냐고 저는 따지려 했습니다. 그러나 제 속마음을 눈치챈 것인지, 아니면 제 마음이라도 읽은 것인지, 그녀는.

"오래전부터, 이날이 오기를 고대하고 있었답니다."

그리고 장난스럽게 웃었습니다.

"제게 마법을 가르쳐준 당신이 설마 제 제자가 되리라고는 생각도 못 했지만 말이죠——."

미래에서의 일을 그녀는 줄곧 기억하고 있었던 것일까요?

하지만, 그렇다면 하나 석연치 않은 점이 있습니다.

"······선생님, 저랑 미래에서 만났던 걸, 줄곧 비밀로 하셨었군요."

성격이 나쁘군요. 토라질 겁니다.

"어라? 무슨 말을 하는 건가요? 당신도 마찬가지잖아요? 제 제자라는 걸, 비밀로 했잖아요?"

"아뇨, 말했는데요?"

"그랬던가요?"

"멋진 스승님 아래서 마법을 배웠다고 했잖아요."

"게으르고 언제나 나비를 쫓아다닐 뿐인 쓰레기 같은 스승 아래서 마법을 배웠──라는 식으로 저는 인식하고 있었는데요?"

아하, 서로의 인식에 차이가 있는 모양입니다.

아니, 그건 제쳐두기로 하고.

"선생님은 그 후로 어떻게 하셨나요?"

프랑 선생님이 과거로 돌아간 후의 행적은 대충 상상이 됩니다만, 그래도 묻지 않을 수 없었습니다.

그 후 무사히 그 나라를 떠날 수 있었을까요?

"대략 당신의 예상대로예요."

그녀는 말했습니다.

"그 후, 저는 그 마녀── 스승님에게로 가서 제자로 받아달라고 했고, 그대로 나라를 떠났어요. 아무래도 그 시점에서 스승님이 그 나라에서 저지른 짓이 드러났던 모양이라, 문지기 병사들은 그녀의 출국을 막으려 했지만, 그녀가 문을 성대하게 날려버렸죠. 덕분에 한동안은 도망 생활을 계속해야 하는 꼴이 되었었답니다."

"…………."

상당히 어그레시브한 출발이로군요…….

여전히 문이 고쳐져 있지 않았다는 것은, 아마도 이 나라는 그녀가 무사히 출국한 직후에 완전히 붕괴되어갔다는 의미일 겁니다.

진실을 안 민중들은 나라에서 일어났던 기이한 현상에 두려움을 느끼고 도망쳤을 테지요. 그리고 뿔뿔이 흩어져 지금은 이제, 이곳은 폐허가 된 것입니다.

그렇게 된 것일 테지요.

"그리고 몇 년 동안, 그녀와 함께 여행을 하고—— 도중에 동문도 생기고, 지금은 이렇게 당신 옆에 있죠."

"……그런가요."

반응하기 곤란해진 저는 그녀에게서 시선을 돌리고 하늘을 올려다보았습니다.

변함없이 고독한 밤하늘이 펼쳐져 있었습니다. 혜성의 모습은 보이지 않았지만, 그래도 맑은 별하늘이 펼쳐져 있었습니다.

매우 평범한, 평소와 같은 밤하늘일 뿐이었습니다.

언제쯤 혜성이 나타날까요? 혹시 나타나지 않는 걸까요?

그런 식으로 불안해하며 제가 하늘을 올려다보고 있으려니.

"……아."

이윽고 별하늘에 한 줄기 빛이 저편까지 뻗어갔다, 사라졌습니다.

별똥별이었습니다.

단 하나의 별똥별이 사라진 것을 시작으로, 별들은 잇따라 한 순간의 반짝임과 함께 어딘가로 떨어져 갔습니다.

계속해서, 끊이지 않고, 별똥별이 잇따라 떨어졌습니다.

"어, 잠깐……."

그것은 정말로, 정말로, 셀 수 없을 정도로 떨어졌습니다. 혹시 이 세계의 끝이 찾아온 것은 아닌가 하는 생각을 할 정도로, 별하늘이 반짝임을 떨구었습니다.

"……어머나."

프랑 선생님은 제 옆에서 별하늘에 넋을 잃으며 말했습니다.

"이건 유성군이군요."

그건 뭐, 알고 있습니다만…….

"어째서 혜성을 보러 왔는데 유성군이 떨어지는 건가요……?"

"………….'"

선생님은 제 옆에서 잠시 생각에 잠긴 듯이 "으음" 하고 신음했습니다.

"들은 적이 있어요. 유성군 중에는, 혜성이 부서지면서 생긴 것도 있다든가. 산산이 부서져 흩어진 혜성이 유성군이 되어 쏟아져 내리게 된 사례도 있다더라고요──."

"………….'"

그것참, 그것참.

"상당히 자세히 아시네요……."

"자신이 태어난 고향에 관해 조사하는 건 당연하잖아요?"

이 나라를 떠난 후에도, 그녀는 어쩌면 자신이 태어난 고향에서 일어났던 이변에 관해 조사했던 것인지도 모릅니다.

그 후로 그녀는 여러 가지 것들을 제게 가르쳐주었습니다.

이 나라가 망한 후, 그녀는 몇 번이나 이곳을 찾아왔다고 합니다. 말하길.

이 나라의 중심에 있는 사당 바로 아래에는, 커다란 돌멩이가 묻혀 있었다고 합니다. 당시의 나라 사람들은 그 돌멩이 위에 나라를 세웠는지, 아무도 그 돌에 손을 대지 않았다던가요?

커다란 돌멩이는 즉, 22년에 한 번 나타나는 혜성에서 부서져 떨어진 파편이 아닐까 했습니다. 이것은 그녀의 추측일 뿐이었습니다만, 이 파편과 하늘에 떠 있는 혜성이 가장 가까워졌을 때, 숲의 마력과 반응하여 기묘한 상황을 보여주었을 거예요──라고 그녀는 가르쳐주었습니다.

과연, 별무리의 마녀라는 이름에 걸맞은 일 처리입니다.

"이제 두 번 다시, 저 혜성은 우리 앞에 나타나지 않을 테죠."

그녀는 제 옆에서 아주 조금 쓸쓸한 듯이 그렇게 말했습니다.

"이제 두 번 다시, 이 나라가 원래대로 돌아가는 일도 없을 테죠."

이미 오래전에 멸망하고만, 지금은 이제 사람들이 접근하지 않을 정도의 상태가 되어버렸으니까요.

"하지만, 아름다워요."

저는 말했습니다.

그때였습니다.

©Azure

한 명의 마녀와 한 명의 마법사가 나란히 이 나라의 문 쪽으로 걸어가는 광경이 한순간 보였고, 그리고 바로 사라져버렸습니다.

어쩌면 우리가 보았던 환상은, 이 나라가 죽기 직전에 꾼, 꿈이었을지도 모릅니다.

"일레이나, 왜 그러죠?"

제 옆에서 프랑 선생님은 이상하다는 표정을 지으며 고개를 갸웃거렸습니다.

저는 고개를 가로저었습니다.

"아뇨."

그리고 그녀를 보았습니다.

"조금, 꿈을 꿨어요."

눈앞에서, 분명히 숨을 쉬고 있는 프랑 선생님을 향해, 말했습니다.

●

"이제부터 어디로 갈 거니?"

난폭하게 문을 때려 부순 다음에 그녀는── 잿빛 머리카락의 마녀님은 저를 빗자루 뒤에 태운 채, 바깥 세계를 날았습니다.

멀리 뒤쪽에는 깊은 숲속의 비엘라에서 우리를 쫓아오는 병사들의 모습이 보였습니다. 그러나 마녀의 빗자루를 평범한 인간은 도저히 따라잡을 수 없었고, 그 모습은 돌아볼 때마다 점점 작아져 갔습니다.

거리의 소란스러움을 잊고, 우리 주변에는 아름다운 녹음이 펼쳐질 뿐.

초원에 바람이 질주하고, 햇빛이 파도처럼 부드럽게 일렁였습니다.

처음 본 바깥 세계는 아주 아름다웠고 눈부셨습니다.

말을 잃을 정도로.

"이 주변, 딱히 이렇다 할 재미있는 나라도 없어. 주변 나라는 이미 전부 다 돌아보기도 했고——."

그저 풍경에 시선을 빼앗기고 만 저를 무시한 채, 그녀는 "으음"하고 멍하니 생각에 잠겼습니다. 그녀에게 있어 이런 건 늘 보는 풍경인 것일 테지요.

언젠가, 제가 앞으로 여행을 계속하게 된다면.

저도 그녀처럼 이토록 멋진 정경을 일상적인 광경처럼 여기게 될지도 모릅니다.

"…………."

저에게 그것은 정말이지 멋진 일처럼 느껴졌습니다.

"어디 가고 싶은 곳 있니?"

빙글 돌아보며 그녀는 제게 미소 지어 보였습니다.

그래서 저도 웃으며, 그녀에게 답했습니다.

"당신과 함께라면, 어디든."

○

프랑 선생님과 별을 본 다음 날, 우리는 깊은 숲속의 비엘라——였던 폐허를 떠나 초원으로 나왔습니다.

밤새, 끝도 없이, 지금까지의 여행 이야기를 하느라 약간 잠이 부족한 상태인 저와 프랑 선생님에게는, 초원 바로 위에서 찬란하게 빛나는 햇빛은 너무나도 눈이 부셔 어질해질 정도였습니다.

"이제부터 어디로 갈까요?"

프랑 선생님도 저와 마찬가지로 초원을 눈부신 듯 바라보며, 눈을 가늘게 뜨고서 그렇게 말했습니다.

그 말은 그저 자기 자신의 앞으로의 동향에 고민하는 것 같기도, 혹은 저에게 앞으로의 여로를 묻는 듯도 들렸습니다.

"선생님은 이제 어쩌실 건가요?"

그래서 저는 단적으로 물었습니다.

"그러네요—— 일단 저는 왕립 세레스텔리아로 돌아갈 셈이기는 합니다만……."

하지만, 하고 그녀는 말을 이어갔습니다.

"하지만, 그 나라는 꽤 멀리 있으니, 아마도 나름대로 긴 여행을 하며 느긋하게 돌아가게 되겠죠."

"그런가요."

저는 고개를 끄덕였습니다.

"그럼, 지금부터의 여행길은 우연히 함께 같은 나라로 가게 되는 일이 있을지도 모르겠네요."

그녀가 이제부터 돌아가는 길은, 어쩌면 우연히, 제가 아직 방문한 적 없는 나라를 방문하는 일이 될지도 모르니까요.

"그러네요. 우연히 같은 나라까지 여행을 하고, 또 같은 나라까지 가버리는 일도 있을 수 있죠."

그런 식으로 둘이서 여행을 하며 프랑 선생님이 돌아가는 길을 함께하게 되어버릴지도 모릅니다.

"…………."

저에게 그것은 정말이지 멋진 일처럼 느껴졌습니다.

"어디 가고 싶은 곳 있나요?"

저를 돌아보며 그녀는 미소 지었습니다.

그래서 저는 웃으며, 그녀에게 답했습니다.

"당신과 함께라면, 어디든."

후기

7월 모일.

시라이시 죠우기는 지금까지의 인생에서 가장 긴장하고 있었다.

고등학교 때 "부원 다섯 명뿐이지만, 일단 네가 취주악부 부장이잖니? 솔로 콘테스트에 나가주지 않을래? 이대로는 부가 없어질 거야. 부의 존속을 걸고 솔로 콘테스트에 나가주렴"이라는 고문 교사의 수수께끼 같은 터무니 없는 말에 순순히, 잘하지도 못하는 주제에 현내의 맹자들이 모이는 대회에 출장하게 되었을 때보다 훨씬 긴장했고, 반주를 맡을 예정이었던 음악 교사가 "미안…… 나, 아직 신인 교사라 솔로 콘테스트 반주 같은 큰일은 못해……. 혼자서 나가줄래?"라며 갑자기 두 손을 든 덕분에 반주 없이 출장하는 꼴이 되었던 때보다도 훨씬 머릿속이 새하애졌다.

드라마 CD 수록이다.

애초에 『마녀의 여행』 드라마 CD 성우분들이 정해진 시점에서 나는 "어떡해…… 성우님들 너무 대단하지 않아……?"라고 생각했고, 심지어 지금도 생각한다.

아무튼 당일은 아주 몹시 긴장했던 탓에 스튜디오까지 가는 길은 영원처럼 느껴졌고, 스튜디오에 도착해서도 나는 "어라? 혹시 이거 꿈인 거 아냐?" 하고 생각했을 정도였고, "그럼 저자 시라이시 죠우기 선생님의 인사를——" 하고 성우분들 앞에서 인사를 하는 차례가 되었을 때에 이르러서는.

"그, 이 작품은 원래 자비 출판으로 나왔던 것으로……."

그렇게 자기소개를 하지 않고 갑자기 책 내용 설명에 들어가는 지경이었다. 이것도 긴장 때문이다.

제대로 자기소개를 해! 너 누군데?! 라며 스스로를 욕한 것은 두 번에 걸친 인사 중, 두 번 모두 필명을 말하는 걸 잊어버린 실태를 범한 후였다.

드라마 CD는 『마녀의 여행』을 GA노벨에서 출판하던 무렵부터 줄곧 꿈꿔왔던 일이었고, 그것을 너무나도 대단한 성우분들이 실현해주신 것은 정말로 너무 멋져서, 수록 중엔 줄곧 이런 느낌으로 행복한 공간에 자신이 있어도 괜찮은 것일까 하고 자문을 했을 정도였습니다.

드라마 CD까지 견뎌온 2년 반.

길게 느껴졌던 여정은, 지나서 돌이켜보니 순식간이었습니다.

그럼 실제 수록 상황은 어떠했는가 하면.

"…………." "…………." ← 성우분들의 대사.

"…………." ← 조용히 아랫입술을 깨무는 시라이시 죠우기.

"…………!" "…………!" ← 성우분들의 재미있는 대사.

"…………!" ← 어그레시브 하게 아랫입술을 깨무는 시라이시 죠우기.

자기 자신이 쓴 문장에 목소리가 실리고, 귀에 울릴 때마다 『어떡해, 재밌어……!』하고 몇 번이나 웃을 뻔했습니다만, 아무래도 진지한 분위기 속에서 뿜을 수도 없어 결국 이러저러하여, 거기에 더해 긴장에 휩싸이기도 해서 한층 더 아랫입술을 깨물기에 이르렀다.

드라마 CD는 정말로 재미있고, 성우분들이 연기하는 일레이나, 사야, 프랑 선생님, 암네시아, 아빌리아, 다섯 명은 정말로 내 머릿속에 있던 캐릭터들의 이미지 그대로를 넘어 그 이상으로 대단하고 대단하고 대단해서 정말이지 너무 최고라아아아아아아아아아아아아아아아! 아랫입술 깨물었다.

참고로 고등학생 때 솔로 콘테스트에 출장했던 때도, 너무나도 훌륭한 다른 학교의 학생들을 앞에 두고 "젠장! 이렇게 된 이상 에어 색소폰으로 대항해주마!"라는 수수께끼의 대항 의식을 불태우며, 아무것도 없는 데서 아랫입술을 깨물고 연주를 하는 척을 하거나 했던지라, 어쩌면 긴장했을 때 아랫입술을 깨무는 버릇은 그때 생긴 습관인지도 모른다.

여담이지만 내가 솔로 콘테스트에서 다른 학교의 맹자들 속에 내던져져 수치를 당했음에도 취주악부는 그 후 얼마 안 되어 폐부가 되었다. 다음 해의 부원이 모이지 않았기 때문이다. 진짜냐고!

뭐가 어찌 됐든, 드라마 CD는 멋진 성우분들에 의해 아주 멋지게 완성되었으니 관심이 있으신 분들은 꼭 들어주시길 바랍니다.

그럼 이쯤에서 각화 코멘트에 들어가려고 합니다. 스포일러가 가득한 코멘트이니, 스포일러를 피하고 싶으신 분은 뒤로 돌아가주시길 바랍니다!

●제1장『소중한 사람을 위한 소중한 날』

최종장의 프롤로그가 되는 이야기입니다. ……이상! 설명 끝!

●제2장『불사의 병』

인간에게는 면역력이라는 것이 있어서 병에 걸려도 몸이 그것을 극복해줍니다. 기회가 있어서 병에 관해 조사할 때, 이 이야기를 떠올렸습니다.

예전부터 불사신 캐릭터를 등장시키려 생각하고 있었지만, 뭐든 다 안다는 듯이 의기양양한 얼굴을 한 지나치게 유능한 불사신 캐릭터는 너무 흔한데…… 같은 고민을 이리저리 한 결과, 마트리시카가 되었습니다. 참고로 마트리시카 이름의 유래는, 러시아의 마트료시카입니다. 인형을 열면 안에서 자그마한 인형이 나오는 이 장난감은, 실제로 여성의 이름에서 비롯된 것이라고 합니다.

●제3장『남은 남』

대마가 실은 암을 쾌유시키는 힘을 감추고 있……을지도 모른다, 라는 이야기를 이전에 책에서 읽었습니다. 대략 그러한 경위로 이 이야기를 만들었습니다. 그저 눈 가리고 아웅 하고 있으면 마음은 편할 수도 있지만, 새로운 가치관을 찾아낼 수 없게 되어버리는 것은 어쩐지 매우 슬픈 일이라고 생각합니다. 그렇다고는 해도 대마를 비롯한 마약을 추천하는 것은 아닙니다.

●제4장『악의 조직에 어서 오세요』

『마녀의 여행』을 8권까지 써왔습니다만, 다시 한번 등장시키고 싶은 캐릭터가 많았고, 그중에서도 유리와 샤론 님은 "언젠가 반드시 코미디 중심의 이야기에 또 등장시키자"라고 생각했던 캐릭터였던지라, 이번에 실현되어 정말로 좋았습니다.

참고로 지문은 딴죽 부재가 되는 부분이 아무튼 많았던지라, 일레이나 씨가 읽어주는 형식의 지문이 되었습니다. 샤론 님은 지문에서도 샤론 님입니다.

● 제5장 『고양이 귀 카페에 어서 오세요』

고양이 알레르기가 나은 결과, 바로 고양이와 놀고 싶어 하는 일레이나 씨와 이러저러하여 고양이 귀 메이드 카페에서 일하는 아빌리아 씨의 이야기였습니다.

사야, 암네시아와 일레이나가 얽히는 이야기는 지금까지 길게 써왔습니다만, 아빌리아와 일레이나가 직접 얽히는 이야기는 4권 최종장의 일부뿐이었던지라, 여기서 쓸 수 있어 기뻤습니다. 여담입니다만, 이걸 쓰는 동안에 "일레이나 씨의 메이드복 차림을 보고 싶어요!"라든가 "일레이나 씨의 동물 귀 모습이 보고 싶어요!" 같은 의견을 받아서 "만세, 양쪽 다 지금 쓰고 있지" 하고 조금 기뻤던 시라이시 죠우기였습니다.

● 제6장 『프레데리카』

인간의 행동과 인격을 형성하는 요소는 주로 유소년기 아이의 안에서 만들어지고, 어른이 되면 될수록 인격을 바꾸는 것이 어려워진다고 합니다.(다양한 설이 있음)

유소년기부터 구별될 수밖에 없는 환경 속에서 키워진 프레데리카와 루나리크 두 사람은, 애초에 형성되어온 인격이 쌍둥이라고는 해도 크게 달랐을 겁니다.

327

● 제7장 『별무리가 내리는 밤』

1772년에 처음으로 발견된 비엘라 혜성은 혜성답게 정기적으로 밤하늘에 나타났다고 합니다만, 이것은 1845년을 마지막으로 나타나지 않게 되었다고 합니다. 핵이 둘로 분열되어 부서졌을 거라던가요? 그 때문에, 이제 두 번 다시 볼 수 없으리라고 여겨졌습니다만, 그런데 1872년에 부서진 비엘라 혜성은 모습을 바꾸어 인류 앞에 나타납니다.

이것이 안드로메다자리 유성군으로, 그해에 쏟아진 별똥별은 한 시간에 수천 정도. 셀 수 없을 정도의 별똥별이 밤하늘을 뒤덮었다고 합니다. 정말 보고 싶습니다.

대체로 이런 경위가 최종장의 혜성과 유성군의 바탕이 되었고, 깊은 숲속의 비엘라라는 나라 이름은 요컨대 비엘라 혜성에서 가져온 것입니다. 제3장을 읽으면 깊은 숲속의 비엘라 주민들이 그 후 어떻게 되었는지를 어렴풋이 알 수 있으리라 생각합니다.

8권은 지금까지 등장했던 캐릭터가 여럿 등장하는 권이 되었습니다. 본래 드라마 CD를 제작하기로 정해졌을 때, 드라마 CD에 출연할 예정이었던 일레이나, 사야, 프랑 선생님, 암네시아, 아빌리아 다섯 명을 등장시킬 예정이기는 했습니다만, 설마 샤론 님과 유리 씨까지 나오게 되리라고는 처음에는 생각도 못 했습니다. 결과적으로 1장 부근의 페이지 수가 상당히 늘어났습니다.

Twitter에서도 질문이 옵니다만, 과거에 등장했던 캐릭터는 저도 다시 등장시키고 싶다고 생각하고 있는 캐릭터가 아주 많습니다. 하지만 기회가 없어서 좀처럼 등장시키지 못하거나 했습니다. 앞으로도 등장시킬 수 있는 기회가 있었으면 하고 생각합니다. 그런고로, 『마녀의 여행』 8권이었습니다. 앞으로도 잘 부탁드립니다!

그러면 감사 인사를.

아즈루 님, 언제나 귀여운 일러스트를 그려주셔서 고맙습니다. 기본적으로 언제나 일러스트는 전부 좋아합니다만, 이번에는 드라마 CD판의 표지 등이 특히 좋았습니다.

담당 편집자 M님. 언제나 신세를 지고 있습니다. 회 감사했습니다. 성게알과 연어알은 편식하는 경향이 있었습니다만, 먹어보니 엄청나게 맛있었습니다…….

일레이나 역, 혼도 카에데 씨. 간행 초기의 일레이나 씨를 연기해주신 경위도 있어, 이번에 일레이나 씨 역으로서 다시 드라마 CD에서 연기해주셔서 정말로 기뻤습니다. 일레이나 씨역은 혼도 씨 이외에는 생각할 수 없을 것 같습니다.

프랑 선생님 역, 하나자와 카나 씨. 무엇보다 카나자와 씨께서 프랑 선생님을 연기해주신 것은 정말 영광이었습니다. 일레이나와 프랑 선생님의 대사는 뒤에서 듣고 있으려니 엄청나게 재미있었습니다!

사야 역 쿠로사와 토모요 씨. 연기를 들으면서 뒤에서 "아! 사야 씨가 있어!" 하고 흥분했을 정도로 이미지가 딱이었던 사야 씨를 연기해 주셔서 감사드립니다. 티켓을 연호하게 해서 죄송합니다…….

암네시아 역 코하라 코노미 씨. 4권부터 소중히 해온 캐릭터이기도 한지라, 코하라 씨께서 연기해주셔서 정말로 기뻤습니다. 언니 느낌이 감도는 말투는 암네시아 그 자체였습니다…….

아빌리아 역, 오카사키 미호 씨. 아빌리아의 말투는 정말로 재미있어서, 몇 번이나 뒤에서 입술을 깨물었습니다. 물수건 내던져진 부분의 아빌리아를 특히 좋아합니다.

코미컬라이즈 담당, 나나오 이츠키 님. 아주 멋진 코미컬라이즈 감사드립니다! 원고를 받을 때마다 매번 눈물을 흘립니다.『만화 UP!』에서 공개되는 쪽은 저도 한 명의 독자로서 기대하고 있습니다.

GA 문고 라이트 사업부 여러분, 드라마 CD 제작에 관여해주신 여러분, GA 문고 편집부 여러분, 영업부 여러분.

이번에도 정말로 고맙습니다. 7권부터 8권에 걸쳐 처음 체험하는 일이 많아서, 정말로 귀중한 기회를 받은 것이 무엇보다 기뻤습니다.

독자 여러분.

아직『마녀의 여행』은 계속되오니, 변함없이 응원해주신다면 기쁠 겁니다! 그럼 다시 만날 수 있길 바라겠습니다!

MAJO NO TABITABI 8

Copyright ⓒ 2018 by Jougi Shiraishi

Illustrations Copyright ⓒ 2018 by Azure

All rights reserved
Original Japanese edition published in 2018 by SB Creative Corp.
Korean translation rights arranged with SB Creative Corp., Tokyo
through Eric Yang Agency Co., Seoul.
Korean translation rights ⓒ 2021 by Somy Media, Inc.

[마녀의 여행 8]

2023년 5월 15일 1판 3쇄 발행

저　　　자	시라이시 쵸우기
일 러 스 트	아즈루
옮 긴 이	이신
발 행 인	유재옥
본 부 장	조병권
담당편집	정영길
편 집 1 팀	김준균 김혜연
편 집 2 팀	정영길 조찬희 박치우 정지원
편 집 3 팀	오준영 이해빈 이소의
편 집 3 팀	전태영 박소연
미　　　술	김보라 박민솔
라이츠담당	김정미 맹미영 이윤서
디 지 털	박상섭 김지연
발 행 처	㈜소미미디어
인쇄제작처	코리아피앤피
등　　　록	제2015-000008호
주　　　소	서울 마포구 토정로 222, 403호(신수동, 한국출판콘텐츠센터)
판　　　매	㈜소미미디어
마 케 팅	한민지 최정연 박종욱 최원석
물　　　류	허석용
전　　　화	편집부 (070)4164-3962, 3963　기획실 (02)567-3388
	판매 및 마케팅 (070)4165-6888, Fax (02)322-7665

ISBN 979-11-6611-466-3
ISBN 979-11-5710-752-0 (세트)